2
그해 여름

남편을 태운 트럭이

야트막한 고개를 넘어

시야에 사라질 때까지

금실은 넋을 잃고

바라보다

스르르 주저앉았다.

갑자기 머릿속이

텅 빔과 함께 아득했다.

전신의 신경조직이

풀어져 마당가에

그만 쓰러지고 말았다.

이럴 수는 없는 기라.

이거는 사람 짓이 아인기라.

그해 여름

양병태_지음

2

이 소설은 나의 부모님이 겪은 가족사라서 가급적이면 실화에 근거를 두려고 했다. 하여 발로 뛰어서 당시의 사람들을 만났으며 당시를 형상화하려 몇 번이나 취재에 나선 것이었다. 취재를 할수록 육이오는 이념전쟁도 아니었고 강대국의 대리전도 아닌 처참한 피바람의 광풍 그 이상도 이하도 아니었다. 어떻게 그러한 암울한 절망의 시대가 다 있었는지 꼭 그려내어야 한다는 사명감으로 이 글을 썼다. 그러니까 이 글은 육이오를 소재로 한 일종의 분단문학이자 통일을 간절히 염원하는 나의 소망의 글인 셈이다.

젊은 날, 처절하리만큼 문학수업을 쌓으며 내가 글을 쓴다면 꼭 이 이야기를 쓰겠다고 자신을 향해 되뇌었던 주제가 바로 이 소설인 것이다. 육이오에 대해 학교에서 배운 대로라면 북괴의 남침으로 전국이 피바다가 되어 골육상쟁을 치른 게 사변이라지만 감수성 예민할 무렵 선친으로부터 들은 육이오는 전혀 다른 것이었다. 그 전쟁에 우리 집안에서 제일 공부 많이 한 유식한 삼촌이 전선으로 끌려갔다며 지금은 고인이 된 선친께서 찬찬히 이야기를 하시던 게 잊어지지 않는다. 피난시절 미군도 인민군도 적이라서 날만 새면 산으로 들로 숨어 다녔는데 그만 반공단에게 붙들려 전선으로 갔다는 삼촌의 이야기……, 미군은 우리 편이며 우리를 도와주러 왔다고 해 미군부대 앞인 초막골이란 동네에 피난을 살았는데, 그런 미군으로부터 기총소사를 당한 그 슬픈 이야기들……. 완성도를 높이려 이 소설을 무려 일곱 번이나 개작에 개작을 하며 오로지 썼다. 너무나 진통을 겪었기에 지금은 후련하기만 하다. 잘 가라, 나의 분신이여.

　장편 분이[전2권]를 펴낸 이후 7년 만에 발표하는 소설이다. 그간 소설을 쓰겠다는 회두를 붙잡고부터 감당해야 했던 각고의 소설수업을 한 기억들을 떠올리면 만용이었으며 치기였다. 번번한 직장이 없어 이래저래 뜨내기로 나다닌 것 하며 몇 달이나 빈둥거린 일상은 물화의 시대에 끔찍하기만 하다. 수없는 좌절과 절망, 또 절망 끝에 아련한 빛 하나를 찾은 게 문학인 셈이고 소설쓰기였다. 주여! 이 미련한 놈에게 길을 달라며 그 얼마나 간절한 기도를 했는지도 모른다. 그렇게 해 펴낸 이 소설이여, 서기가 있으랴.

　문, 근이 엄마! 이 소설로 당신에게 못 다한 걸 갈음한다. 이 시대를 사는 데 능력 없는 놈이란 단정에서 이 방면에선 그래도 능력이 있음에 그 상처며 아픔들이 치유되는 듯해 오늘의 내가 있기까지 감사드린다. 문, 근이에게도 언제나 기가 죽은 아빠가 아니라 이제는 아빠로서 자부를 할 수 있기에 이 또한 감사를 드린다.

　이 소설이 나오기까지 도움을 준 주위 분들과 황오규를 비롯한 여러 친구들에게 감사를 드린다.

2007년 6월
좋은 세상을 기대하며　양 병 태

제 5 장
전화(戰禍) 속의 사랑

❶

　누군가로부터 위협을 받아 쫓기는 것같이 사위를 두리번거리던 점원이 뒷산의 잔솔을 헤쳐 나와 싸게 땅거미가 깔리는 초막골로 들어가고 있었다. 불길한 직감 같은 걸로 점원은 또 멈추어서는 고개를 갸웃거렸다. 이맘때의 뒷산엔 반공단원들이 건장한 장정이란 장정은 마구잡이식으로 잡아다가 미군 보국대에 집어넣는 인간사냥을 피하려는 이들이 있어야 했다. 더하여 어둑한 시각으로 볼 때 동네에도 저녁연기가 자욱하게 깔려 있어야 하며, 저녁때라서 한층 피난민들이 북적거리는 인기척이 들려야 했다. 한데 마을은 사람들이라고는 없는 적막강산인 것같이 고요할 따름이었다.

　거기에다 병원에서나 맡을 수 있는 소독약 냄새가 풍기는 게 도무지 모를 일이고, 돌담이 무너져 있을 뿐만 아니라 몇 집의 지붕이 폭삭 내려앉아 이 또한 영문을 알 수 없어 섬뜩하기만 했다. 다시 단단히 작정한 듯 점원은 입술을 깨물었다. 그러곤 내달리듯 마을로 난 고샅으로 뛰어들었다.

또 일순간 걸음이 주춤해졌다. 불길한 예감으로 전신이 죄여 들었다. 점원은 이를 사려 물고 어서 식구들과 아내인 금실을 만나야 한다는 갈망에서 급히 발을 떼었다. 어둠이 내려진 마당으로 뛰어들며 울먹이듯 어머니, 아버지를 불렀다. 다급하게 고암댁이라며 금실의 택호를 또 불렀다.

"오빠, 오빠! 으흐흑."

천만 뜻밖에도 금실이 안방에서 흐느끼며 나왔다. 목메어 당신을 기다렸다는 듯 맨발인 채 달려와 와락 점원의 품에 안겼다. 그러는 금실은 남편 점원의 출현이 꿈인지 생시인지를 모르겠다는 듯 경직된 채 넋을 잃은 빛이었다. 남들이 볼 적엔 택호인 고암양반이라고 부르지만 단 둘일 적에는 언제든 점원을 향해 오빠라고 부르는 게 금실에겐 익어져 있었다.

"우예된 기고? 도대체 우째 된 기고? 내 없는 사이에 동네에 무슨 일이 있었노?"

점원도 금실을 격정적으로 껴안으며 울먹한 소리를 내었다.

말을 하마 김니더. 지는 오빠 뿌이라예. 오빠가 없어마 지는 몬 살아예. 아! 오빠! 이기 꿈이 아이지예. 지가 오빠를 울매나 눈이 빠지게 기다렸는데예."

금실은 전신을 들썩거리며 오열했다.

"나도, 나도 울매나 당신을 그렸는지 모르는 기라. 그간 떨어져 있어이께 내가 제일 사랑하는 사람이 당신이더라. 내 목숨보다 더 소중한 기 당신이더라."

감격을 못 이겨 점원도 더럭더럭 울고 있었다.

"오빠가 돌아올 때까지 여게 있을라고 작정했습니더. 이 전쟁이 끝날 때까지 지는 여게서 오빠를 기다릴라고 캤습니더."

금실의 흐느낌은 그칠 줄 몰랐다. 보국대로 간 당신에게 혹 불길한 변이 닥치지는 않는지 마냥 노심초사하며 가슴이 죄인 여심이었다.

어서 건강한 모습으로 돌아오길 애가 타도록 기원하는 게 일상이었다. 당신을 너무나 애타게 기다려 밥을 못 먹을 지경이고, 잠을 못 잘 지경에 나타나 그 감격으로 이어지는 건 흐느낌뿐이었다. 점원도 코가 막힌 채 훌쩍거렸다.

"그마 울자. 몇 번 죽을 고비를 넘기고 이래 살아 돌아온 기라. 찬물, 찬물이나 한 그릇 도라."

점원이 찬물을 달라고 했을 때야 금실은 점원의 품에서 몸을 떼었다. 여전히 흑흑거리며 금실이 부엌으로 가 양동이에 있는 찬물을 바가지로 떠왔다. 점원이 벌컥벌컥 마셨다. 점원이 먹다 남은 바가지의 물을 금실도 마셨다.

"말해 보거라. 동네에 무슨 일이 있었고 식구들은 다 오데로 갔노?"

점원이 궁금증을 못 이겨 마당에서 올라와 툇마루에 앉으며 재촉하듯 물었다. 그러는 점원은 죽음을 무릅쓴 탈출이 성공해 이젠 아내인 금실 곁에 있다는 것으로 여간 아닌 밝은 빛에 벅찬 목청이었다.

금실은 어저께 새벽에 본 그 지옥을 냉정을 기해 말하려 했지만 마냥 치가 떨려 울음만이 토해졌다. 훌쩍거리며 미군의 민간인 학살 장면을 금실은 이어갔다. 그런 금실의 이야기를 듣는 점원은 상상만으로도 닿지 않아 치를 떨기도 하고 그저 욕설을 쏟았다. 개 같은 놈들이라며 미군을 향해 침을 튀기는 증오를 보이다, 인민군을 향해서도 빨갱이 종자들이라며 씩씩거렸다. 그러다가는 분노가 지나쳐 처연히 흑흑거리며 울었다.

"그래갖고? 우리 식구는 다친 사람이 없고?"

점원이 울먹한 채 다잡듯이 물었다.

"점구 데림이 즉사했습니더. 미군들이 내갈긴 총을 맞고 죽은 기라예. 점구 데림뿐마 아이고 여서 울매나 많은 사람들이 죽었는지 모릅니더. 골목에, 집 마당에, 밭가에 시체가 허옇게 깔린 거를 지는 봤습니더. 오빠 기다린다고 어제 저녁에 여게 오이께 누가 시체들은 치웠는지 아무데도 없는 기라예. 그 시체를 불태웠는지 묻었는지 흔적이 없는 기라예. 무섭습니더. 어제 새벽에 사건, 생각마 해도 등골이 서늘한 기라예. 데림이 그래 죽어서 식구들대로 울매나 울었는지 모릅니더."

"뭐라? 점구가 죽었다고. 어이, 찢어죽일 놈들. 아직까지 열여덟 살 알라인 기라. 우리 점구가 죽다이. 참말이가? 안 믿어진다. 거짓말 아이가? 어이 야수 같은 넘들. 점구야! 점구야!"

동생인 점구가 죽었다는 말에 점원은 가슴을 치며 울었다.

"여게 동네 사람들도 많이 죽었고, 피난민들도 많이 죽은 기라예. 그래 갖고 미군 넘들이 소개를 해서 이 동네를 떠날 때 산 사람들 다 울었습니더. 통곡을 하미 이 마을을 떠났습니더. 어서 빨리 마을을 빠져 나가라고 캐서 그래 죽은 사람들을 가족들이 묻어주지도 몬했는 기라예."

금실도 그저 훌쩍훌쩍 울었다.

미군의 기총소사로 동생인 점구가 절명했다는 데 내내 한참이나 점원은 엉엉 울 따름이었다. 목을 놓아 섧게 울었다. 전신을 부르르 떨며 흐느꼈다. 그 누군가를 향한 적개심으로 치를 떠는 듯 점원은 주먹을 쥐기도 했고, 고얀 놈들이라며 가슴을 치기도 했다. 그렇게 목이 쉬도록 울다,

"양놈들이나 인민군들이나 그래 하고도 남을 놈들인 기라. 아, 나도 보국대 일을 하미 죽을 고비를 몇 번이 넘겼다. 내 그간에 겪은 이야기 말로 다 몬한다. 미군 보국대 하다가 인민군 보국대를 했는기라. 이편도 저편도 우리 같은 장정은 제물로 보고 소모품으로 보는 기라. 니편 내편도 없고 양민이라면 대이는 대로 잡아다 총알이 빗발치는 데로 끌어넣어 노역을 시키이께 어이, 씨부럴 넘들. 그러이께 미군 보국대로 갔다가 시방은 인민군 보국대에 있다가 도망쳐 온기라."

점원이 그간 참혹하기만 한 지게꾼 노릇을 한 일상들을 이야기했다.

"예? 오빠가 미군 지게꾼하다가 인민군 지게꾼 일을 했단 말입니꺼? 그러이께 이 전쟁은 우리한테 니편 내편도 없다는 기네예?"

"그런 기라. 우리 같은 백성한테는 아군도 적군도 없는 전쟁인기라. 거서 지게꾼들이 죽는 거 마이 봤다. 이 넘들 양놈들이 정 조준해 쏴 죽이는 거를 봤다. 내랑 곡사포를 매고 가다가 이 넘들이 겨냥해 쏜 총에 맞아 절명한 그 사람을 생각하마 언제든 피가 거꾸로 도는 기라. 치가 떨리고 말이다."

여전히 점원은 훌쩍거리며 참혹한 전선의 상황을 한참이나 이었다.

"가마이 있어이소. 시방 밥 안 묵었지예? 오늘은, 또 오늘은 꼭 오빠가 돌아올 끼다고 카미 내가 밥을 지어놓은 기라예. 밥을 묵고 이야기하이소. 점구 데림이 그래 돌아간 소식에 상심이 커겠습니더마는 밥을 잡수어야 됩니더. 이 여름에 안 묵어마 머리가 띵하고 어찔어찔한 기라예. 그러마 쓰러지는 기라예. 산 사람은 살아야 되는 기 아임니꺼. 그러이께 내가 밥을 치러올 테니 잡수이소. 아, 거게 보국대에 가서 울매나 고생했는공 오빠 얼굴이 홀쭉합니더. 얼른 내 밥상 차리오께예."

남편의 이야기를 금실은 실룩거리며 듣다 저녁상을 차려오겠다고 했다.

부엌으로 들어가 그릇 내리는 소리를 내며 상을 만들 때도 금실은 남편의 그런 고생들이 상상으로도 닿지 않아 흑흑거리며 울었다. 죽음의 문전을 드나든 남편이 어엿이 살아 자신 곁으로 돌아왔다는 데는 생각할수록 가슴이 저려 실룩거려졌다. 그렇게 울며 금실은 밥상을 차려왔다. 시원한 바람이 불어오는 사위는 어두워 근근이 형체가 식별될 따름이었다.

시동생인 점구의 죽음으로 점원은 한동안 숟가락을 든 채 미적거리기만 했다. 훌쩍거리며 그저 점구를 찾았고, 자신을 형님이라며 이래저래 잘 따랐다고 추억하곤 했다. 아무리 전쟁이라지만 어떻게 미군이 양민을 향해 총을 쏠 수 있는지, 그리고 그 총격에 동생이 즉사했다는 데는 분노뿐인 모양이었다. 몇 번이나 미군을 향해 투덜거리며 씩씩거렸다. 꺼이꺼이 울다 마루를 치기도 했다. 한마디로 지치도록 서럽게 울기만 했다.

그러다가 그 무슨 작정을 했는지 눈물을 닦곤 밥을 먹었다. 이 난리가 끝날 때까지 점구의 죽음을 잊겠다고 했다. 그렇지 않고 억울하고 원통하게 죽은 점구를 생각하면 아득해 숨을 쉴 수 없을 것이라고 했다. 쓰러질 순 없고 살기 위해 밥을 먹겠다며 남편인 점원이 걸신들린 것같이 밥을 먹는 광경을 금실은 언제든 잊지 못한다.

꽁보리밥에 된장을 지진 상이었다. 풋고추를 삶아 썰어 간장에 버무린 찬과 가지를 삶아 만든 냉국이 찬의 전부였다. 한데 미군들이 주는 통조림들은 입에 맞지 않아 도저히 먹을 수 없었다며 그 꽁보리밥을 그저 꿀꺽거리는 소리를 내며 달게 먹는 것이었다. 밥이 아니라 국을 마시는 것처럼 씹는 것도 없이 입 안으로 밥을 끌어넣으면 꿀꺽 소리와 함께 그대로 목 안으로 넘어가는 것이었다. 그러한 당신을 바라보기가 민망해 천천히 먹으라고 했지만, 양재기 가득한 보리밥을 그냥 입으로 끌어넣듯 해 비우는 지아비인 당신. 평소에 먹는 보리밥이 이렇게 맛이 있을 줄 몰랐다는 말을 몇 번이나 하는 그 기억도 금실에겐 언제든 생생하기만 하다.

그런 남편을 대하자 연민의 정을 못 이겨 또 금실은 소리 죽여 울었다. 미군 지게꾼으로 사선으로 끌려가 얼마나 못 먹었으면 저렇게 게걸스럽게 먹는지 마냥 눈물이 시야를 가렸다. 그렇게 밥을 다 먹어 상을 물린 점원은 그때서야 울고 있는 금실을 의식했다. 금실을 와락 끌어안았다.

"울매나 당신이 보고 싶었다고. 인자는 무슨 일이 있어도 당신하고 안 떨어질 끼다. 우리 같은 지게꾼한테는 피아가 없는 그 전쟁터에서 내 울매나 당신을 그렸는지 모른다. 하늘을 보고 부르짖었다. 내가 살아 돌아가마 무슨 일을 하든지 당신을 위하는 일을 할 끼라고 말이다. 또 누보다 당신 호강시킬끼라고. 내게는 당신 뿌이더라. 참말이다.”

이 말에 금실도 점원의 손을 다잡아 쥐었다. 한참이나 그렇게 안았다가 둘은 스르르 풀어졌다. 어둠 속의 툇마루에 둘은 마주보고 있었다.

“그 새벽에 미군이 기관총을 쏘고 포를 터자고 해 사람들이 죽고 집이 불타고 했을 때 지는 지정신이 아이었습니더. 점구 데림까지 그래 죽고 해서이께 식구들도 넋이 빠졌고예. 그래갖고 식구들하고 저게 영산으로 가는 고개를 넘었습니더. 피난민들마다 식구들이 하나씩 다치고 죽고 해 다 지정신이 아이고예. 얼쩡거리미 동네에 남아 있어마 미군부대에서 발포하겠다고 캐서 아아도 어른도 다 둘고 뛴 기라예. 그래갖고 어제 오후에 도천 앞에 냇가까지 갔습니더. 그때도 지는 미군이 퍼부은 포성 총성에 넋을 잃고 있었습니더. 죽은 데림 생각을 하이께 눈앞이 캄캄하고예. 그 살벌한 지옥을 떠올리께 소름이 쭉 끼치고예. 참말입니더. 멍청해서 내가 어데 있고 뭐하는지를 모르는 판인 기라예. 도천의 너른 내에서 먼저 피난 온 사람들한테 밥을 얻어묵고 쉬다가 아버님이 송진으로 해서 부곡이나 밀양으로 피난을 가자고 캅디더. 그러이께 그때서야 오빠 생각이 나고 온정신으로 돌아오는 기라예. 내게 기둥인 오빠가 시방 보국대에 가 있는데 내가 어데로 가고 있노 카미 정신이 돌아온 기라예. 송진 둑에까지 따라 갔다가 발길을 돌렸습니더.

도저히 식구들을 따라 갈 수 없었습니더. 오빠를 두고 가마 평생 오빠한테 죄를 짓는 거 같는 기라예. 오빠가 없어마 지는 없는 기라예. 그런 여자인 지 맘을 오빠가 잘 안다 아임니꺼. 살째기 형님을 불러 지 사정을 이야기했습니더. 나 혼자라도 초막골로 가서 오빠를 기다리겠다고 말임니더. 형님이 지를 잡았습니더마는 지는 뿌리치고 둘고 뛰었습니더. 오빠를 기다리겠다는 모진 마음을 묵어이께 무서운 것도 없었습니더. 호랑이 굴속에 들어가라고 캐도 들어갈라고 작정했습니더.

어제 야심한 밤에 여게 돌아왔습니더. 집들이 불타고 그 넘들이 직인 사람들 시체가 넘쳐나는 데가 여긴데 오빠를 기다리겠다는 맘 하나를 오로지 붙잡고 여게 왔습니더. 그러이께 무서운 것도 없어지는 기라예. 내 머리에는 오빠 뿐이라서 이 집에 오는 즉시 불을 때서 밥을 지었습니더. 혹 오빠가 올지 모른다고 카미 오빠가 묵을 밥을 한 기라예. 아, 날이 희끔할 때까지 잠이 안 왔습니더. 내 혼자 있는 방에 미군이 들이닥치마 우짜고 낯선 장정이 들어오마 우짜노 카는 거 때문에 참말로 무서웠습니더. 하도 무서봐서 소리를 죽여 울기도 했습니더. 아, 말마이소. 지는 오빠마 생각했습니더. 내 머리에는 오빠마 들어 있지 다른 생각은 일절 할 수 없었습니더. 혼례를 올릴 때 오빠 모습을 그렸습니더. 누 앞에서든지 점잖게 이야기 잘하는 오빠 모습을 떠올렸습니더. 그러다가 조상님께 간절히 기도했고예. 제발 무사히 돌아오게 해 달라고 말입니더. 내게 너무나 소중한 분이니 지금이라도 돌아오게 해 달라고 말입니더."

"그마, 그마해라. 아, 당신은 내 전부인기라. 어제 미군 포격으로 쑥밭이 된 여게를 떠났다가 다시 돌아오다이. 사람들이 죽고 한 이 지옥에 내를 기다린다고 다시 돌아오다이. 아, 이런 당신을 나는 못 잊는기라. 내가 죽고 또 죽어도 말이다. 당신의 그런 갸륵한 맘 때문에 나는 이래 살아왔는기라."

점원이 감격해 다시 금실을 끌어당겨 볼을 비볐다.

"새벽까지 뜬 눈으로 새다가 또 오빠 모습을 그렸습니더. 항시 나를 챙기주고 너그럽게 품어주는 오빠 모습을 말입니더. 내가 속이 좁아 투정을 부리고 해도 언짢은 기색 없이 받아주고, 내가 하는 무슨 일이든지 좋게만 봐주는 오빠를 말입니더. 그런 오빠를 기다리겠다고 작정하이께 내 맘이 차돌 같아지는 기라예. 며칠이 아이라 한 달이라도 기다려 질 것 같았습니더. 하늘이 내려앉는 포성에도 무서운 거 없었습니더. 아, 그런 오빠가 이래 와서이께 지는 단꿈을 꾸는 거 같습니더. 으흐흐흑. 오빠! 이제는 떨어지지 마입시더. 무슨 일이 있어도 떨어져 있지 마입시더.”

금실의 양 눈에는 또 눈물이 줄줄 흘렀다.

“그래. 우리는 어떤 일이 있어도 떨어지지 말자.”

점원은 격정적으로 금실을 포옹했다.

사위가 칠흑 같았다. 낮과는 달리 기온이 떨어진 판에서 부는 밤바람은 청량감을 줄 정도라서 마루에 나앉은 둘은 한층 다정다감했다. 서른 호가 되는 마을이 폐허인 채 텅 비어 둘만이 고즈넉하게 이야기를 나누는 게 을씨년스러웠지만, 서로를 그리는 애틋함이 사무쳐 웃고 울먹이는 이야기는 끝없이 이어졌다. 한동안 죽은 점구를 기리는 울먹한 이야기와 둘의 사랑을 확인하는 대화들이다가 차츰 점원은 보국대에서의 행적들을 시간 순으로 이야기했다.

누구를 위해 무엇을 쟁취하려는 전쟁인지 그 진의를 알 수 없는 점원의 보국대 경험담들이었다. 냉정을 기한 점원의 보국대 실상이며 전쟁의 목격담에 금실은 오금이 저려 이번엔 울지 않고 마냥 고개를 내저었다. 어떤 상상으로도 닿지 않은 처절한 전선이라서 자신 모르게 비명을 지르기까지 했다. 그러면 점원은 전신을 부르르 떨며 긴 한숨을 쉬었고, 고개를 세차게 내흔들곤 했다. 때때로 미군과 반공단원들을 싸잡아 침을 튀기며 욕하다 실룩거리기도 했다.

그 날 아침 인민군 만세를 부르고 명탯국에다 밥을 얻어먹었던 이야기들을. 미군의 전리품을 안전한 지역으로 나른다며 의령 땅으로까지 지게 짐을 지고 간 것이며, 미군전투기로부터 공습을 받은 절체절명의 사건들을. 드럼통으로 강의 가교를 잇는 박진나루에서의 노역에 인민군과 함께 혼신을 다해 일한 것이며 인민군의 지게꾼이 되어 쌀자루며 미역자루의 보급품들을 져 날랐던 이야기들을. 뿐만 아니라 밭에다 구덩이를 파 인민군 전사자들을 묻었던 것이며, 미군의 화학무기 살포에 인민군들이 무더기로 죽은 광경을 세세하게 이야기하기도 했다. 그러다 인민군 부상자들을 등에 업어 나르던 어스름이 깔린 무렵, 박진나루 부근에서 미군 전투기의 공습을 받아 젖 먹은 힘을 다해 도망쳤던 이야기들도. 삶과 죽음이 교차하는 극한의 참혹한 경험이다 보니 점원은 감정을 절제하지 못해 그냥 실룩거렸다. 그러다 간 어금니를 소리 나게 갈며 그 누구를 향해 욕을 쏟기도 했다. 백성들의 뜻과는 괴리되었을 뿐만 아니라 백성의 희생만을 강요하는 이 전쟁의 본질을 읽을 수 있자 점원은 처연히 울었다고도 했다. 그런 백성의 일원이라서 당신을 비롯한 식구들이 그 얼마나 가엾은지 눈가에 그려지기만 하면 눈시울이 붉어졌다고도 했다.

절대의 허무를 맛보고 돌아온 이러한 남편에게 금실은 합당한 위로의 말이 없었다. 남편을 성원한다며 미군을 향해 코쟁이 양놈들, 겉도 속도 빨간 인민군 놈들이라며 분개해 욕을 하는 것으로 금실은 남편의 상처 난 내면과 함께 하고 있었다. 그러다가는 남편의 손을 다잡아 쥐었고, 또 그러다가는 남편의 눈가에 맺힌 물기를 닦아주기도 했다.

"잠이 온다. 그 사지를 경험한 이야기를 이래 한참 떠드이께 참말로 후련하다. 속이 부글부글 끓는 심정이 어디로 갔는지 없고 말이다. 아, 당신이 이래 나를 맞아 주이께네 말로 표현을 몬하게 포근하다. 당신 품에 자고 싶다. 못 다한 이야기들은 다음에 하자."

밤이 깊도록 전쟁의 목격담을 말해 지친 나머지 점원은 말을 더듬었다.

"자이소. 방에보다 여게 마루가 시원하이께 여서 자마 되는 기라예. 지도 오빠 옆에 누우께예."

"너무 피곤하다. 잠을 몬자 몸이 천근만근이나 무겁다."

이 말을 끝으로 누운 남편은 이내 코를 골았다. 금실도 남편의 품에 머리를 묻으며 어느 사이 잠에 빠져들었다.

얼마나 잤을까? 근거리에서 총성과 포성이 격해지다 이윽고 하늘이 갈기갈기 찢어져 땅으로 쏟아지는 것 같은 소리에 놀라 점원이 벌떡 일어났다.

"오빠! 너무 무섭습니더."

어둑한 마루에서 먼저 깨어나 앉은 금실이 전신을 벌벌 떨고 있었다.

"괘얀타. 이거는 십 리 밖에서 나는 총소리 폿소린기라."

그간 보국대의 지게꾼 경험으로 총성, 포성에 감각이 익어져 있어 움츠려 있는 금실의 손을 잡으며 점원이 덤덤하게 말했다.

"나는 간이 하나또 없습니더. 내 정신이 아이라예."

금실은 목소리가 불분명할 정도로 떨며 점원의 품으로 파고들었다.

"낮에는 조용하다가 밤마 되마 이 넘 전쟁은 격렬한 기라. 포가 떨어지고 하는 데는 장마 쪽이고 그 위에 동네 장갈 같는기라."

"거게하고 여게하고 얼마 거리가 아인데 여게는 괜찮으까예?"

"모르겠다. 이 밤에 오데 갈 수는 없고 날이 샐 때까지 여게 있어 보자."

"아, 이런 총소리 더 들어마 지는 미치뿌겠습니더. 미군이 여게 마을에 총을 쏠 때가 이랬습니더. 시방 겁이 나서 숨을 몬 쉬겠습니더."

점원의 가슴에 머리를 박은 금실은 품에서 떨어지지 않으려 했다.

"가마이 있거라. 내가 귀를 막아주께. 이래 귀를 막어마 폿소리가 작게 들리는 기라. 자, 인자는 폿소리가 안 들릴 끼다."

점원이 양 손으로 금실의 귀를 막아주고 있었다.

여전히 미군과 인민군의 치열한 포격전은 근거리에서 계속되고 있었다. 미군 쪽에서 큰 산이 산산이 부서지며 찢어지는 것 같은 화력을 퍼부으면, 이에 맞선 인민군도 물러섬 없이 하늘이 쪼개어지는 포탄들을 들이붓는 것 같았다. 그러면 바라다 보이는 앞산의 마루며 하늘마다 쏘아올린 조명탄으로 훤해지곤 했다.

"부곡으로 간 우리 식구들은 다 편할까예. 아, 친정에 엄마가 보고 싶습니더?"

점원의 품에 바짝 붙은 금실이 친정어머니를 걱정하며 말했다.

"당신 곁에는 내가 있는 기라. 앞으로 어떤 경우가 닥쳐도 당신하고 안 떨어질 끼다. 같이 있으면서 이 전쟁의 공포에서 당신을 지켜줄 끼다. 쪼메이마, 쪼메이마 있어마 포성이 멎을 끼다. 나도 처갓집이 걱정된다. 내라고 카마 있는 거 없는 거 다 내놓는 장모님이 보고 싶고 말이다. 참말이다. 거게 고암은 인민군도 미군도 없는 덴 기라. 난리 끝나마 장모님 뵈로 가자."

점원이 겁에 질린 금실을 달래주고 있었다.

"참말이지예? 우리 엄마 뵈로 간다 카는 말 참말이지예?"

금실의 목청이 크고 벅찼다.

"그래. 빈손으로 갈 수 없고 장닭 한 마리 들고 가자. 이 시국에 우떻게 피난했는지 우리 걱정을 태산같이 할 장모님 드리구로 말이다. 고와드리거나 볶아 드리면 이 여름에 입맛이 돌아오는 기라."

"오빠! 아, 오빠! 지를 안아주이소. 우리 엄마가 하나 사위라고 카미 오빠를 울매나 좋아하는지 알지예? 오빠라고 카마 끔벅 죽는 엄마라예. 오빠가 우리 엄마 보고 싶다고 카이께 지는 꿈을 꾸는 거 같습니더. 아, 안아주이소."

"방으로 가자! 우리 방으로 들어가자!"

점원이 금실을 끌어안듯이 해 툇마루에서 문풍지가 죄다 떨어진 방문을 열고 들어갔다.

캄캄한 방으로 들어가 문을 닫았어도 사지가 주눅이 드는 것 같은 포성은 연이어 터지고 있었다. 마루에서부터 둘은 서로의 몸을 훔치며 끌어안고 있어 한껏 달아오른 몸이었다. 그러해 둘은 한층 전신이 뜨거워짐과 함께 목덜미며 가슴이 땀으로 흥건해 있었다. 타는 애욕으로 서로를 끌어안은 둘은 숨결이 거침과 함께 단내를 내었다. 격렬히 금실은 점원에게 매달렸고, 점원은 맨살이나 다름없는 금실의 가슴과 얼굴을 품으로 끌어당기다 이윽고 제 얼굴에 문지르며 비볐다.

전혀 예상 못한 육체의 접촉이 빚어지고 있었다. 어떻게 포성으로

하늘이 꺼지고 땅이 요동치는 이 난리 속에 이런 뒤엉킴이 비롯되는
지 그 어떤 해석도 맞지가 않았다. 지옥사자의 포효에도 불구하고 더
없이 둘의 몸이 격정적으로 달아오르는 것도. 계속된 포성에도 금실
의 맨살을 열정적으로 끌어안는 점원의 몸은 그저 뜨겁기만 했다. 금
실도 전신에 불길이 일자 주체할 수 없게 활활 타고 있었다. 그리하
여 금실의 몸을 파고 든 점원은 내면의 불덩어리를 어떻게든 끄려 이
제는 격하게 금실의 도톰한 입술을 찾았다. 금실은 신음과 함께 몸을
점원에게 내맡길 따름이었다. 점원의 혀가 금실의 목덜미를 지나 가
슴에 머물렀다. 그러다 돌기가 난 버찌를 배고픈 아가같이 핥기도 하
고 빨기도 했다. 금실은 전신이 부풀어 올라 터질 것 같았다.

불길이 거세어질수록 둘을 욱죄는 참담한 현실과 가공할 전쟁의 공
포들이 사그라지고 있었다. 금실도 숨결이 가빠지고 전신이 타는 것
같이 뜨거워지는 그 불길을 점원이 꺼 주어야지 그렇지 않으면 타오
른 불길에 의해 질식할 것 같았다. 그런 금실은 땀으로 흥건했지만
점원의 애무에 전신이 굳어지는가 하면 경련이 일어나고 있었다. 헐
떡거리는 숨소리와 함께 가느다란 신음이 터지다가 목이 타는 듯 금
실은 마른 침을 삼키기도 했다.

또 점원의 입술이 금실의 입술을 찾았다. 몇 번이나 서로는 입술을
비볐다. 그러나 뜨거워진 전신을 식히기엔 입술로선 성에 차지 않아
점원의 입술이 이젠 금실의 목으로 옮겨져 귓불과 코며 입술을 핥고
있었다. 금실이 부르르 떨며 전신을 뒤틀었고, 그러다가는 숨이 막히
는 신음을 질렀다. 점원의 손이 금실의 복부로 내려갔다. 그리고 그
손길로 짧은 치마를 내리고 속곳 속으로 들어갔다.

"오빠! 지는 여자라예. 오빠 여자라예. 오빠가 없어마 이 세상 몬
살아가는 여자라예."

금실은 훌쩍거렸다. 쿵쿵거리는 포성은 여전히 요란하기만 했다.

❷

  다음날 아침, 둘은 보리밥을 된장에 비벼 먹기 바쁘게 가재도구들을 챙겼다. 금실은 옷가지와 작은 그릇을 보퉁이에 쌌고, 점원은 지게에 솥을 얹었다. 장독대와 곳간을 뒤지자 나오는 보리쌀과 쌀, 콩을 자루에 넣어 또 점원은 지게 위에 얹었다. 그런 떠날 채비를 마치자 금실이 얼마의 쌀과 고춧가루, 간장을 담은 반찬 통을 머리에 이곤 먼저 마당을 나갔다. 그 뒤를 점원이 따랐다. 포성, 총성이 근거리에서 들리고 좁혀오는 것 같아 한시라도 있을 수 없어 둘은 가족들을 찾기로 한 것이었다.

  내내 볕이 쨍쨍했는데 어느 사이 어두운 하늘로 변해 시꺼먼 구름이 끼고 있었다. 곧 한 줄기 소나기라도 내릴 것같이 서늘한 바람이 불었다. 사방이 어두워짐과 함께 마을 뒤편의 짙은 녹음을 띤 대밭의 대나무 잎사귀들이 부딪치는 자지러지는 소리며 감나무의 휘어진 가지들도 그저 흔들리는 서걱거리는 소리를 내었다. 둘은 잰걸음으로 논둑과 고추밭을 타 마을을 빠져나가선 이윽고 구마선 국도로 접어들었다. 엊그저께만 해도 녹음이 짙은 콩밭에 그 위용을 자랑하던 덩그런 국방색 차일이 쳐진 미군부대는 어디로 사라졌는지 흔적이 없었다. 마을을 빠져 나오며 고샅과 마당, 밭가에 이래저래 퍼드러진 흉한 시체들이 즐비했는데 이 또한 자취라곤 없었다. 둘은 잰걸음으로 고개를 넘었다.

  국도인 구마선을 따라 계성리를 지날 때까지 사람이라곤 띠지 않았다. 여느 때면 초록의 들판 어디든 허리를 구부린 농부들의 손놀림들로 분주할 텐데, 사방의 들녘엔 희끗한 물체라곤 없었다. 간헐적으로 들리던 총성과 포성이 흐린 날씨 때문인지 격렬해지며 커지고 있었다.

영산 가까이에 다다르자 근거리에서 전투를 하는 것같이 포성과 총성이 격렬했다. 군데군데 야산 하늘에서 흰 연기가 피어오르는 것이며, 지축이 흔들리는 포성의 방향으로 보아 십 리 이내의 지역인 장마면 일대와 남지면 일대의 야산에서 백병전이 오가는 것 같았다.

들머리 입구의 중학교 앞엔 완전무장을 한 군인들이 도열해 서 있어 몸을 숨기려 둘은 얼른 밭으로 뛰어들었다. 몇 대의 트럭이 덜덜거리며 박진으로 난 도로로 향하고, 어딘가의 전장에 배치될 수십 명의 미군이 트럭으로 오르는 게 목격되어 고추밭고랑 속을 마구 달렸다. 두어 대의 의료차가 부상당한 이들을 수송해 가고 헬기가 학교의 운동장에 내려앉기도 했다. 그들 양민들을 향해 포격, 총격을 가했다는 데 등골이 서늘할 정도로 두려웠다.

그렇게 해 고추밭을 나온 둘은 시꺼먼 구름에 가린 높직한 영취산 기슭의 콩밭, 깨밭의 고랑으로 다시 뛰어들었다. 그러다 소로를 따라 다복솔을 헤치며 나아가자, 사위가 먹빛인 하늘에서 후드득 소릴 내며 빗방울이 떨어졌다. 비는 금세 콩잎과 사방의 풀잎을 세차게 때리는 장대비로 둔갑하고 있었다. 졸지에 폭우를 맞아 둘은 물속에 빠졌다가 나온 것 같은 형용이었다. 폭우 속을 뚫고 밭가를 지나 자갈투성이인 야산을 휘두르자, 근거리의 고추밭 아래엔 초가들이 띠었다. 금세 질퍽해진 밭가로 난 소로를 따라 싸리문도 없는 초가로 둘은 뛰어들었다.

움막이나 다름없는 거기의 비좁은 초가 처마엔 피난민인 댓 명의 농투성이 장정들이 옥수수와 고구마 삶은 걸 게걸스럽게 먹다 둥그런 눈으로 둘을 맞았다. 흠뻑 비를 맞아 금실은 여자 본능에서 속살이 비치는 가슴을 팔로 가렸다.

참담한 피난생활을 증명하는 것같이 수척해 핼쓱하기 짝이 없는 그들 장정들. 총기라곤 없이 눈알을 끔벅거리는 그들마다는 이곳의 쓰러져가는 움막에서 비를 피하는 것도 여간 초조하고 불안하지 않은 기색들이었다. 혹 반공단원들이 띄지 않은지 사방을 두리번거리기도 하고, 귀를 곤추세워 주위의 인기척을 들으려고 했다. 그런 그들과 점원이 먼저 환한 채 말을 걸어 수인사가 오가자 같은 처지의 피난민이라는 데 이내 가슴을 열었다. 긴 한숨을 쉬기도 하고 답답함을 못 이겨 고개를 내젓기도 하다 고단하기만 한 그간의 사정들을 그들은 늘어놓았다.

그들 장정들은 마을이 전쟁터가 되어 장마면 대봉리에서 이곳 영산의 함박산 골짜기로 피난을 왔다고 했다. 우익 반공단의 눈을 피해 이 산 저 산으로 숨어 지내고 있다며 절망적인 일상들을 쏟았다. 숨어 지내는 이곳의 산 속까지 반공단원이 패를 지어 나타나 설친다고 했다. 엊그저께는 공포탄을 뻥뻥 쏘며 산속을 뒤져 그들과 같은 댓 명의 장정을 포획하듯 붙잡아갔다고 했다. 반발하는 이를 무지막지하게 두들겨 패 코피가 터지고 입술이 찢어지는 걸 보았다며 그들 중 하나는 부르르 주먹을 거머쥐기까지 했다. 그런 반공단원들은 장정이면 닥치는 대로 잡아다가 이제는 포성이 작렬하는 낙동강전선의 의용군으로 보낸다며 키가 작은 뻐드렁니의 장정이 이럴 수는 없다며 침을 튀겼다.

점원도 이들과 어울려 전란 중인 시국을 두고 피아가 따로 없는 이쪽저쪽의 지게꾼 노릇을 한 경험을 이야기했다. 그들의 바람이기도 한 이 전쟁이 어서 끝나길 염원하는 이야기를 잇기도 했다. 그러자 어디에서 피난을 가는 젊은 부부냐고 키가 꾸부정한 장정이 물었다. 점원은 금실과는 부부이며 초막골에서 가족들이 있을 밀양으로 가고자 나섰다고 사정을 소상하게 말했다.

"예? 초막골예? 거서 미군이 포격을 하고 총을 갈겨 몇 식구가 우리가 사는 저게 함박산 골짝에 피난왔습니더. 이래 나는 총소리를 도저히 몬 듣겠다고 카미 그 사람들 하루도 몬 있고 부곡 쪽으로 갔습니더. 쌈을 걸은 인민군은 토끼뿌고 거게 주민하고 피난민들을 보고 미군이 포를 퍼붓고 기관총을 쏘았다미예? 그런 미군 총을 맞고 빙시가 된 사람이 억수고 죽은 사람도 억수라미예? 그 이바구 듣고 나는 살이 떨렸습니더."

땅딸막한 키에 윗니가 빠진 장정이 치가 떨린다며 몸을 움츠렸고,

"어이 더런 넘의 세상. 빨리 난리가 끝나야지 오래가다가는 우리 전부 명대로 몬사는 기라. 이 넘의 전쟁 엉성시럽습니더. 닷새쯤 됐습니더. 이틀간 여게 영산에 큰 쌈이 났습니더. 미군하고 인민군이 저게 남산 앞 도랑에 엄청나게 죽었습니더. 인민군 미군 탱크가 몇 대나 뿌사졌습니더. 동네도 성한 집 없이 잿더미가 되었고예. 우째 이런 꼴을 내 생전에 다 보는지 어이, 이 넘 전쟁. 포가 한분 터지마는 어른 아아할 것 없이 고막이 찢어지는 거 같이 멍멍한 기라. 그런 기 터지이께 기와지붕이 공중으로 솟고, 군인도 몇 명이 붕붕 솟구치는 기라. 또 그런 기 터지이께 집 한 채는 온데간데없이 뿌사지는 기라요. 참말로 무섭는기라. 이야기 들어이께 미군들이 포를 들이 붓고 다 연발 기관총으로 초막골에다 내리갈겼다고 카던데 내 안 봐도 훤하이 압니더. 엄처나이 사람들이 죽었을 끼고 동네는 개박살이 난 거를 말임니더. 그래 죽어도 오데 가서 호소를 몬 하는 기 우리 백성이라예. 거게 있어미 이래 몸이 온전하이께 하늘이 돌본 김니더."

반팔 셔츠를 입어 앳되어 뵈는 장정은 두 번을 상기하고 싶지 않은 듯 고개를 쩔레쩔레 흔들며 전쟁의 비극을 말하고 있었다. 그들은 그 이야기에 동의한다며 기운 없이 그렇지, 그렇지를 연발했다. 점원은 불현듯 훌쩍거렸다. 미군의 기총소사에 점구가 비명에 간 게 이래저래 그려지자, 그저 가슴이 무너져 내렸다. 흑흑거리며 울자 금실도 실룩거리며 울었다.

"무슨 안 좋은 일이 있습니꺼. 와 그래 우십니꺼?"

"그 넘들이 갈긴 총에 내 밑에 동생이 즉사했습니더. 이 넘들 미군

이 내 동생을 직인 기라예.”

꾸부정한 키에 누런 이빨의 장정이 물어 점원이 목이 메어 말했다.

“진정하이소. 그게 피난을 산 사람들마다 식구들이 죽고 다쳤다 카는 이야기 들었습니더. 그래 죽은 사람들 원통하고 절통하기 짝이 없습니더마는 그 넘들이 왜놈들하고 전쟁을 해 이겨서 점령을 한 땅이 이 땅인데 우짭니꺼. 힘을 내이소. 언젠가는 이 땅에도 광명한 세상이 올 낍니더.”

그런 장정들 중 다부져 보이고 기품이 있는 이가 점원을 달랬다. 그러나 점원은 아득한 절망을 맛보아 고개를 내흔들며 울었다.

졸지에 하늘이 뚫린 것 같은 폭우가 쏟아지고 있었다. 먹구름으로 덮인 컴컴한 하늘이 갑자기 환해짐과 함께 지축이 울리는 뇌성이 연달아 일었다. 세찬 바람이 거대한 소리를 지르며 불어제치다 이윽고 점원을 비롯한 피난민 장정들이 모인 움막 안까지 뿌리쳤다. 거름 무더기가 있는 손바닥만 한 마당은 어느 사이 누런 흙탕물로 넘쳐 삽짝으로 난 도랑으로 콸콸거리는 소리를 내며 흘러갔다.

그 움막은 마을 후미의 높직한 밭 자락에 위치하고 있어 아래의 산기슭에 붙어 있고 누워 있는 초가며 기와인 집들과 비 때문에 흐릿하지만 아득하게 펼쳐진 분지인 영산 일대를 한 눈에 바라볼 수 있었다. 빗속을 뚫고 희끗한 물체가 밭가로 난 길을 따라 이곳 산으로 오르는 게 그들마다에게 목격되었다. 먹구름의 하늘에 물보라가 사방을 덮어 희뿌연 물체가 무엇이라고 단정을 내릴 수 없었으나 하나가 아니라 세 개의 점이 느리게 달려오는 것이었다.

“반공단이다! 반공단이 떴는기라!”

반팔 셔츠의 갸름한 얼굴인 장정이 반공단이라며 소리쳤다.

“맞다! 반공단이 맞다. 튀라! 저 놈들한테 잡히마는 바로 전장에 빼이가는 기라.”

또 누군가의 이러한 외침에 그들 피난민 장정들은 약속이나 한 것

같이 후다닥 움막 뒤로 난 콩밭으로 뛰어들었다. 그러더니 등성이를 향해 장대비 속을 사력을 다해 내달렸다. 순식간에 그들 장정들은 둘의 시야에 사라졌다.

점원과 금실은 그들 장정들과는 달리 피난 짐을 지고이고 해 마을 뒤를 휘두르는 외길로 내달렸다. 폭포수 같은 소나기를 뚫고 잎이 무성한 깨밭과 고추밭을 지나 느티나무가 있는 언덕배기 아래에 둘은 엎드렸다. 그러곤 가쁜 숨을 몰아쉬며 올라오는 점들을 향해 시선을 못 박자, 뿌연 비에 가렸지만 흐릿한 그 형체들은 군인들이었다. 그것도 미군이나 국방군이 아닌 인민군이었으며, 하나는 부상을 당해 심하게 다리를 절었다.

"인민군 탈영병인기라."

점원이 안심해도 된다며 금실에게 말했다.

"나는 참말로 반공단인 줄 알고 시껍했습니더."

"의령에서 인민군 지게꾼을 하미 저런 인민군 시체를 엄청나이 무더줬다. 이 전쟁에서 죽는 거는 다 개죽음인기라. 누가 뭐라 해도 내가 보건대는 개죽임인기라."

"가입시더. 미군이고 인민군이고 군인이라고 카마 총을 들고 있는 기라예. 그러마 우리한테 무슨 짓을 할지 모르는 기라예."

금실이 재촉해 둘은 마을로 난 고추밭과 콩밭 사이의 진흙길로 는적거리며 내려갔다. 이어 길이 끝나는 지점부터 길인지 도랑인지 구분할 수 없는 흙탕물이 뒤덮인 길을 미끄러지기도 하고 비틀거리며 내딛다가 전장의 상흔으로 담이 내려앉고 지붕이 짓뭉개어지거나 날아간 마을에 다다랐다. 여전히 하늘 곳곳이 구멍 난 것같이 폭우가 쏟아져 시계가 보이지 않을 정도였다.

사람이라곤 없는 마을은 초가든 기와든 포격으로 짓부수어졌거나 내려앉았으며 시꺼먼 불에 탄 흔적들로 가득했다. 돌담이 허물어져 길을 막은 곳도 있고, 몇몇 서까래 집은 집채가 형체도 없이 찌그러져 있기도 했다. 식구들이 있을 것으로 추정되는 부곡이나 밀양 쪽으로 가려면 도로는 군인들이 지키고 있어 나다닐 수가 없어 야산, 또는 들판으로 난 길로 숨어 휘돌아가야 했는데, 이런 폭우 속을 뚫고 가는 건 무리였다.

초가만 내내 이어지다 포격을 당하지 않은 성한 기와집이 띄어 장대비 속을 걷던 점원이 앞장서 들어갔다. 두 칸 방에 툇마루가 있는 빈 기와집의 축담에 점원이 비 맞은 피난 짐을 얹힌 지게를 내렸고, 머리에 보퉁이를 인 금실의 짐을 받았다. 문설주의 못에는 떨어진 옷이 걸려있어 점원이 얼굴과 머리를 닦고는 금실에게 건넸다. 금실도 점원이 건넨 떨어진 옷가지로 물속에 들어갔다 나온 꼴인 머릿결이며 얼굴을 닦았고, 목과 가슴께까지 물기들을 훔쳤다.

"식구를 찾는 것도 급하지마는 이런 비는 피해야 되는 기라. 이런 비 오래 맞어마는 바로 감기 걸리는 기라. 아이마는 크게 아푸고."

"그래 하입시더. 비 그칠 때까지 여서 쉬입시더."

점원의 말에 금실도 소나기 속을 걷는다는 건 무리라며 동의했다.

"식구들 쉽게 안 찾아진다. 이 넓은 땅 어데에 식구가 있는지 찾는 데 고생 좀 해야 될 끼다."

"참말로 우리식구들은 무사해야 될 낀데. 형님한테 초막골로 가서 오빠를 만나마 꼭 데리고 밀양으로 갈라고 캤습니더. 피난하는 사람들한테 물어물어 꼭 찾을라 캤고예."

"우리는 우리끼리 난리 끝날 때까지 오데든지 가서 지내자. 형님하고 형수가 있어서 아버지나 어머니 다 무사할 끼다."

금실이 식구들을 찾아야 한다는 안쓰러운 표정인데 반해, 점원은 무슨 영문인지 밋밋하게 받아들였다. 금실은 아연한 기색으로 고개를 내저었다. 그 일로 점원이 가족들에 대해 반감을 가진 걸로 단정하고 점원의 팔을 다잡았다.

"오빠! 식구들한테 서운한 감정 가지마 안 됩니더. 절대 안 됩니더.

초막골에 포를 쏘고 하는 그날 새벽일을 쪼개마 알마 섭섭하이 생각지 마이소. 그 날 새벽에 점구 데림이 죽은 기라예. 그러이께 다 지 정신이 아일 정도로 얼이 빠진 기라예. 사람이라는 거는 죽고 사는 기로에 서마 살라고 무슨 짓이든 하는 기라예. 총에 맞아 죽은 사람들이 수두룩한 그때는 지도 지 정신이 아인 기라예. 늦까 동네를 빠져나가마는 다 빨개이로 간주한다고 카는 데 동네를 안 빠져나갈 수 있습니꺼. 변을 당한 거게 피난민들마다 총을 맞아 죽은 식구를 묻어 주지도 못했습니더.”

“그만. 그마 해라. 나는 오로지 당신하고 단둘이서 아무도 없는 산골짜로 들어가 있고 싶는기라.”

“오빠 그 마음 압니더. 지도 그러고 싶습니더. 그렇지마는 식구들이 우리를 눈이 빠지게 기다리고 있을 낌니더. 어머이도 아버님도 우리 때문에 밥도 제대로 몬 묵고 잠도 몬 잘 낌니더. 아주버님하고 동서도 우리 생각을 하마 큰 죄를 지었다고 카미 더럭더럭 울 낌니더.”

이렇게 말하는 금실을 점원이 와락 껴안았다. 물기에 젖어 있는 금실의 몸은 맨살이나 진배없었다. 점원의 품에 뜨거워지는 몸을 맡기는 금실은 바르르 떨 뿐 한동안 미동이 없었다.

그런 금실을 점원이 안고는 마루에 쓰러졌다. 두어 번 뒹굴며 점원은 금실의 입술과 목덜미를 찾았다. 금실도 단내를 내며 점원의 품에서 떨어지지 않으려 했다. 격렬하게 둘은 서로의 몸을 애무하다 점원이 물기로 축축한 금실의 치마를 풀었다.

“이러마 안 됩니더. 아기를 가졌는강 며칠 전부터 입덧을 하고 있습니더.”

금실은 두려움이 가득한 빛으로 곧 뒤따를 꽃과 나비의 불길을 제지하려했다. 점원은 짐짓 놀라 동작을 멈추었다.

“입덧을 하고 있다고? 당신이 아기를 가졌다는 말이가? 아, 이래 좋을 수가 있나.”

몸을 뗀 점원은 그렇게 벅찰 수 없는 표정이었다.

"헛구역질이 나오고 복부가 한 번씩 틀어져예. 뭐든지 묵고 싶고예."

"그래? 나도 아버지가 된다는 기가? 아, 그러마 당신 몸조리를 잘 해야 되는 기라. 당신도 아기도 건강해야 되는데 시방 전쟁 통이라서 이거를 우짜노?"

"지는 건강합니더. 오빠가 봤듯이 밥도 마이 묵고 있습니더. 마이 걷고 이래 무거운 피난 보티(보퉁이)를 이도 아무렇지 않는 기라예."

금실이 염려 말라며 그윽한 눈길인 채 미소를 그렸다.

"당신이 건강하다는 건 알지마는 그래도 아기를 가져서이께 매사 조심해야 되는기라. 고되고 무리한 일은 절대 해서는 안 된다. 밝고 희망적인 생각마 해야지 어둡고 칙칙한 생각을 하는 것도 태아한테 안 좋는기라."

"알겠습니더. 오빠 말 명심하께예."

그 날 둘은 영산에서 폭우를 피했다가 해거름 녘에 진흙투성이인 크고 작은 야산을 넘고 밭길을 오르내리다 사위가 칠흑 같은 밤중에 등잔불과 호롱불이 가물거리는 비교적 큰 마을인 부곡에 당도했다. 부근에서 큰 전투가 벌어진 듯 하늘이 찢어지는 무시무시한 총성, 포성으로 영산에선 머물 수 없어 피난 짐을 쌌던 것이었다. 둘은 기진맥진해 있었다. 특히 금실은 피난 짐을 이고 영산에서 출발할 적부터 내내 부슬비를 맞아 전신이 오그라드는 것 같은 한기로 서 있지 못할 정도였다.

사방 어디든 장막인 마을의 몇몇 집을 점원이 앞장 서 인기척을 내며 들어갔다. 지친 몸에다 허기가 져 무엇이든 요기가 될 건 얻어먹고 싶어 들어갔지만, 말을 꺼내기도 전에 돌아서야 했다. 어디서 그 많은 피난민들이 쏟아져 들어왔는지 비를 가릴 수 있는 공간마다 북새통이었다. 호롱불이 켜진 마루며 축담, 처마까지 거지 떼나 다름없는 피난민들이 들어앉아 초조하고 불안하기만 한 시국담을 나누었고, 그런 이야기에 절망을 이기지 못한 아낙네들의 훌쩍거리는 울음을 들어야 했다. 모기가 들끓는 곳간이며 외양간에도 넝마를 걸친 것 같은 상거지 차림의 피난민들이 오종종 둘러앉아 한숨과 체념만이 감도는 이야기를 나누는 걸 목격해야 했다. 점원이 부슬비를 피하고 싶다고 하자, 그런 그들은 비를 가릴 틈이라곤 없는 처지를 보여주며 두말하지 말라며 손사래를 쳤다.

그래도 둘은 질척한 고샅을 따라 미끄러지기도 하고 뒤뚱거리기도 하며 콩나물시루와 같이 피난민들이 들어찬 마을의 집집을 들렀다. 마을 중간쯤의 희미한 등불이 일렁거리는 기와집에 들러 점원이 간절하게 이 밤에 비를 피하고 싶다며 허리를 굽혔다.

"보다시피 비를 가릴 공간이라고는 없는데 이거를 우짜노. 젊은 신랑각시인 거 같은데 여게라도 있을라고 카마 있어 보거라."

수염이 허연 주인인 것 같은 노인이 딱하다는 듯 혀를 차며 쇠죽솥이 있는 부엌의 공간을 내어주었다. 둘은 연신 고맙다고 고개를 숙이고 또 숙였다. 비를 맞은 생쥐 꼴인 채 전쟁이 끝나면 언젠간 이 온정을 꼭 갚겠다고 하는 점원은 감격조이기까지 했다.

거기 방 두 칸의 오두막엔 도천에서 피난을 온 다섯 식구가 피난살이를 하고 있었다. 축담에도 자리를 만들어 아낙이 앉거나 누었고, 외양간과 헛간엔 볏짚을 깔아선 상의를 벗은 댓 명의 노인과 아이들이 들어앉아 있었다. 뿐만 아니라 부엌과 장독간엔 비를 가리는 차일을 처 일곱 명이나 되는 한 식구가 거기의 차일 아래에 발을 뻗고 있기도 했다. 점원과 금실이 지게와 머리에 인 보퉁이를 내리자, 누추한 옷에 꾀죄죄하고 보잘 것 없는 피난민들이 고개를 도리도리하며 등잔불이 켜진 쇠죽솥가로 모여들었다.

밥을 먹지 않았다고 하자 헛간에서 피난살이를 하는 볼이 홀쭉한 노파가 점원과 금실을 잘 보았는지 연민을 담은 투로 혀를 차며 보리밥을 가져왔다. 장독간에서 피난을 하는 사십대의 얼굴이 동글한 아낙은 된장과 풋고추, 오이를 들고 왔다. 쌀이라곤 섞이지 않은 개나 돼지나 먹는 그런 보리밥을 둘은 달게 먹으며 연신 고맙다고 허리를 굽혔다. 가물거리는 등잔불 밑에서 꿀꺽거리며 밥을 넘기는 그런 둘을 지켜보는 피난민들마다 동정을 띠었다.

"젊은 사람! 시방은 비가 오고 밤이라서 그 놈들이 안 뵈지마는 날이 밝어마 여게도 이승마이 반공단 놈들이 설치는 기라. 오늘은 부슬비도 오고 하이께 여게서 지내고 내일부터는 그 놈들 눈을 피해 산으로 들로 숨어 댕기야 되는 기라. 여서도 젊은 사람들이 몇이나 그 놈들한테 붙잡히 간기라."

앞니가 빠진 노파가 점원을 향해 숨어야 한다며 다잡듯이 말했다.

"예. 날이 밝어마 바로 숨을 낌니더. 절대 그 넘들한테 잡혀갈 수 없습니더."

점원이 결기를 세우며 말했다.

"좌우튼 숨어야 되는 기라. 그 넘들한테 잡히마 총알이 어구야쿠로 쏟아지는 전선으로 가야 되는 기라. 이 넘 세상은 돈 없고 빽 없어마 어떤 젊은 사람이든 전선으로 가서 죽어야 되고, 돈 있고 빽이 있어마 최전선에서도 빠지나오는 세상이께 어이, 더런 세상. 우떻게 된 세상인지 지서장, 면장 빽마 있어마 군대 붙들리 갔다가도 이래저래 다 빠지 나오는 기라. 참말이다. 얼마 돈마 쓰도 빠지나오고 말이다. 썩었는 기라. 냄새가 나도록 썩었는 기라."

　머리가 희끗한 노인의 말에 점원은 망연한 빛인 채 동조의 뜻으로 고개를 주억거렸다.

　계속해 노인은 이빨이 없어 침이 튀어나오면서도 이야기를 이었다. 일주일 전 노인의 아들을 비롯한 몇 명의 장정들이 이곳 부곡에서 반공단원에게 붙들려 전선으로 징집되어 갔다고 했다. 그때 같이 붙들려간 아들의 친구는 천신만고 끝에 부대에서 도망쳐 왔다고 했다. 그 아들 친구가 지서장 줄이라도 있는 이라면 최전방으로 배치되었어도 빼돌려지는 걸 보았다는 것이었다.

　"왜정시대를 겪었지마는 그때보다 더 이 넘의 세상은 타락한 기라. 돈 없고 힘없는 농사꾼은 그때보다 더 사람취급을 몬 받는 기라. 금이야 옥이야 키얀 아아 말키 뺏들리서 군대로 보내 다 직이야 되이께 어이 더런 세상."

　전선으로 끌려간 아들을 둔 노인은 분이 풀리지 않은지 다시 툴툴거렸다.

　그런 노인을 곁의 합죽이 노파와 구레수염에 누런 이빨의 노인이 다독거리며 위로했다. 사람 목숨은 하늘에 달렸다고 하니 기다려 보자고. 군대 간다고 해 다 죽는 건 아니라고. 곧 전쟁이 끝난다는 소문이 있으니 아들은 돌아올 것이라고.

　개밥인 것 같은 보리밥을, 점원은 주위에 모인 피난민들과 진지한 이야기를 하며, 비우고 있었다. 금실도 자신을 지켜보는 주위 시선들을 물리치고 달게 보리밥 그릇을 비우자 탈진해 기력이라곤 없었던 게 거짓말 같이 기운이 솟으며 감기려는 양 눈이 떠졌다.

　마루에선 조무래기 아이가 자다 말고 깬 듯 앙앙 울었다. 장독간에선 어린애가 모기가 문다고 엄마를 찾으며 보챘다. 멀리에서 콩을 볶는 듯 포성과 총성이 울러 퍼지고 있었다.

　"보소! 젊은 사람! 우리는 까막눈이라서 우떻게 전쟁이 났고 시방 판이 우떻게 돌아가는지 모르는 기라. 우리 사는 집이 전쟁터라서 말키 이곳으로 피난 왔지마는 답답해 미치겠는 기라. 빨리 이 노무 총소리가 안 들리야 집으로 돌아가는데 뭐를 모르이께…… 아는 대로 이바구 해보소. 시방, 미군 인민군 싸우는 상황이 우떻게 돌아가는교?"

사십대 중반의 땅딸한 키에 삼베적삼을 입은 농투성이가 간절한 채 물었다. 전쟁의 추이며 내막을 모르는 가운데 피난을 사는 게 역정이 이는 듯 곁의 농투성이들도 한숨을 쉬며 점원에게 눈길을 주며 귀를 곤추세웠다.

"인민군이 여까지 밀고 내리 온 걸 보마 이남에 친일파들하고 반민족자들을 김일성이가 단다이 뚜드러잡을라고 카는 모양입니더. 지는 빨개이는 아임니더마는 백 번 왜놈들 똥구중을 핥은 놈들을 척결하려는 이번 전쟁의 당위를 환영하는 바입니더. 그런데 말입니더. 이 전쟁이 이남에 국방군하고 이북에 인민군하고 쌈이라고 카마 왜놈 앞잡이들이 정권을 세운 이남은 벌써 두 손을 들어야 되지마는 인민군하고 미군하고 대판으로 싸우고 있단 말입니더. 이 전쟁이 길어져서 인민군이 밀리마 미국하고 체제가 다른 중공하고 소련이 참전할 꺼 같습니더."

"뭐? 이 전쟁이 미국하고 소련하고 전쟁이라고요? 중공도 이 쌈에 끼여든다고요?"

"지는 그래 생각합니더. 인민군 배후에 소련하고 중공이 있어서 인민군이 미군한테 밀리마 소련 중공이 절대 가마이 안 있을 낌니더. 누가 이길 지는 모르겠습니더. 죽어나는 거는 우리 백성이라예."

점원이 긴 한숨을 토하며 절망을 표했다.

"그 말이 맞는 기라. 시방은 우익 좌익 쌈도 아인기라. 미국하고 소련하고 쌈이라 카이께 하늘도 땅도 캄캄한 기라. 이래저래 죽는 거는 우리 백성들 뿐이께 어이, 더러분 세상."

"젊은 사람! 그러마 운제 전쟁이 끝날꺼 같노? 운제 우리는 집으로 돌아갈 수 있을꼬?"

꺼칠꺼칠한 수염에 삼베 셔츠를 입은 농투성이는 비탄조인 반면, 작은 키에 눈매가 매서운 농투성이가 단도직입적으로 물었다.

"지도 운제 이 전쟁이 끝날지는 모르겠습니더. 미군이 개입되어서 마 소련이나 중공군이 개입될 기라서 안 길어지겠습니꺼."

점원이 마저 못한 질문에 응답한다며 갑갑한 듯이 말했다.

그들마다 점원으로부터 희망적인 이야기를 듣고 싶었는데 전쟁이 길어질 것이라고 하자 긴 한숨을 쉬는 절망이 팽배한 이가 있고, 오싹한 공포를 느끼는 듯 몸을 부르르 떠는 이가 있었다. 고개를 쳐들고서는 잔뜩 찌푸린 표정으로 미군과 인민군을 향해 나쁜 놈들이라느니 죽일 놈들이라며 욕설을 쏟는 이도 있었다. 그런 한숨을 쉬고 고개를 내흔들었어도 불안이 덜어지는 안도도, 상서로운 빛도 보이지 않은 듯 희멀건 동공을 굴리다 암담한 빛인 채 연초를 말아 불을 붙이는 이도 있었다. 이런 암울한 분위기를 만든 점원이 못마땅한지 눈매가 무서운 땅딸막한 농부가 돌연 험악한 기세로 나왔다.

"이보소! 젊은 사람! 알마는 똑바로 알아야 되는 기라. 뭘 모르는 기 우리가 촌놈이라고 겁을 팍팍 주노. 아무리 전쟁난 시절이라고 캐도 사람 탈을 썼어마는 바른 말을 해야 되는 기라. 안 그렇나? 인민군이 이 땅을 손에 넣어마 저거들 눈에 안 드는 사람은 모조리 잡아 직인다 카는 기라. 이거는 니도 나도 다 들은 소문인기라. 실제 이놈들 수중에 들어간 데는 인민재판이라는 거를 열어서 어구야쿠로 생사람을 직이고 있는 기 사실이고. 그래서 국부인 이승마이 대통령이 미국 대통령한테 연락을 해서 미군을 부른 거 여게 사람들은 또 다 아는 기라. 그래 부른 미군이 시방 인민군하고 대적하고 있는 거 우리 눈으로 보고 있는 기고 말이다. 미국이 이 전쟁에 가담해서이께 인민군이 세봤자 울매나 셀끼고. 인민군이 두 손들 날이 울매 안 남은 기라. 그래서 내 조카가 자원해 군대에 들어간 기라. 미군 편을 들어서 인민군들을 박살낼라고 말이다. 쪼매이 있어마 미국이 이기는 거를 가지고 젊은 사람이 물똥을 싸는 이바구를 하노!"

이만저만 아니게 화증을 내는 땅딸막한 농부의 조카는 아닌 게 아니라, 반공단원에게 붙잡혀 징집된 모양이었다. 빨갱이 집단인 인민군은 무조건 때려 죽여야 할 악의 화신이라고 반공단원에게 설명을 들었다고 했다. 그런 빨갱이들을 무찌르기 위해 청년이라면 당연 총을 들고 전선으로 나가야 하지 않느냐는 것이었다. 그런 나름의 명분과 당위로 군으로 징집되어 갔는데, 점원이 그런 사정들과는 본질이 다르게 이야기하자 벌컥 삿대질이 나오는 모양이었다.

"예. 보국대에서 인민군하고 미군하고 교전하는 거를 봤는데 미군이 세기는 세예. 미군을 도와서 인민군을 격퇴시키는 거는 애국하는 깁니더. 암예. 그런 사람은 당연히 훈장도 받아야 합니더."

눈매가 찢어져 매섭기만 한 땅딸막한 농부가 바라는 이야기를 해주어야지 그렇지 않으면 주먹을 휘두를 것 같아 점원이 미군이 세다며 성원을 보냈다.

"내 이야기는 젊은 사람한테 누워서 떡을 얻어 묵을라 카는 기 아인기라. 조카가 자원해서 군에 간 기 아이라 반공단원한테 붙잡히 간기라. 그런데 그 반공단원 이야기는 이 나라를 구하는 애국하는 일이라고 지랄을 떠는 기라. 그 넘들한테 붙잡히 가마 최일선에 총알받이가 된다 카는 이야기 내 들은 기라. 그러마 조카는 죽어로 간기라."

땅딸막한 농부는 실룩거렸다.

"그마 우소. 시방 시국에 군대 안 빼이갈 수 있나 카는 기라. 그넘들 총을 들이 밀고 가자고 카는데 안 갈 수 있나. 그러이께 김일성이 세상이 돼서 통일이 되마 그넘들 반공단들 다 숙청될 놈들인기라. 그러이께 이판사판으로 그 넘들이 젊은 사람들을 전쟁터로 꺼시고 가는 기라. 안 그렇나? 불길한 생각은 할 꺼 없고 조상이 돌보마 살아오는 기라. 그날 일진이 안 좋아서 그래 붙들리 갔다고 생각하마 되는 기라."

볼이 들어가 낯이 홀쭉한 오십대가 말했다.

"그 조카는 우리 가문에 장손인기라. 며칠이나 저게 뒷산에 숨었다가 밤에 자로 여게 온 기라. 그래 갖고 붙잡혔다 아이가."

땅딸막한 농부는 콧소리를 내었다.

"젊은 사람! 이런 시국에는 어느 편에도 서지 말고 몸을 낮춰야 산다. 살라고 이래 피난 온 기 아이가. 옆에 새댁도 있어이께 이런 난리에는 우예뜬동 휩쓸리마 안 되는 기라. 내 말 알겠나."

낮이면 우익의 반공단원 네댓 명이 패를 지어 젊은이들을 붙잡으러 다니는 형국에 조심하라며 허연 수염의 노인이 다짐을 가했다. 점원은 명심하겠다며 고개를 주억거렸다.

그날 밤을 쇠죽을 끓이는 부엌에서 쪼그리고 앉아 둘은 잠을 잤다.

❹

우익 반공단체들이 무시로 소총이나 죽창을 들고 다니며 피난민 청년들을 위협해 징발해 간다는 이야기에 한시라도 거기의 부곡에선 머물 수가 없었다. 쇠죽솥의 흙벽에 기대어 새우잠을 자 만신이 무거웠지만 날이 희끄무레 하자마자 둘은 일어나 피난 짐을 챙겼다. 마루와 축담, 장독대며 곳간에서 엎어져 자기도 하고, 퍼드러져 그저 코를 고는 피난민들을 뒤로 하고 짐들을 머리에 이고 지게에 졌다.

간밤 쇠죽솥 가에 자리를 펴 인사를 나눈 피난민들은 점원을 향해 마을 들머리에서 얼마만 논두렁길을 타고 가면 나오는 낙동강가로 숨으라고 했다. 거기의 강변 어디든 각지에서 몰려든 피난민들이 허연 물결을 이루어 그런 다중과 섞여 지내는 것 이상으로 서슬 퍼런 반공단원을 대처하는 방법이 없다고 했다. 또한 거기 강가의 모래밭은 수박과 오이를 비롯한 푸릇한 옥수수와 콩이 무진장 있을 뿐만 아니라, 난리로 주인을 잃은 소까지 몰아선 잡아먹는다고 했다.

더하여 트여 있는 강변이라서 우익 반공단원이 나돌아 다니는 걸 어디서든 볼 수 있음은 물론이고 사방으로 도망치기도 쉽다는 것이었다. 그러해 이곳의 피난민 장정들마다 산 속보다는 강가에서 떼를 지어 지내고 있다며 당분간 거기 강변에서 보내길 당부하듯 이야기했다.

하늘은 구름 한 점 없이 개어 있었다. 물안개가 희끄무레한 띠를 이루며 옹기종기 모인 마을들을 덮은 부곡에서 나와 수산으로 향하는 도로를 둘은 따라 걸었다. 새벽이라서 사방 어디든 사람이라곤 보이지 않았다. 싯누런 빛을 띤 나락 논 사이로 난 강변으로 들어가는 소로로 들어섰다.

"맞습니더. 산중에 숨는 거보다 사람들이 몰려 있는 데로 가서 지내는 기 낫습니더."

점원의 뒤를 따르며 금실이 말했다.

"우리는 사람들 속에 있어야 되는 기라. 이 판에는 이웃이 그 무엇을 먹어마 우리도 먹을 끼고 이웃이 굶어마 우리도 굶는 기라. 이웃이 슬픈 일을 당해 울마 우리도 울어야 하고, 좋은 일이 있어 이웃이 웃어마 우리도 좋은 기라. 어디든 꽉 찬 이 많은 피난민들 모두 이웃인 기고 이런 이웃과 우리는 한 덩그린 기라. 그라고 이래 피난 사는 사람들 잘난 놈도 없고 못난 놈도 없다. 재는 놈도 없고 어깨 힘주는 놈도 없는 기라. 다 우리하고 똑같은 처지인기라."

멀리 야트막한 야산에서 둥근 해가 솟는 걸 바라보며 점원이 결기를 세우며 말했다.

"오빠가 기운 넘치는 말을 하이께 참말로 좋습니더. 지도 기운이 나는 기라예. 아, 어제 밤을 보낸 그 집에 피난민들 말입니더. 사람 사는 집이 아이라예. 통시(변소) 빼고 사람들이 다 들어차 있어이께 엉성시럽습니더. 전쟁이 길어지마 그 사람들 다 우째 되꼬예? 집도 절도 없고 양식도 없는 그 사람들 겨울이 오마 우떻게 되꼬예? 생각마 해도 아득합니더."

간밤 쇠죽솥 가에서 잠을 잔 걸 떠올리며 금실이 체념적으로 말했다.

"나도 그 집을 떠올리께 앞이 막막하다. 이국 놈들하고 싸우는 전쟁이 아이고 동족끼리 서로를 직일라고 카는 전쟁이께 어이 떡어랄 넘들. 이런 전쟁이 안 날라고 카마 우리 백성들이 깨어 있어야 되는 기라. 보리밥도 몬 묵는 이 가난에서도 벗어나야 되는 기라. 이 나라가 미국, 소련에 의해 움직이는 기 아이라 백성의 중지로 돌아가는 나라가 되야 되는기라. 미국 소련의 종주국 신세가 아이라 자주국 말이다. 힘을 길러 통일국가로 가야 하는데 그런 날이 언제 올꼬? 언제가 되어야 위정자들이 백성 알기를 하늘을 알듯이 하는 그런 세상이 올꼬?"

"이 난리가 끝나마 독하고 모질게 사입시더. 그래갖고 자식들 공부를 죽자고 시키입시더. 그래 사는 기 이 전쟁을 겪은 우리가 자식들한테 물러줄 유산이라예."

"그래. 당신 말이 맞다. 이 난리가 끝나마 진짜 독하게 살자. 우리 아아 공부를 시키서 눈을 뚫히고 말이다. 거거 말고는 희망이 없는 기라."

둘은 전쟁이 끝나면 아이 세대에게 공부를 시키자고 약속했다.

얼마 거리가 아닌 강변으로 난 밭고랑으로 둘은 앞서거니 뒤서거니 하며 들어갔다. 물기에 젖은 사장으로 뿌연 아침햇살이 뿌려지자, 드넓은 강변이 깨어 일어나는 것같이 생기로 번들거렸다. 멀리로 자욱하게 뻗은 물안개가 서서히 걷어지자, 강변으로 향하는 요로마다 희끗한 피난민들이 마치 순례자의 행렬같이 사장으로 줄을 잇고 있었다. 그러니까 간밤에 내린 장대비로 모래밭에서 노숙을 했던 피난민들이 강변 인근의 마을로 들어가 비를 피했다가 날이 개여 햇살이 퍼짐과 함께 다시 사장으로 모여들고 있는 것이었다.

금실이 두리번거리며 강변 쪽을 바라보자, 휘어지고 굽은 산자락에 오목하게 싸인 학동, 청암, 대밭골 마을에서도 비를 피한 거지행색의 피난민들이 너도나도 짐을 이고 지고서는 드넓은 모래사장으로 향하고 있었다. 는적거리는 걸음인 어깨가 처진 그들 피난민들은 떨어지고 기운 낡은 삼베옷 차림인 채 댓 명의 식구들과 뭉쳐 있기도 하고, 더러는 한 마을의 동네 사람들인 듯 마흔 명 정도가 우르르 몰려선 사장으로 들어가는 경우도 있었다.

간밤에 내린 비로 초록의 잎사귀마다 한층 싱그러운 물기로 가득한 수박밭은 어디든 성한 데가 없었다. 허기진 피난민들이 이래저래 수박을 쪼개어 먹은 듯 풀 더미 군데군데에 불그스름한 수박껍질이 널브러져 있고 줄기가 뽑혀 있기도 했다. 오이며 참외 밭도 잎사귀가 걷어져 있고 알맹이가 쪼개어져 보기 흉하게 뒹굴었다. 그런 부패한 수박이며 참외엔 구더기가 들끓었고 파리가 날기도 했다.

강변 전체가 수박, 오이를 비롯한 채소밭이었는데, 어저께 내린 비로 어디든 잎이 무성해 마치 확 트인 드넓은 초원의 싱그러움을 대하는 기분이었다. 지게에 피난 짐을 진 점원이 앞서고 금실이 뒤를 따르며 모래사장 쪽으로 더 들어가자, 덩그런 수박들이 눈에 띄고, 가지며 오이도 무성한 잎사귀 틈에 감춰진 게 띄었다.

"어쩔 수 없다. 살라고 이래 피난을 댕기는 마당인데 굶어 죽을 수는 없는 기 아이가. 아침 요기할 꺼를 내가 봤는 기라."

그 무엇을 한참이나 생각하는 빛이다가 이 말을 금실에게 남기며 지게를 내린 점원이 황급히 수박밭으로 뛰어 들어갔다. 그러곤 물기에 젖은 수박 잎사귀며 줄기를 헤치다가 어른 머리통만한 수박을 따서는 싸게 나왔다. 그런 수박을 딴 점원은 여간 아닌 희색인 채 주먹으로 수박을 반으로 쪼개어선 벌건 수박 덩어리를 금실에게 건넸다.

"전쟁 통인 세상이지마는 수박 주인이 있을 낀데 욕 안 하까예?"

점원이 주는 수박을 받으며 금실이 난처한 기색을 지었다.

"살라고 이라는 기 아이가. 이기라도 묵어야 기력이 있는 기라. 특히 당신은 임산부인기라. 전쟁 통에 살라고 이래 수박을 따 묵는 거는 죄가 아인기다."

점원이 담담한 채 말했다.

달착지근한 벌건 수박을 후루룩거리며 씨마저 씹어 넘기면서까지 달게 먹자 배가 일어났다. 점원은 몇 번이나 트림을 했다. 금실도 기운이 없어 양 눈이 감기고 걸음이 휘청거렸는데 힘이 난다고 했다.

"보이소! 그 수박 어디에 있읍디꺼?"

아이를 댓 명이나 대동한 사십 대의 빼빼 마른 피난민이 허기로 기력이라고는 없는 채 물었다.

"저게서 땄습니더. 누구 집 수박인지 모르겠지마는 잘 익은 기라예."

점원이 푸르스름한 수박넝쿨이 짙은 곳을 향해 손가락으로 가리키자 비쩍 말라 광대뼈만 남은 것 같은 피난민 농부가 싸게 뛰어 들어 갔다. 이 고랑 저 고랑을 훑고 풀 더미들을 뒤지더니 아름이나 되는 수박을 두 개나 들고 나왔다. 흐뭇한 채 모래밭에 앉아 수박을 쪼개었다. 그러곤 조무래기 자식들에게 벌건 수박을 건네자, 민머리에 버짐과 부스럼이 가득한 열 살 전후의 자식들마다 꿀맛이라는 듯 여간 게걸스럽지가 않았다. 그런 아이들은 배가 고팠던지 후루룩 수박을 배어먹는 소리가 나기 바쁘게 꿀떡거리며 목으로 넘기는 걸 금실은 바라보고 있었다.

"이기 우리 아아들을 살리주는 기라. 우리는 경북 고령에서 이리로 피난왔습니더. 포가 우리 사는 동네에 떨어지고 총알이 날아오고 해서 아무 것도 안 들고 빈 걸로 왔습니더. 어제는 물빼이 몬 마셨습니더. 비가 와서 누한테 뭐를 얻어 묵을 수도 없었습니더. 아아들이 배가 고푸다미 질질 짤아샀는데 참말로 애비된 사람으로 몬 듣겠는 기라. 이거를 묵어이께 몇 끼 밥을 묵은 거 같다."

피난민 농부는 눈물을 흘릴 것같이 감격해 말했다.

"아무리 난리라 캐도 굶어죽지는 안 한다. 보이소! 강가로 가마 묵을 끼 있다고 내가 안 캅디꺼."

얼굴이 펑퍼짐한 그의 아내가 여간 흡족하지 않은 기색으로 말했다.

"여게 피난 온 사람들마다 다 착하고 법 없이도 살 수 있을 꺼 같은데 와 이런 난리가 났을꼬예? 참말입니더. 다 정이 많고 남 아픈 거는 몬 봐주는 사람들인 기라예. 아아래(그저께) 피난민 장정들이 저게서 소를 잡았습니더. 저게 보이는 움푹 들어간 모래밭 저게서 말입니더. 그래 소를 잡아서 니도 나도 지고 온 솥을 걸고 물을 부어서 불을 땐 기라예. 그 쇠고기를 소금을 넣고 푹 삶았다 아임니꺼. 누가 마이 묵고 작기 묵는 것도 없는 기라예. 똑같이 한 그릇씩 묵었는 기라예. 그 쇠고기하고 국물을 묵고 며칠을 굶은 우리 아아들 몸보신을 했습니더. 열개가 넘는 솥에 국을 끓이고 사람들이 쭉 줄을 선 기라예. 한 줄에 서른 명 마흔 명이 섰습니더. 그 모습이 참말로 아름다운 기라. 이래 착한 사람들이 사는데 와 이런 험악한 전쟁이 났는지 모르겠습니더."

그저께 강가에서 주인 없는 소를 잡아먹은 광경을 상기시키며 비쩍 마른 피난민 사내가 고개를 내흔들며 말했다.

이런 이야기를 주고받는 사이 가까이에서 새까만 수염이 안면을 덮은 누런 삼베옷 차림인 농부가 괭이를 들고는 헉헉거리며 달려왔다. 정황과 징후로 보아 수박밭의 주인 같았다.

"이 새끼들! 우뚷게 지은 농산데 따묵노! 이거는 일 년 묵을 우리 곡식인기라. 물어내라! 내 수박 물어내란 말이다!"

수박주인인 농부가 겨를 없이 달려와 다짜고짜 점원의 멱살을 잡았다.

"죄송합니더. 하도 배가 고파 따먹었습니더."

"이래 따 묵어마 우리는 일 년 동안 우뚷게 살아란 말이고?"

"난리 끝나마 우리 집으로 찾아오이소. 나는 유어면 도동에 삽니더. 수박 값을 치러줄 테니 오이소. 아임니더. 난리 끝나마 지가 수박 값을 들고 꼭 찾겠습니더."

점원이 전쟁이 끝나면 찾아와 수박 값을 지불하겠다고 하자,

"이 보이소. 나는 고령에 삽니더. 난리 끝나마 여게 수박 먹은 거 꼭 보답하께요. 나는 두 개를 따 먹었심더. 쌀 두되를 갖다주께요. 사흘을 굶고 나흘을 굶어마 눈깔이 뒤비지는 기 사람인 기라요. 나중에 우떻게 될 갑세 우선 살아야 되는 기 아이오. 그런 기이께 이해해 주이소."

고령에서 피난을 왔다는 그 농부도 난리가 끝나면 보답하겠다고 나왔다. 이런 실랑이를 벌이는 사이 마을에서 강가로 들어오는 또 다른 피난민 무리가 지나가다 멈췄다. 수박을 따먹은 걸 보고 너도나도 밭으로 뛰어들어 덩그런 수박을 저마다 땄다.

"안 된다! 안 되는 기라. 거거는 우리 한 해 농사다!"

주인이 붉으락푸르락한 빛인 채 수박을 따는 피난민들에게 달려갔다. 열 명이 넘는 굶주린 피난민들을 말릴 수가 없었다. 역부족을 느낀 주인 농부는 푸릇한 수박 줄기에 퍼질러 앉아 더럭더럭 울었다.

"이 수박 팔아서 곡식하고 바까 묵는데 올 겨울 우찌 살꼬. 이럴 수는 없는 기라. 앞으로 우리 식구들 우찌 살꼬."

주인 농부가 무력하게 주저앉아 한탄하는 게 수박을 따먹은 그들 피난민들마다 여간 안쓰럽지가 않아 죄책감에서 그 주인 농부에게로 모여들었다.

"보이소. 이 전쟁에 니꺼 내꺼 오데 있습니꺼. 당장 입에 풀칠하는 기 급한 판에 올 가을 걱정을 하고 겨울나는 거를 걱정합니꺼. 난리 끝나마 이 수박 값 치러주로 주인장 찾어께예. 꼭 찾어께예."

오십대의 점잖은 행색인 피난민 농부가 울고 있는 주인을 달랬고,

"여게 피난 온 사람들 도독놈 아임니더. 난리가 나서 이리 피난 댕

기는 기지 다 집이 있고 전답이 있습니더. 먹을 양식도, 집에 키우는 소나 돼지도 다 두고 이리 피난왔습니더. 포가 동네에 떨어지고 총알이 날아오는데 피난을 안 갈 수 있습니꺼. 이 수박은 난리로 굶은 이웃사람 적선했다 치이소. 우리는 다 대지면 용소에 삽니더. 가을에 참말로 묵을 양식이 없어마는 우리 동네를 찾아오이소. 내 약속하께예. 쌀하고 고구마를 주께예.”

환갑에 다다른 흰 수염이 난 노인이 주인 농부의 등을 두들겼다.

“여게 사람들 놀부 심보 가진 사람 아무도 없습니더. 어떤 사람이든 사람을 귀하게 여기고 우러러 보지 낮춰보고 업신여기는 사람도 없습니더. 우리는 다 땅을 파 사는 농사꾼이라예. 한겨울에 거지가 동냥 얻으러 오마 우리가 묵고 있는 거 다 내놓는 기 우리 인심이 아인교. 동네나 이웃 동네에 불쌍한 사람이 있어마 묵을 꺼를 주고 살구로 해 주는 기 우리 인심이고예. 그러이께 이거 가지고 너무 우리를 몰아세우지 마이소. 나도 난리 끝나마 쌀자루를 들고 주인 찾겠습니더.”

또 다른 수박을 딴 피난민 농부는 쌀자루를 들고 오겠다고 했다. 어이가 없는지 주인 농부는 극도로 허망한 채 하늘을 향해 고개를 들었다. 그러다 그 무슨 작정한 듯 입술을 깨물며 고개를 주억거렸다.

“알겠습니더. 지가, 지가 생각이 좁았습니더. 요기가 되마 따다가 잡수이소.”

원래 순박해서인지 아니면 피난민들에게 감화를 받아서인지 주인 농부의 성정이 누그러졌다.

“아이라. 우리는 이거마 묵어마 되는 기라. 더 따 묵어마 진짜 사람 탈을 쓴 금수인기라. 우리도 농사꾼이라서 주인장 심정을 다 아는 기라예. 우떻게 지은 농산교!”

주인 농부와 피난민 노인으로부터 이런 대화를 듣자, 감격 같은 걸로 금실의 눈가에는 물기가 어려 들었다. 점원도 인정을 아는 주인 농부의 심경변화에 새로운 태양을 안은 것같이 한 줄기 훤한 빛을 보는 듯 했다.

거기의 수박밭에서 점원과 금실은 일어나 사오백 명쯤의 피난민들이 모여 있는 땅콩 밭이 펼쳐진 곳의 모래밭으로 가 지게에 진 솥을 내렸다. 금실은 손등으로 이마와 얼굴에 맺힌 땀을 닦으며 모래에 퍼질러 앉았다.

물안개가 걷어지는 아침녘이었다. 뽀얀 안개에 덮인 강가의 사방은 어디든 한 폭의 수채화였다. 간밤 내린 비로 강물이 불어나 누런 물이 강 중앙으로는 물결치며 흐르는 게 그러하고, 그 옆으로 수증기 같은 김에 감싸인 기묘한 절벽하며 그 위로 소나무, 참나무가 우거진 녹음들이 그러했다. 한가로워 청량감을 주게 시야가 트인 강변의 수박밭과 초지로 보이는 넓기만 한 땅콩 밭들이 또한 그러했다.

밥을 먹어야지 수박을 먹은 것으로는 허기를 이겨낼 수 없어 지게에 지고 온 솥을 돌멩이를 걸어 얹힌 후, 점원이 곁의 밥을 안치려는 피난민 가족에게 다가갔다. 들고 있는 자루의 보리쌀을 내보이며 함께 밥을 짓자고 하자, 남지면의 신전리에서 피난을 왔다는 피난민 가족은 가타부타 없이 수락했다.

땔감이 없어 점원은 마을 쪽으로 보이는 밭가에 쟁여져 있는 보릿짚을 빼어 지게에 지고 왔고, 금실은 피난 짐의 자루에서 보리쌀을 꺼내 강과 내가 합치는 도랑으로 가 씻어왔다. 사십대 중반쯤으로 보이는 볼이 홀쭉하고 코가 말코인 그 피난민 아낙은 칠칠했으며 무척이나 싹싹했다. 어느 사이 금실과 마음을 튼 인정이 도타운 그 아낙은 사막에서도 먹을 음식들을 내놓을 수 있을 것같이 그 무엇도 없는 들녘에서 갖가지의 찬을 만들어내었다.

금실이 처음 보는 풀을 그 아낙은 땅콩 밭 주변에서 뜯어와 소금으로 절였고, 내에서는 씀바귀, 냉이, 벼룩나물 같은 걸 뜯어와 된장에 무쳤다. 또한 주변에 늘려 있는 배추와 부추를 조려서는 보리밥을 양

재기에 비비는 것이었다. 피난지에서 먹은 이때의 보리밥을 금실은 잊지 못한다. 어떤 음식이든 만드는 이의 손재주가 없으면 맛이 나지 않는다는 걸 이때 피난민 아낙을 통해 경험한 것이었다. 쌀이라고는 섞이지 않은 보리밥이지만 그 아낙의 손놀림이 들어가서인지 입에 들어가자마자 스르르 녹는 그 보리밥 비빔을.

"여도 있을 데가 몬 되는 기라. 여게 몬 있구로 미군이 통제한다 카는 기라. 우리는 밥을 묵고 임해정(林海亭)으로 가는 비럭가(벼랑)를 타서 수산(水山) 쪽으로 갈 끼다. 어제 비 오기 전에 걸로 엄청난 피난민들이 간기라. 미군하고 반공단원이 다 걸로 피난을 가라고 카고. 우리도 가야 되는데 저 아아들이 동네 들어가서 노는 바람에 아아를 찾는다고 몬 간기라. 여게 저게 피난하는 사람들 이야기 들어이께 언제 저 앞에 도로로 인민군이 뚫고 들어올지 모른다 카는 기라."

함께 밥을 먹으며 잔잔한 투로 말하는 오십대의 다부져 보이는 농부가 그들 가족은 임해정으로 난 강기슭으로 해 수산으로 간다고 했다.

"그러마 인민군이 도천하고 영산까지 손에 넣었다는 말임니꺼?"

"폿소리, 총소리를 들어이께 여서 울매 안 떨어진 데까지 인민군이 와 있는 기라."

점원이 이곳까지 인민군이 장악했다는 데 믿어지지 않는다며 고개를 내젓자, 모래사장 주위로 피난 짐을 내린 이들의 수런거리는 소리가 들렸다.

"떴는기라. 떴다! 반공단 깡패들이 떴다!"

땅콩 밭쪽에서 누군가가 고함을 질렀다.

"뭐하고 있노! 튀라, 저 깡패새끼들한테 붙잡히마는 약이 없는 기라."

이런 외침에 점원이 후다닥 일어나 지게를 졌다.

"얼른, 얼른 튀어! 젊은 사람! 그 넘들한테 잡히마 전쟁터에 바로 보내지는 기라."

함께 보리밥을 먹은 농부가 튀라고 화급히 소리쳤다.

"예, 밥 잘 묵었습니더."

이 말을 끝으로 점원이 바삐 지게를 지곤 튀었다.

"젊은 사람! 튀이소. 지게는 벗어 던지고 튀이소. 잡히마 큰일 나는 기라."

또 다른 피난민이 성원을 했다. 점원은 지게를 던지고 튀었다. 금실도 보퉁이를 내버리고는 뒤를 따라 달렸다. 사방을 두리번거리자 먼 거리에서 네 명의 청년이 죽창 같은 걸 어깨에 메고는 수박밭으로 달려오는 게 점원의 눈에 띄었다.

❺

그길로 둘은 낙동강과는 십 리 이상 떨어진 수산 들판이 한눈에 내려다보이는 높다란 초동리 앞산으로 올라가 몸을 숨기고 있었다. 피난민들이 모인 마을들을 나돌며 가족들을 찾는다는 건 섶을 지고 불 속으로 들어가는 것이나 진배없었다. 그런 행위는 눈에 불을 켜 나다니는 반공단원에게 곧바로 자신을 내놓는 격이었다. 강변에서 그렇게 반공단과 맞닥뜨려 넋을 잃은 것같이 혼겁한 판이라서 둘은 어떤 곳으로도 쉽게 갈 수가 없었다. 어떻게 그렇게 많은 반공단원들이 도처에 깔려 수시로 나다니는지 둘은 미처 몰랐던 것이었다.

장정 누구든 나돌아 다니는 반공단원에게 붙잡히기만 하면 이제는 보국대가 아니라, 최전선의 의용군으로 차출된다는 것이었다. 말이 의용군이지 총알받이인 셈이었다. 백 번 천 번 죽음이 기다리는 그 참혹한 전선으로는 갈 수 없었다. 떠올리는 것만으로도 토악질이 나올 것 같은 창자가 흘러나온 미군의 시체며 살이 썩어 똥파리들이 들끓는 인민군 시체들. 그런가 하면 가슴을 관통당해 피를 너무 흘린 나머지 스르르 죽어가는 미군 부상병들. 다리며 팔에 **총상**을 입어 사색이 되어 새파란 채 비명을 질러대는 인민군 부상병…… 오싹한 현기증이 일었다. 그런 전쟁터만 그리면 점원의 전신은 소름이 끼치는 것 같았다.

어떤 물리적 강요에도 점원은 그런 곳으로 다시 갈 수 없어 저항하고 싶었다. 누구를 위하고 무엇을 쟁취하기 위한 전쟁이었느냐는 물음에서도 부정과 회의뿐이었다. 민족과 역사의 진보를 깡그리 부정한 채 반공을 기치로 미국의 이익을 쫓는 이승만 정부를 향해선 신물이 날 것 같은 역겨움이 일고, 이북의 김일성 정권을 향해서도 대일전의 승리로 미, 소가 점령한 남북을 전쟁을 통해 통일하겠다는 데는 어떤 명분으로도 당치가 않은 분개와 적의뿐이었다. 더구나 결혼한 몸으로 곁에는 분신이나 다름없는 금실이 있는 마당이었다.

그리하여 점원과 금실이 그곳의 산중에 꼼짝 않고 숨어 지낸지도 벌써 나흘이나 흐르고 있었다. 거기의 잔솔들이 우거진 펑퍼짐한 지세의 산중은 어디든 피난민 장정들이 은신해 있었다. 하나같이 반공단원에게 붙잡히지 않으려는 점원의 처지와 비슷한 이들이었다. 징집되지 않으려 도망 다니는 신세라서 거기 산중에서 그들끼리 만나지면 수인사와 함께 쫓겨 다니는 억하심정을 이래저래 나누기도 하고 먹을 음식들이 있으면 내놓기도 했다.

그렇게 만나지면 그들 간에는 소름끼치는 공포뿐인 전시상황을 이래저래 들었다며 그럴 듯한 사실을 미화해 길게 늘어놓는 이도 있었다. 그러면 듣는 이들 중 오금이 저려 그저 부들부들 떠는 이들이 있고, 미군과 인민군을 향해 싸잡아 욕하는 이도 있었다. 그런가 하면 인지능력이 부족한 순박한 농투성이가 근거라고는 없이 인민군이 두 손을 들고 북으로 쫓겨 갔다느니, 어제, 그저께의 낙동강엔 수천, 수

만 명이나 되는 미군 시체들만이 떠내려가는 걸 봤다며 믿을 수 없는
억측들을 태연히 쏟기도 했다. 그러다 이야기가 길어져 서로 만만해
지면 무식한 농투성이인 걸 증명이라도 하려는 듯 주장과 바람들을
무성하게 쏟곤 했다.

　"국부 이승마이가 미국에 대통냥하고 친구라 카마 와 이래 전쟁을
질질 끌고 있노. 전투기도 더 보내고 전차도 더 보내서 파딱파딱 끝을
안 내고 말이다. 내 같어마 일본 천황을 두 손 들게 한 거기 뭐꼬? 맞
다. 원자폭탄. 거거를 김일성이 있는 데에 한 방 터자라 카겠다. 그러
마 만사가 끝나는 기 아이가. 우리는 집으로 다 가고 말이다."

　이런 식의 이야길 진지하게 하는가 하면,

　"맞다. 그래하마 되는데 대통냥 짓을 영 몬하고 있는 기라. 이 백
성들 집을 잃고 이래 쫓기서 피난 댕기고 하는 사정을 모르는 기라."

　의식수준이 비슷한 이는 이런 식으로 말을 받았다. 그러면 누군가
는 의문을 달았다.

　"그래 생각하마 안 된다. 이승마이는 왜놈하고 싸운 독립운동가인
기라. 그래서 왜놈 앞잡이에다 깡패들마 모인 반공단들을 만들어 우
리 같은 장정들을 전선으로 잡아넣어라 카는 명령은 안 내린 기라.
이승마이 밑에 쫄다구 새끼들이 우리를 대이는 대로 잡아다가 전선에
몰아넣어라 카미 꾸민 공작인기라. 이 나라 이 민족을 너무 사랑해
우리가 국부로 모신 분이 이승마이가 아이가? 틀림없이 그 밑에 새끼
들이 꾸민 긴 기라."

　진정에서 이렇게 이승만을 옹호하는 이도 있었다.

　이런 식의 억측들이 진지하게 나오면 그들끼리는 논거도 없는 이야
기를 두둔하는가 하면 어떤 경우는 틀렸다며 입씨름으로 비화되기도
했다. 그러면 따지기도 하고 씩씩거리기도 하는 목청이 커 산중이 쩌
렁쩌렁 울렸다. 이런 와중에서도 수상한 이가 띄면 누군가가 반공단이
라고 소릴 질렀다. 그러면 누구랄 것 없이 후다닥 내달렸다. 그러다 그

들끼리 또 산중에서 만나지면 암담하기만 한 시국담을 늘어놓았다. 이야기가 길어지면 생판 처음 듣는 과장된 소문들이 쏟아지는 것이었다.

점원과 금실은 하루에도 몇 차례나 우익 반공단의 눈을 피해 숨어 다니는 장정들과 마주쳐 긴한 이야기들을 나누곤 했다. 뿐만 아니라 몇몇 장정들과는 친해져 한나절을 함께 돌아다닌 적도 있었다. 또한 몇몇 결혼한 장정들과는 점심녘부터 해질녘까지 처가며 시가자랑을 하는 정겨운 이야기들을 나눈 적이 있기도 했다. 그런 그들은 간간이 외쳤다. 한시라도 이런 쫓기는 생활을 청산하고 제 고향으로 돌아가고 싶다고. 그러곤 따뜻한 밥을 실컷 먹고 싶다고. 뿐만 아니라 네모 반듯한 방에서 자고 싶다고. 반공단원 놈들은 인간이 아닌 독사라는 씩씩거림. 총이 있으면 인민군을 향해 쏠 게 아니라 그들을 전선으로 보내려는 반공단원 놈들에게 쏘고 싶다는 외침.

산중 어디서든 우익 반공단의 눈을 피해 숨어 다니는 순박하기만 한 피난민 장정들. 제 가련한 처지보다 남을 더 애틋이 여기는 장정들 무리를 만나 둘은 여러 도움을 받기도 했다. 한번은 산중턱의 바위에서 쫓겨 다니는 농투성이 장정 댓 명에게 삶은 고구마와 함께 건네주는 옥수수를 받아먹으며 피난생활의 고됨과 쫓겨 다니는 사정들을 들었던 것이다. 그들 중 하나가 훌쩍거리며 두 번이나 반공단원 청년에게 붙잡혔다가는 사생결단하고 도망친 억하심정의 이야기를 해 점원도 연민을 못 이겨 울컥해졌던 것이다.

또, 한번은 산 정상의 잔솔밭에서 스무 살 안팎의 키가 작은 앳된 청년을 만난 것이었다. 그 청년이 분개해 들려주는 이야기에 시종 절망의 기운에 젖은 적도 있었다. 전쟁이 끝난 이후에도 금실은 이 청년의 이야기를 잊지 못했다. 그 청년의 이야기는 이러하다.

"지는예. 남지면 칠현리에 살고 성은 김갑(金哥)니더. 지는 참말로 쫓기 댕기는 거 싫습니더. 이래 산중 생활하는 것도 싫고예. 집을 잃고 이래 떠도는 것도 억울해 몬 살겠습니더. 남한테 해코지했거나 뚜

더러 팬 것도 없는데 죄인이 돼서 쫓기 댕기는 거 참말로 몬하겠심니더. 그래서 빨갱이 군대와 싸우겠다고 내 스스로 그 넘들을 찾아갔습니더. 전쟁을 일으킨 우리 민족의 원수 김일성이 군대를 대적하는 군인이 되겠다고 캤습니더. 조 아래 수산에 있는 지서에 가서 참말로 당당하이 말했습니더. 그러이께 의용대장이 좋다 카미 내 손을 꽉 잡는 기라예. 자네 같은 청년이 있는 한 김일성이는 반드시 우리한테 총 맞아 죽을끼라 카미 말임니더. 미군 트럭을 타고 밀양으로 갔습니더. 실은 겁이 났습니더. 시방 혈전이 벌어지고 있는 낙동강전선에 투입되는 기 뻔한 긴데 그러마 총알받이가 아임니꺼. 우리 같은 촌놈은 공격 앞으로 카마 제일 앞에 나선다고 카데예. 그렇지마는 빨개이 종자는 인간 종자가 아이라 카는 이바구를 좌우익 싸울 때 경찰들한테 울매나 들었습니꺼. 좌익말을 따르마 누구든 골로 간다 카는 이야기도 울매나 들었습니꺼. 그러나 이남의 사나이로 한 번 죽지 두 번 죽는 기 아이라 카미 주먹을 불끈 쥐었습니더.

밀양에 있는 국민학교 운동장에 내려서 나무 그늘로 갔습니더. 징집관이 의자에 턱 버티고 앉아 있는기라예. 어디서 끌어모단능공 내 같은 젊은 사람들이 엄청나이 줄을 서 있는 기라예. 그런 사람들을 보이께 다 우는 상이고 풀이 죽어 있는 기라. 이거저거 물어보고 팔을 폈다가 굽혔다가 해라 카는 기라. 그래갖고 징집관이 생각하는 기준에 들마 손짓하미 오른 쪽 줄로 가 대기한 트럭에 바로 타고, 아이라 카마 왼쪽 줄로 가서 집으로 돌아가는 기라. 내 차례가 되었습니더. 이름하고 주소를 말해라고 캐서 당당하이 말했습니더. 징집관이 총을 내보고 주미 들어봐라 카는 기라예. 그래서 총을 드이께 소총 자루만 한 키로 무슨 전투를 하노 카미 돌아가라는 기라. 그라미 내 손에다 불합격 카는 빨간 도장을 하나 꽉 놓아주는 기라. 우짭니꺼. 총 들고 인민군하고 한 번 싸우고 싶어도 키가 작아 돌려보내는데 내가 무슨 말을 하꼬예.

식구들이 피난하는 저게 수산으로 돌아왔습니더. 인자는 날 잡으로 댕기는 놈은 없을 끼다 카미 목에 힘을 주고 산으로 들로 숨어서 돌아온 기 아이고 당당하이 대로로 왔습니더. 불합격 받아 가는 넘을 또 잡아서 군대에 넘갈 수는 없는 기 아임니꺼.

어이, 쓰발넘들! 어이, 더런 넘들. 무안에 오이께 대한청년단이라 카미 어깨에 휘장을 한 넘들 댓 명이 나를 잡는 기라. 일마들은 총까지 어깨에 올러매고 있는 기라. 한 발쭉마 움직이마 쏜다고 카는데 우짤 수 있습니꺼? 두 손 들었지예. 걸마들을 따라서 옆에 국민학교로 갔습니더. 대장이 내 이름을 묻고 주소를 서류에 적고 해서 내가 말했습니더. 자원해 인민군과 한 판 싸울라고 수산에 의용대로 갔다. 거서 밀양에 가설 징집소로 보내 소총자루만 한 키 때문에 불합격 당해 피난지로 돌아가는 길이다. 그러미 손에 찍힌 불합격 도장을 비야 줬습니더. 그러이께 이 새끼! 저 새끼라 카미 대장이 막 뚜드러패는 기라. 워카 발로 정강이를 까고 복부를 주차는 기라. 그래 패는 이유가 뭐고 하이께 그게 징집소에 뇌물을 줬거나 경찰이나 군대에 아는 넘을 들먹이서 빠지 나왔다는 기라. 누구한테 돈을 얼마 줬는지 대라는 기라. 으흐흑 으흐흑.

세상에 이래 억울할 때가 있습니꺼. 키가 작아서 불합격 받아 돌아오는 길인데 돈을 줘서 빠져나왔다고 착각을 하이께 내가 미치고 돌아뿌겠는 기라. 시방도 총이 있어마 김일성이 죽이로 갈 끼 아이라 그 넘한테 가서 갈기고 싶은 기라예. 그래서 내가 울미 말했습니더. 내가 거짓말하는지 수산 의용대에 전화를 해 보라고. 밀양 징집소에도 전화를 해 보라고. 그 넘이 내 이름을 대미 전화로 확인해 보이께 맞거든. 그러이께 가라고 카는 기라. 전시라서 경황이 없어 잘못 봐서 그래 됐다 카는기라. 어이, 더런 넘들. 아무리 전시라 카지마는 이럴 수가 있습니꺼?

우리 식구들이 와 저게 수산에서 피난을 하노 카이께 미군들이 하루 한 끼 꿀꿀이죽을 학교 운동장에 가마 만들어주는 기라. 거거를 얻어 묵을 수 있어 식구들이 다른 데로 떠나지를 몬하는 기라. 다른 사람들은 밀양에 일가친지 집으로 가서 피난살이를 합니더마는 우리는 밀양 땅에 아는 사람이라고는 없어이께 그게 뚝에서 지내기로 한 기라예. 식구들한테 불합격 받아서 온 사실을 말하미 울었습니더. 우리 어무이하고 아부지도 전쟁터에 안 가고 돌아온 기 감격이 되서 내를 붙잡고 더럭더럭 우는 기라예. 그런 어무이 아부지를 달랬습니더. 앞으로는 어떤 놈도 나를 안 잡아갈 끼다고 캤습니더. 그래서 숨을 필요 없이 어무이 아부지하고 같이 피난민 속에 있겠다고 캤고예. 그래 가지고 그날은 푹 자고 다음 날은 피난민들하고 줄을 서서 꿀꿀이죽을 한 양푸이 얻어묵었습니더.

그라고 해가 져 강둑에서 피난민들 틈에 식구들하고 자고 있는데 반공단 놈이 총구를 내한테 들이대는 기라예. 이야기를 했습니더. 어저께 당신들한테 잡혀서 밀양으로 간 기 아이가. 그게 가이께 키가 작아서 군인이 될 수 없다고 가라고 카더라. 사정 설명을 하이께 말이 많다고 뚜드러패는 기라. 붙들려 지서에 가이께 어제 날 붙잡아간 놈이 알아보는 기라. 일마가 와 왔노 캐서 내가 사정을 말하이께 들고 있는 곤봉으로 머리통을 때리는 기라예. 한번마 더 우리한테 걸리마 니는 내 손에 골로 간다카는 기라. 그러미 허리에 찬 권총을 빼 쏠라고 캐서 부랄에 요령소리가 나게 뛰었습니더. 그 길로 이래 숨어 댕김니더.”

칠만이라는 키가 작은 장정의 이런 이야기에 점원은 거대한 악이 무엇이든 삼키려 혀를 날름거리는 부조리한 상황을 못 이겨 내내 고개를 내저었다. 그 악의 촉수가 언제든 자신에게로 뻗치고 있어 숨이 막히는 것같이 전신이 죄었다.

숨어 다녀야 하는 신세이고 굶는 게 다반사이며 잠까지 풀밭이나 나무 아래에서 자야 하는 일상에 지쳐 점원이 그지없이 의기소침해 있다면, 늘 점원의 곁에 그림자 같이 붙어 다니는 금실도 핏기라고는 없이 어깨가 처져 있었다. 다름 아니라 강변에서 반공단원이 나타나는 바람에 피난 짐이며 보퉁이를 내던진 채 줄행랑을 놓아서였다. 그러해 수중엔 그 무엇도 없어 참담함을 떨쳐낼 수 없었다.

반공단원의 눈을 피해 이산 저산을 나다니는 같은 처지의 피난민 장정들은 하나같이 산 아래의 마을에서 피난을 하는 식구들과 수시로 만나고 있었다. 마을 하늘마다 밥을 짓는 연기가 자욱한 아침이나 저녁때가 되면 식구 중 누군가가 보리밥이나 삶은 고구마를 보자기에 싸오기도 하고, 숨어 다니는 장정 스스로 식구들이 있는 피난처로 가 그 무엇을 얻어먹곤 산중으로 다시 돌아오곤 했다. 한데 둘에겐 그런 음식을 갖다 주는 이가 없을 뿐 아니라, 근동 어디든 아는 이라곤 없어 그런 장정들을 볼 때면 한층 전신이 내려앉는 것같이 기운이 처졌다. 강가에 내던진 그 피난 짐들만 있었다면 여름이라서 산중의 어디서든 밥을 지어먹을 수 있을 것 같은데, 빈손인 판이라서 이래저래 굶어야 하는 처지였다.

그러해 풀이 죽어 있는 금실의 손을 그 날 밤 점원이 다잡았다. 산중턱의 작은 암자가 있는 뒷마당의 참나무 아래였다. 그러곤 점원이 금실을 품으로 끌어안았다. 훤한 반달이 떠 있고, 주위엔 풀벌레들이 서걱거렸다.

"상심하지 마라. 길은 있는 기라. 산중에 숨어 지내는 이런 신세가 지옥 같이 비참하지마는 여기서 죽으란 법 없다. 오늘은 배가 고프지만 참고 내일 날이 새면 초동으로 가자. 거게 들판에 가마 매일 서너 마리 소를 잡고 돼지를 잡는다 카더라. 거게마 가마 고기 모타리도 얻어 묵을 수 있는 기라."

"반공단 놈들이 시도 때도 없이 나댕기는데 우떻게 간단 말임니꺼?"

점원의 품에 머리를 기댄 금실은 회의적이었다.

"오늘 여게 산에서 만난 사람들한테 이야기 안 들었나. 학포에서

피난민 장정 열댓 명이 총을 안 든 그 놈들 반공단하고 싸웠다 카는
이야기 말이다. 그래 갖고 그 기세 드센 반공단 두 명을 얼반 직이놓
았다고 안 카더나. 애국이고 뭐고 가마 죽는 전쟁에 와 가노 카미 몬
가겠다고 대판 붙은 싸움이란다. 그 쌈 이후로 아예 반공단이 안 온
다고 카고. 나도 그 넘들하고 부딪치마 한판 싸울란다. 참말이다. 싸
울 끼다. 그러이께 힘을 내거라. 거게 가마 분명 쇠고기나 돼지고기를
얻을 수 있을 끼다. 아이마 수박이라도 실컷 묵자. 그러이께 오늘은
배가 고푸더라도 참자.”

“이, 지는 내일 일 모릅니더. 노레 일도 모르고예. 오빠하고 같이
있고 싶은 기 내 맘 전부라예.”

이렇게 말하는 금실을 점원은 체온을 가미해 끌어안았다. 자신만을
믿고 따르는 금실의 여심을 다시 확인하자 점원은 목이 메었다. 자신
에게 여심 모든 걸 주어버리는 이 순박한 아내에게 해줄 수 있는 게
없었다. 한기가 감도는 산중에서 당장이라도 민가로 내려가 따뜻한
밥을 먹여주고 싶고 더하여 온기가 가득한 방에 눕혀 팔베개를 해 재
워주고 싶은 맘 굴뚝같았다. 그러나 그 무엇도 할 수 없는 무기력은
까닭을 알 수 없는 슬픔을 낳았다.

“금실이, 난리 끝나마 이래 고생하는 거 다 보상해 주께.”

진정이 섞인 점원의 울먹임이었다.

“오빠 맘 압니더. 오빠가 울마 나도, 나도 울어야 됩니더.”

금실은 한층 점원의 품으로 파고들었다.

“우리마 이래 생고생을 하는 기 아인기라. 모든 피난민들이 우리하
고 똑같은 고생을 하고 있는 기라. 여게 주민들도 이 많은 피난민들
때문에 고생하고 있고. 그러이께 우리는 거대한 한 가족인기라. 이 거
대한 무리들 속에 우리 둘도 있는 기라. 얼마 아이다. 얼마마 고생하
마 분명 난리는 끝날 끼다. 우리가 목격했다 아이가. 우리가 만나는
사람 누구든 순박하고 인정이 넘치더라 아이가. 묵을 끼 있어마 무엇

이든 내주고 말이다. 이런 사람들을 희망으로 삼고 이 지옥 같은 피난생활을 이겨나가자."

"괜한 걱정을 했습니더. 이래 든든한 오빠가 곁에 있다는 거를 잠시 잊은 기라예. 그러이께 아까는 눈앞이 아찔했습니더. 우리는 가진 기라고는 없는 맨손이 아임니꺼. 지는 굶어도 되지마는 오빠가 때를 거르이께 가슴이 찢어지는 거 같은 기라예. 이런 감정을 두고 사랑이라고 캄니꺼. 아, 몰라예."

금실이 사랑을 고백해 점원은 어둠 속에서 훤한 빛이 자신에게 안기는 기분이었다.

해거름 녘에 통성명을 한 네 명의 장정이 어디로 갔다 돌아왔는지 둘 가까이의 절 마당에서 솥을 걸고선 불을 지폈다. 장작이 타는 매캐한 연기가 나고 그들 끼리 수런거리는 소리가 나더니 이윽고 옥수수가 삶기는 구수한 냄새가 났다.

"보이소! 젊은 부부! 이리 오이소. 참말로 맛있게 강냉이 삶겼습니더."

스물 중반으로 길쭉한 주걱턱인 장정이 다가와 점원과 금실을 불렀다.

"그 귀한 거 우리가 묵을 수 있습니꺼?"

"이리 오이소. 이 난리에 니꺼 내끼 오데 있습니꺼. 같이 살아야 되는 기 아임니꺼. 강가로 가이께 이런 강냉이가 짜다라 있었습니더. 누구 집낀지 좀 꺽어왔습니더."

주걱턱의 호의로 점원과 금실은 여린 달빛에 난 절마당의 솥이 있는 곳으로 갔다. 자리를 내어 주어 둘은 짚단에 앉았고, 솥에서 막 끄집어낸 뜨끈뜨끈한 강냉이를 받아 장정과 함께 입으로 베어 먹고 있었다.

몇 개째나 먹으며 점원은 맛이 있다고 했다. 금실은 잘 삶았다고 했다. 강냉이 알을 손으로 까서 입에 털어 넣기도 하고 이빨로 베어

서걱거리는 소리를 내며 먹다 낮이 익어지자 그들도 점원도 가슴을
열었다. 이야기를 나눌수록 푸근함이 깃들은 따뜻한 사람들이었다. 점
원은 마을의 이웃집 형님을 대하는 것같이 믿음이 갔고, 금실은 무엇
이든 포용하는 친지 아제와 같은 느낌을 받고 있었다.

"참말로 고맙습니더. 이래 숨어댕기는 판에 요래 알이 굵은 강냉이
를 얻어 묵을 줄은 몰랐습니더. 점심때부터 묵은 기라고는 없는데 요
강냉이는 저녁 요기가 되네예."

금실이 또 고마움을 그들에게 표했다.

"강냉이 하나 묵는 거 깇고 새댁이가 그래 칭찬해 주이께 나는 몸
둘바 모르겠소. 아무리 농사짓는 무지랭이지마는 삼강오륜쯤은 나도
아는 기라. 전시에 요래 쫓기 댕기미 피난하는 판에는 니꺼 내끼 있
어마 안 됩니더. 그러마 살인이 날 수밖에 없습니더. 정승도 사나흘을
굶어마 눈깔이 뒤비진다 카는데 반공단 놈 눈을 피해 숨어사는 처지
에 누구는 뭐를 묵고 누구는 굶는다고 카마 굶는 놈은 뭐를 묵는 놈
꺼 뺏들라고 살인이 나는 기라.

그러이께 나도 근 스무날을 피난살이하지마는 이래저래 도움을 마
이 받았습니더. 같은 신세인 피난민한테 보리밥을 얻어 묵었고 나도
보리밥을 해서 준 적이 있는 기라. 젊은 새댁이가 여게 있는 거를 아
는데 안 부른다고 카마 우리가 사람 도리를 몬 해도 한참 몬하는 기
아인교. 우리도 여게 산 아래로 내리가마 다 처자식이 있는 기라."

달변인 편인 키가 홀쩍하게 큰 장정이 칭찬할 것 없다며 말을 막았
다. 한동안 피난생활의 비참함을 이야기하다가 점원이 금실과의 관계
를 두고 올 초에 결혼한 부부라고 했다.

"신혼기분에 한창 둘이가 좋을 때 이노무 난리가 나가지고 참말로
안 됐습니더. 이 난리 오래는 안 끌낍니더. 시절이 좋아지마 신랑은
새댁을 더 아끼고 사랑해 주이소."

"가족하고 그래 떨어지서 참말로 안 되었습니더. 우예뜬 간에 살아

야 되고 난리 끝나마 건강하이 집으로 들어가야 됩니더. 그래갖고 새
댁은 아들 댓 명을 쑥 낳아이소. 그러마 시방 애달픈 피난살이는 싹
잊어지는기라."

그들은 이런 식으로 성원을 보내었다.

댓 개나 큼직한 강냉이를 먹고 찬물을 마시자 배가 일어났다. 산
속의 밤공기는 시원하다 이제는 서늘해져 금실은 점원의 팔을 부여잡
으며 품으로 파고들었다.

그 날 밤을 둘은 암자의 장작더미 속에서 쪼그려 앉아 잤던 것이다.

그로부터 사흘을 거기의 잡목들이 우거진 산중에서 더 보낸 후, 어
둑한 저녁녘에 둘은 기운이라고는 없이 마을로 향해 내려가고 있었다.
산기슭을 빠져나와 짙은 잔솔밭과 초록이 탈색되어 누르스름한 빛을
띤 오목한 참나무 숲을 헤쳐 고추밭으로 난 길로 들어섰다. 그러다
파릇파릇한 생기와 함께 잎사귀가 무성한 고구마 밭을 탔고, 이어 콩
깍지가 하반신을 덮는 긴 콩밭으로 들어갔다. 오후부터 하늘은 먹구
름이 모여들며 스산해지더니 이윽고 빗방울이 떨어지고 있었다. 그러
나 둘은 비를 피하겠다는 의지마저 없는 듯 휘청거리는 느릿한 행보
였다.

도저히 이곳의 산중에 숨어있을 수 없어 둘은 마을을 찾기로 한 것
이었다. 거기 산중을 거점으로 은신해 있는 게 서슬 퍼런 반공단의
눈을 피하는 더없는 수단이었지만, 맨몸인 처지로 매일 굶주려야 하
다 보니 대책이 될 수가 없었다. 그 무엇을 먹어야 기운이 나고 그런

후라야 살기등등한 반공단의 촉수에서 벗어나려 탈출구를 찾는 희망을 가지는데, 늘 허기에 시달리다 보니 모든 게 절망적이었다.

금실보다 점원이 지쳐 있고 쳐져 있었다. 이런 점원에게 금실은 다독거리기도 하고 다그치기도 하며 힘을 내길 다잡았지만, 그간 밥이라곤 구경하지 못한 데서 온 허기로 앉아 있어도 일어서도 눈앞이 빙빙 도는 것 같은 현기증에 시달리다 점원은 극도로 기력까지 쇠해 가고 있었다. 그러다 그저께는 심한 배앓이와 설사를 했던 것이다. 신열이 나 점원의 몸은 불덩이가 되다시피 했다.

"오빠! 힘을 내이소. 여는 우리 동네가 아이고 이름도 모르는 산중이라예. 기운을 내이소! 가족들을 찾어입시더."

금실이 기운을 내라고 울먹였다. 점원은 으스스 춥다며 몸을 떨었다. 그러다간 혈색이라곤 없이 파리한 기색으로 산중턱의 풀밭에 쓰러져 누웠다.

"난리라서 몬 묵고 잠 몬 자고 해서 이래 된 기라예. 가마이 있어이소. 내가 산 아래 동네에 갔다 오께예."

금실이 독하게 입술을 깨물었다. 그러나 몸이 불덩어리인 점원은 한기를 이길 수 없어 그저 바들바들 떨 따름이었다.

이렇게 심한 신열을 내는 점원에게 금실은 수줍음타고 사람만 보면 얼굴을 붉히는 연약한 아녀자의 모습을 보일 수 없었다. 양 눈을 부릅떠서는 지아비의 보호자로 소매를 걷어붙였다.

오로지 남편을 일어나게 해야 한다는 일념 하나로 산 아래 수산으로 달려갔다. 약방을 수소문해서는 남편을 살려달라며 손을 비벼 해열제를 구했던 것이다. 그러곤 피난민 틈바구니 속으로 뛰어 들어가 남편이 쓰러져 누웠다며 울기도 하고 애걸하기도 해 보리죽과 호박죽을 얻기도 했다. 그리하여 달리듯 들판을 가로질러 점원이 신열을 내며 누워있는 산중의 풀밭으로 돌아왔던 것이다.

그렇게 구해온 두 첩의 약을 먹고 점원이 신열에서 벗어나자, 금실은 산자락의 밭에서 생고구마를 캐어선 마을로 들어가 삶아왔다. 뿐만 아니라 암자로 가 마을에 있는 가족이 거기의 산중에 숨은 장정에게 보리밥을 싸준 걸 그저 애걸을 하며 얻어오기도 했다.

먹으라고 했다. 먹지 않으면 영양실조로 죽는다며 울먹였다. 금실이 그렇게 해 구해온 보리밥을 된장에 비벼 달게 먹는 점원은 두어 번 목이 멨다. 이때의 기억도 금실에겐 생생하기만 하다. 열이 사라진 점원은 당신이 아니었으면 신열로 그렇게 풀밭에 쓰러진 판에선 영영 일어날 수 없었다며 그저 실룩거렸던 안쓰럽기만 한 모습들을. 아이를 가져 성한 몸이 아닐 텐데 당신의 그 지극정성으로 일어났다며 양눈에 물기가 부연 그 형상을. 그런 금실을 점원은 꼭 끌어안았다. 죽든 살든 피난민들 속으로 들어가자고. 그리고 가족들을 찾아보자며 자신을 힘주어 껴안았던 소나무와 참나무가 그늘을 만든 풀밭에서의 그 기억도 금실은 떨쳐낼 수가 없다.

더하여 이곳 어딘가에 피난생활을 하고 있을 어머니나 형님, 형수를 찾기만 하면 네모반듯한 방에서 두 다리를 뻗을 수 있을 것이고, 때가 되면 끼니 걱정을 하지 않아도 식구들의 도움으로 보리밥은 얼마든지 먹을 수 있을 것이라고도 위안했다. 이런 위로에 금실도 눈물이 그렁그렁한 채 그간 야위어져 있는 점원의 손을 잡고 또 잡았다. 정히 식구들을 찾지 못하면 자신의 친정으로 가자고 했다. 친정으로만 가면 이 고생은 하지 않아도 된다고. 그들을 위해서라면 무엇이든 감싸는 인정 많은 친정의 어머니와 오빠들이 정말이지 반겨 맞아줄 것이라고.

이런 약속들과 함께 마을 어디든 들어가 따뜻한 밥을 얻어먹으면 그 기운으로 식구들의 행방을 수소문해 보자며 둘은 산중을 내려가고 있는 것이었다. 밀양 땅의 몇 군데 친지들이 사는 곳으로 가도 식구들의 행방을 모르면 금실의 친정으로 가자는 합의가 되어 있기도 했다.

추적추적 내리는 비를 맞으며 논길을 벗어나 수산, 창원으로 이어

지는 도로로 어느덧 둘은 들어섰다.

이런 둘의 옷가지는 빗물에 축축하게 젖어 있었다. 먹빛의 하늘에선 여전히 뿌연 물보라가 흩날렸다. 가끔은 빗방울이 굵어지기도 했지만, 손에 든 것이라곤 없는 맨몸인 둘은 손을 잡고 있었다. 며칠이나 제대로 먹은 게 없다 보니 기운이 없어 걸음걸이가 비틀거렸어도 마주 잡은 손으로 서로를 바라보는 눈길은 애틋했으며 그윽하기만 했다. 그런 눈길엔 어떤 세파와 절망이 가로놓이더라도 서로를 사랑하리라는 신념이 서려 있었다. 또한 어떤 가시밭길도 함께 이겨나가리란 염원이 담겨 있기도 했다.

"오빠가 식은땀을 내미 정신이 가물가물할 때 나도 등골이 오싹한 기 전신이 추웠습니더. 혹 몬 일어나마 우짜노 카는 거 때문에 눈앞이 캄캄했습니더. 지 아픈 거보다 더 걱정이 되는 기라예. 거짓말 아임니더. 여서 수산까지 십 리 길을 둘고 뛰었습니더. 장터에 가서 약방을 물었습니더. 그래 묻고 또 묻고 해 약방을 찾아서 주인을 대하자마자 훌쩍훌쩍 울었습니더. 우리 신랑이 배앓이를 해갖고 열이 펄펄 나고 있고 뭐를 묵어마 설사를 한다고 캤습니더. 좀 살리 도라고 주인 팔을 붙잡은 기라예."

금실이 그저께 수산으로 가 배앓이 약을 구해 온 이야기를 하고 있었다.

"고맙다. 그런 당신의 사랑이 있어 이래 걷는 기 아이가."

일순간 점원은 다시 감격해 양 눈에 물기가 배여 들었다.

"부부일심동체라 카는 말을 그때 처음 알았습니더. 참말입니더. 오빠를 위해서라면 이 목숨이 안 아깝는기라예."

금실이 점원의 손을 쥐며 온기를 가했다.

"나도 그저께 전신에 땀이 나고 설사를 할 때 그 산중에서 몬 일어날지 모른다는 생각을 했다. 그런 하늘이 캄캄한 상태에서 벗어난 거는 당신인 기라. 이 전란 속에 내가 몬 일어난다고 카마 당신이 울매나 힘들꼬 카미 일어나는 희망 쪽으로만 오로지 생각했다."

점원의 말에 금실의 눈가도 붉어지고 있었다.

부슬비가 내리는 어둑한 녘에 오방이란 게딱지같은 초가가 덕지덕지 붙은 마을 앞에 다다르고 있었다. 마을 초입에선 시종 비를 맞아 추레한 꼴이 거지일색인 피난민들이 격분해 침을 튀기며 그 마을의 장정들과 살의를 띤 실랑이를 벌이고 있었다. 정황으로 보아 씩씩거리기도 하고 욕을 쏟기도 하는 한 떼의 피난민들은 얼마 떨어지지 않은 강변에서 피난살이를 하다 비가 와 이곳 마을로 모여들은 모양이었다. 피난민들은 비를 피하고자 마을로 들어가겠다는 거고 주민들은 누구든 마을엔 못 들어온다며 쇠스랑을 들고선 막고 있는 상황이었다.

비를 맞은 피난민들과 볏짚의 우의를 입은 마을 주민들이 서로 험악하게 드잡이를 하고 있었다. 한기가 들어 입술이 새파란 노파가 콜록거리며 주민을 향해 악담을 쏟았어도 초입을 막은 주민들은 동요라곤 없었고 꿈쩍을 하지 않았다. 피난민 장정과 노인이 이런 저런 식으로 설득하기도 하고 씩씩거리며 외치기도 했지만 이 또한 소용없었다.

"보이소. 사람 사는 세상, 우째 이래 야박합니꺼. 이래 우리를 막는 거는 사람 짓이 아니라 개돼지 짓인 기라. 사람 얼굴을 하고 우째 이럴 수 있노!"

그러자 마을 주민들의 처사가 도저히 이해할 수 없는지 물기에 젖은 저고리며 치마가 살갗에 들어붙어 덩그런 가슴의 젖꼭지며 엉덩이가 선명하게 나온 아낙까지 오만상을 찌푸리며 원성을 토했다. 그래도 주민들은 혈색 한 점 변함없이 들머리의 길을 막고 있었다.

"이보이소. 이래 철철 내리는 비를 좀 피하자 카는데 우째 그래 무정합니꺼? 양식을 도라고 카는 것도 아이고 이 동네에 방을 내놓으라고 온 우리도 아인 기라예. 단지 비 좀 피할라고 카는데 이래 막을 수 있습니꺼?"

허리가 꼬부랑한 피난민 노파가 마을의 길목을 지키는 주민 장정에게 이젠 울먹이며 하소연했다.

"내 말했다 아인교. 가을 추수가 끝나야 묵을 양식이 있지 시방은 우리 묵을 양식도 없습니더. 또 여게는 빈 집도 없고 빈 방도 없습니더. 우리도 이 난리에 살라고 이라는 기니 돌아가 주이소."

이런 식으로 걸걸한 소리를 지르는 마을의 장정들도 여간 단호하지 않았다.

"이래 빕니더. 우리 아아 좀 살리 주이소. 시방 몸이 말이 아이게 열이 나는 기라예. 이 아아 누워 있을 자리가 없어예. 우리도 고향이 있고 디 집이 있어에. 이노무 난리 바람에 이래 쫓기 댕기는 신센 기 참말로 서럽고 원통한 기라예. 너무 괄시하지 말고 비를 피하도록 해 주이소."

머리며 옷가지가 빗물로 흠뻑 젖은 피난민 아낙이 나서 또 울부짖었다. 볼이 불거져 나온 아낙이 안고 있는 댓 살 된 아이는 정말이지 이마가 불덩어리인지 앙앙거리며 울었다. 그러나 마을의 아낙네들과 장정들은 위축 없이 냉정했으며 물러섬이 없었다.

"말귀를 몬 알아 듣노! 몬 들어온다고 카마 다른 데로 가는 기지 뭐 그래 말이 많노!"

이런 애원과 단호하게 막는 실랑이가 계속되는 가운데 또 한 떼의 피난민들이 줄곧 비를 맞아 물을 뒤집어 쓴 꼴인 채 강변 쪽에서 떼를 지어왔다. 칠팔십 명쯤의 수효에다 혈기왕성한 장정들이 스무 명은 족히 될 것 같았다. 사위가 어두워졌으며 바람에 흩날리는 비가 여전히 추적추적 내리고 있었다.

"그러이께 이 난리에 너거 놈들마 살겠다 이기가? 에라이 씨상놈들! 우리도 난리 끝나고 고향에 돌아가마 고래 등 같은 집이 있다. 다른 것도 아이고 비 좀 피하겠다는데 이래 쇠스랑을 들고 막아! 악독한 왜놈들도 이 지랄은 안 했다! 일정 때 왜놈들 개 노릇을 한 놈들도 이런 짓은 안 했다!"

피난민 장정들이 막아선 마을의 장정들과 이제는 멱살잡이를 했다.

"몬 들어온다! 뭐라고 우리를 욕해도 좋으이게 여는 한 놈도 몬 들어온다! 너거 같은 거지떼들이 우리 묵을 양식 다가지고 갔다. 울고 불미 묵을 꺼 내놓아라 캐서 정에 몬 이겨 다 줬는기라. 시방은 안 된다. 우리도 살아야 된다."

우락부락한 마을 장정의 이런 외침이 있었다.

쌍방 간 드잡이와 실랑이가 한참인데 주민인 키가 꾸부정한 장정이 급히 변소에서 퍼온 것 같은 똥 장군이 얹힌 지게를 기세등등하게 내렸다. 붉으락푸르락한 채 계속해 호전성을 보여 온 마을의 주민 중 이마가 튀어나오고 목청이 쾅쾅한 기세 드센 아낙이 똥 장군을 내린 마을장정을 향해 피난민들 쪽으로 똥물을 뿌리라고 외쳐댔다. 어떤 연놈도 우리 마을엔 못 들어온다며 삿갓을 쓴 수염이 허연 마을의 노인들도 기세를 내어 어서 피난민들을 향해 똥물을 뿌리라는 성원을 보내는 소리가 뒤를 따랐다.

그러자 똥 장군을 내린 키가 꾸부정한 사내와 땅딸막한 이가 똥물을 바가지에 부어 피난민들이 몰려 있는 가까이를 향해 내다뿌렸다. 졸지에 똥냄새가 코를 찔렀다. 하도 냄새가 지독해 이쪽과 저쪽에 대치하고 선 마을 사람들과 피난민들이 저마다 코를 틀어막았다.

"그래, 더 뿌리라! 저 넘들 손이고 옷이고 똥물이 묻도록 더 뿌리라!"

"이래 안 하마 저 피난민 등살에 우리가 몬 사는 기라."

동네 장정들의 악머구리 같은 외침들이 터졌다. 토사가 나올 것같이 악취를 풍기는 똥물은 길바닥에만 떨어진 게 아니라 몇몇 피난민 장정과 아낙네들의 옷에도 끼얹어졌다. 이게 화근이 되어 똥물을 덮어쓴 피난민들마다 이성을 잃을 정도로 졸지에 살의를 띠었다.

저마다 오만상을 찌푸리며 어금니를 깨물었다. 그런가 하면 몇몇은 전신을 부르르 떨며 양 눈이 타는 것 같은 살기를 띠었다. 집을 버리

고 떠돌아다녀야 하는 피난생활 자체만 하더라도 비참하기 짝이 없는
수모인데, 비를 피하려는 그들에게 똥물을 뿌렸다는 건 도저히 받아
들일 수 없는 능욕이었다. 그리하여 내면에 도사린 악이 걷잡을 수
없게 분출해 저마다 주민들을 향해 사정없는 주먹을 휘두르고 있었다.

"어이, 더러운 종자들! 이런 동네는 오라고 해도 안 온다! 대신에
이런 인간말종은 내가 버릇을 고쳐준다!"

"이 개새끼들! 우리는 다 죽어도 좋고 너거 놈들마 살겠다 이기
가?"

"내 세상 살미 이래 야박한 넘들은 처음 본다. 너거 같은 새끼들은
내 손에 죽어야 된다."

"이 호로새끼들, 비를 좀 피하자 카는데 똥물을 뿌려!"

악에 휘둘러진 피난민 장정들이 동네의 장정들을 향해 누구든 요절
을 낼 것같이 덤벼들었다. 똥물을 뒤집어썼다는 데서 가지는 악감정
으로 피난민들마다 이판사판의 기세라서 처음의 당당함과는 달리 마
을주민들이 밀리는 형국이었다. 그러다가는 사생결단으로 달려드는 피
난민 장정들의 주먹을 맞고 발길에 차여 이래저래 쓰러졌고, 몇몇 주
민은 본능에서 달아났다. 피난민들에게 맞아 주저앉고 꼬꾸라진 마을
장정의 허리며 등을 피난민 아낙도 씩씩거리며 발로 걷어차고 있었다.

"네놈들은 개돼지보다 못한 놈들이다. 이 비를 피하겠다는 데 똥물
을 뿌리는 너거 놈들은 사람 종자가 아인기라. 어이, 속이 시꺼먼 종
자들!"

"내를 말리지 마라. 난리통에 이래 생고생하는 것도 서러운데 내한
테 똥물을 뿌려! 이노무 새끼! 니는 내 손에 죽어야 되는 기라."

똥물이 뿌려진 길바닥에 동네의 장정들을 쓰러뜨린 피난민들이 씩
씩거리며 등과 옆구리를 밟았다. 이러는 그들 피난민 몇몇은 어떻게
보면 참담한 피난생활의 분풀이를 하는 것 같기도 했다. 그런 증거로
마른침을 삼키며 악을 쓰듯 징징 우는 장정이 있고, 똥물이 흥건한

길가에 퍼드러진 마을 장정을 향해 어미 애비도 없는 천하돌놈들이라고 욕을 쏟는 노파가 그러했다. 그랬어도 분함을 못 참아 독사 같은 놈, 짐승 같은 놈들이라며 두어 아낙이 씩씩거렸다. 이런 놈들은 죽여야 된다며 악머구리 소리로 원성을 쏟는 노파도 있었다.

점원도 피난민 대열에 끼여 똥물을 퍼붓는 마을 주민을 향해 욕을 쏟았다. 도저히 용서할 수 없는 모욕으로 마냥 전신이 떨렸다. 그러다간 주먹이 거머쥐어져 그 장정의 목을 죄여버리고 싶은 충동이 일기까지 했다.

마을이 전쟁터가 아니었다면 여기까지 피난 올 이유도 없고, 짧은 기간에 몇 번이나 죽음을 넘나드는 수난들을 겪을 리도 없었다. 그러한데 비가 내리는 판에 비를 피하겠다는 것마저 기를 써 막으며 막판엔 똥물을 뿌려 그런 동네 놈들을 같은 인간으로 도저히 보아줄 수 없었다.

"인자 그마 하이소!"

주민들을 향해 상놈이라느니, 고얀 놈이라며 점원이 핏대를 높이며 피난민 장정들 가운데 앞장서려 하자 금실이 팔을 잡아끌었다.

"이 놈들은 맞아 죽어도 싼 기라. 사람이라고 탈을 썼어마는 사람 짓을 해야 되는 기라. 이 비 오는데 비를 좀 피하자 칸다고 똥물을 퍼 흩쳐! 어이, 개 같은 놈들!"

여전히 점원은 화증으로 푸르죽죽했다.

"가자! 이 동네 놈들은 에미, 애비도 없는 기라. 말키 지 에미하고 홀레 붙어서 난 놈들이라서 행실이 개, 돼진 기라. 다른 동네로 가자!"

"보이소! 전부 가입시더. 이 동네 놈들은 한 놈도 인간 같은 놈들이 없는 짐승들인 기라예. 동네 밖에 나오마 벼락 맞아 죽을 놈들입니더."

두어 장정이 동네를 향해 침을 뱉으며 떠나자고 하자, 칠팔십 명쯤의 피난민들이 저마다 한마디씩 욕을 쏟고는 걸음을 돌렸다. 금실과 점원도 그들의 뒤를 따랐다.

부슬비는 여전히 하염없는 물보라를 날렸다. 하나같이 비에 흠뻑 젖어 있는 그 꼴은 가엾고 처량하기 짝이 없었다. 그간 비를 맞은 데서 온 한기로 대열의 앞에서도 뒤에서도 심한 재치기가 쏟아졌다. 노인들마다 걸음이 비틀거리며 처졌다. 어디가 아픈지 몇 명의 조무래기들이 악을 쓰며 울어댔다.

"어이, 더런 세상. 어이, 망할 놈의 세상. 내 살미 요런 꼴은 처음 당하는 기라. 집 잃고 이 무슨 짝고. 비를 피할라 카이께 몬 오구로 똥물을 퍼붓는 세상. 어이, 망할 놈의 세상."

"어이, 더런 넘들. 백성을 볼모로 잡고 이 무슨 짓이고. 싸울라고 카마 서울에서 싸우든지 평양에서 싸우지 여게 빈촌에 뭐 얻을 끼 있다고 여서 싸우고 지랄이고. 나는 다 싫다. 싫은 기라. 이승마이도 싫고 김일성이도 싫은 기라. 집에 가고 싶다. 내 사는 집에 가고 싶다."

대열의 중간에서 노파가 훌쩍거리며 호곡을 쏟았다. 그러자 곁의 아낙들도 너나없이 흑흑거렸다. 생각할수록 집을 잃고 떠도는 자신들의 처지가 가련해서였다. 간절히 집이 그립고 비를 피할 따뜻한 제 집의 방이 그리워 울음이 나는 모양이었다. 집으로만 가면 따뜻한 밥을 지어먹을 수 있는데 그런 밥이 먹고 싶어 서러워지는 듯했다. 집으로 돌아가기만 하면 이런 생고생들은 할 필요도 없고 비를 맞으며 떨 리도 없는데 돌아갈 곳이 없다 보니 누구랄 것 없이 슬퍼지는 모양이었다.

그들은 오란 곳이 없는 다른 마을을 찾고 있었다. 다른 곳으로 가도 이런 냉대를 받을까봐 다시 신세타령을 하는 울음들이 이어졌다.

"보이소! 하늘이 무너져도 쏟아날 구멍은 있다고 캤습니더. 마을을 찾아서 비마 피하마 이 소를 잡어입시더. 누구 소인지 모르겠지마는 이런 기 우리한테 걸리는 기라예. 이거마는 여게 사람들 다 며칠이나 묵는 거 걱정 안 해도 됩니더."

"그렇지. 여게 소를 잡을 낍니더. 힘을 내이소. 피난 온 이후로 맨날 때를 몬 묵어 하늘이 이런 소를 우리한테 내리준 기라예. 이거 잡아 그간에 굶은 거 포식하입시더. 힘을 내이소."

아닌 게 아니라 허리가 꾸부정한 사십대의 한 장정이 암소 한 마리를 몰아가고 있었다. 이런 저런 이야기를 들어보니 총성, 포성으로 경황이 없어 피난을 와 고삐가 끊어진 주인 없는 소를 그들 장정들은 몰아서 잡은 모양이었다. 비를 피할 마을로만 들어가면 잡아먹자고 그들 피난민들끼리는 이야기가 된 듯 했다.

"오빠! 들었지예. 저게 몰고 가는 소를 시방 잡는 답니더. 고기 건더기는 필요 없고 국물 한 그릇마 묵어도 감기는 눈이 떠질 낍니더."

금실이 점원의 팔을 잡으며 감격적인 투로 말했다.

"들었다. 역시 사람들 속에 우리는 있어야 되는 기라. 이런 피난민들을 만나이께 남 같지가 않다. 우리 동네 사람 같고 다 친한 아제 같은 기라. 참말로 우리하고 더불어 살아야 할 이웃으로 여겨지고. 그래서 그 싸가지 없는 넘들 사는 동네에서 고함을 지른 기라. 이래 비를 맞은 우리를 가로막는 너거 넘들은 사람 종자가 아이라고 말이다. 안 그렇나? 인간은 사회적 동물인기라. 서로 돕고 위하미 사는 기 세상인데 넘이야 죽든 말든 지 혼자 살겠다고 카는 그 넘들을 보이께 진짜 속에서 피가 솟더라. 이 울매나 좋노. 소를 잡아서 같이 갈라 묵는다는 거 울매나 좋은 기고. 안 그렇나?"

점원도 벅찬 투였다.

비를 피할 마을만 찾아 들어가면 곧바로 소를 잡겠다고 하자, 그들 피난민들마다 걸음이 빨라졌다. 생기가 감도는 이야기들이 대열 군데군데에서 이어졌다. 걸음이 처지는 아이에게 손을 잡고 가는 엄마가 곧 머물 마을에서 소를 잡으면 쇠고기를 양껏 먹는다고 하고, 비를 맞아 오한이 든 노파에게 장정인 아들이 조금만 기다리면 쇠고기를 먹을 수 있다며 기운을 불러일으켰다. 고춧가루와 무를 듬뿍 썰어 넣은 쇠고기 국도 먹을 수 있으니 춥더라도 참자고 했다.

❼

사위는 캄캄해 어디가 어딘지 구분할 수 없는 칠흑이었다. 빗방울이 굵어지기도 하고 가늘어지기도 하다 어떨 적엔 바람에 흩뿌려지기도 하는 부슬비는 여전히 하염없이 내렸다. 점원을 비롯한 피난민 대열은 수산 못 미쳐 도로가에 있는 검암이라는 마을로 향하고 있었다.

그들 피난민들마다 내내 비를 맞아 한기로 전신을 옹그려 붙였고, 더러는 턱을 덜덜 떠는 이가 있기도 했다. 목을 잔뜩 움츠린 아낙이 있고, 콧물을 질질 흘리는 처녀도 있었다. 그런 그들마다 때가 누런 누더기 옷이 살갗에 들어붙어 있어 상거지 중 상거지 행색이었다. 그 한기를 못 이겨 몇몇 아이가 세차게 재치기를 하며 엉엉 우는가 하면, 노파는 전쟁난 시국과 신세를 탓하는 호곡성을 내었다. 그런 행렬이 빗물로 흥건한 공터가 있는 마을 들머리의 초가에서 인기척을 내자, 주인인 듯 어둠 속에서도 하얀 수염이 안면을 덮은 촌로와 그 집에 피난민으로 사는 허리가 휘어진 노인이 석유등을 들고는 나왔다.

"우리는 저게 강가에서 피난살이를 하다가 비가 와서 이래 떠돌고 있습니더. 민패는 안 끼치겠습니더. 이 마을에서 비마 좀 피하게 해 주이소. 여게 피난하는 사람들 너무 오래 비를 맞아 다 한기가 들었습니더."

몇 명의 피난민 노인이 빗물이 얼굴을 적시고 목으로 굴러 내리는 걸 손등으로 닦으며 애원했다.

“이 놈의 난리마 아이마 이런 생고생은 안 하고 고향에 따뜻한 방에 있을 낀데 참말로 고생이 많습니더. 이 난리에 같이 살아야지예. 도와드리겠습니더.”

주인인 촌로가 연민을 담은 기색으로 선 듯 도와주겠다고 나왔다.

“고맙습니더. 우리를 도와주겠다는 말에 이래 눈물이 납니더. 오다가 들른 동네는 씨상놈마 사는기라예. 어이, 고얀 놈들. 저거 동네에는 얼씬도 몬하구로 똥물을 퍼붓는 기라예. 욕을 짜다라하고 이리 왔습니더.”

피난민 중 말을 건 노인이 목이 메어 말했다.

“쯧쯧 그러마 안 되지. 난리로 집을 잃은 사람 비도 몬 피하구로 하마 거거는 사람 짓이 아인기지. 거다가 똥물을 퍼부었다 카이께 나도 욕이 나오네요. 가마이 있자. 여는 집마다 피난하는 사람들이 다 차서 있을 데가 없고 동네 뒤에 재실이 있습니더. 거게 재실이 방도 크고 마루도 넓고 하이께 내가 안내할게예. 따라 오이소.”

“고맙습니더. 재실까지 내주이께 뭐라 고맙다고 캐야 할지 모르겠습니더.”

그들은 저마다 고마움과 감사의 말을 남기며 촌로를 따라갔다.

고샅을 지나고 옹기종기 모인 초가들을 지났다. 여전히 흩날리며 내리는 부슬비를 맞으며 진흙탕길인 밭으로 난 길을 미끄러지기도 하고 더듬기도 하며 그들 피난민들마다 우르르 따라간 곳은 마을과는 떨어진 밭 언덕에 세 칸의 방이 있고 널찍한 청마루가 있는 재실이었다. 거기엔 먼저 온 농투성이인 피난민 세 가구가 재실의 방마다에 가재도구를 내려놓고 있었다. 같은 피난민이라는 데서 오는 동류의식 같은 걸로 비를 맞은 그들을 향해 마당에까지 나와 어서 오라며 환대했다.

세 칸의 방과 길쯤한 툇마루, 비를 피할 수 있는 비좁은 축담에 그들 피난민 칠팔십 명쯤의 수효가 들어서자 재실 어디든 발 디딜 틈이 없었다. 그런 틈바구니 속에서도 근근이 자리를 확보해 앉자 그들마

다는 빗물에 젖은 흥건한 옷을 입고 있을 수 없었다. 사내들은 여자
들이 보든 말든 입고 있는 상의를 벗어 물기를 짜 벽의 못이 처진
옷걸이에 걸어 속곳만 입은 벗은 몸이었다. 젊은 아낙들은 어두운 담
벼락 아래와 뒤란으로 가 입고 있는 저고리며 치마를 벗어 짜 다시
입었고, 노파들은 비에 젖은 저고리를 벗자 상의가 알몸이었다. 그런
노파들은 쭈그러진 젖퉁을 내보이는 걸 대수롭지 않게 여기며 상의를
벗은 채 나돌아 다니는 이도 있었다. 마루에 어둡기 짝이 없는 호롱
불만이 켜져 그런 치장을 두고 시비를 거는 이도 없었다.

"참말로 고생이 낳습니더. 내 재실이라 카미 지내이소. 재실이 협소
해 지내기 불편하더라도 다 참고 이해하이소. 지는 밀양 박가(密陽朴
哥)로 이 동네에 살고 재실지기입니더."

그들을 안내한 마을의 촌로가 이런 인사를 하자 틈이라곤 없이 빽
빽하게 들어찬 벗은 몸인 피난민들마다 약속을 한 듯 감사의 표시로
손뼉을 쳤다.

"이래 재실을 내어준 은혜 내 죽어도 안 잊겠습니더."

"고맙습니더. 난리 끝나고 좋은 시절이 오마 꼭 선생님을 찾겠습니
더. 이 은공에 보답하겠습니더."

"보이소! 선생님 가지 마이소. 시방 소를 잡습니더. 그러마 고기를
좀 싸드릴낑께 계시이소."

그들은 재실을 내어준 은혜를 잊지 않겠다고 하다가 곧 소를 잡을
테니 쇠고기를 드리겠다고 했다.

"소를 잡으마 연장이 있어야 되는데 누가 내 따라오이소. 소 잡는
칼을 주께예. 그라고 소가죽을 삐낄라고 카마 뜨신 물을 끼리야 되이
께 내 장작도 주께예."

마을의 촌로는 더하여 소를 잡는 연장과 불을 지피는 데 필요한 장
작을 주겠다고 했다. 어떻게 난리에 이렇게도 선한 사람이 있는지 모
르겠다며 진정에서 감복하는 이야기들이 들렸다. 세 명의 장정이 마

을노인을 따라갔다.

이윽고 다부져 보이는 몇몇 피난민 장정이 소고삐를 재실 창고의 처마 기둥에다 단단히 매었다. 암소는 뒷발질을 하며 사납게 울부짖었다. 마루에 걸린 석유등의 불이 바람결에 일렁거렸다. 부슬비가 제법 굵어졌는지 추적거리는 빗소리가 한층 컸다. 콩나물시루같이 재실 어디든 틈이라곤 없이 들어찬 그들마다 소를 잡는 이 광경을 둥그런 눈으로 바라보고 있었다.

그들은 어떻게 하면 단숨에 소가 죽는지는 개며 돼지를 잡아본 경험이 있어 익히 아는 듯했다. 두 명의 피난민 장정이 날이 선 도끼를 들고선 자신만만한 채 손에다 침을 뱉었다. 그러더니 소가 매여 있는 재실의 입구의 처마로 다가가 번갈아가며 도끼로 소의 정수리를 내리쳤다. 피가 튀겼다. 또 도끼로 사력을 다해 내리치자 소는 포효하는 것 같은 소리를 몇 번이나 지르며 쓰러졌다.

젊은 장정과 아낙들이 부산해졌다. 아낙은 가마솥에다 물을 끓이느라 마른 솔가지로 불을 지폈고, 장정들은 그렇게 끓인 물을 다라니에 퍼 소를 잡는 마당을 향해 들고 갔다. 몇몇은 그런 뜨거운 물을 늘어져 죽은 소에게 부어 쇠가죽을 벗기기에 바빴다.

스산한 바람소리와 함께 여전히 질척거리는 비가 내리는 밤중이었다. 몇 명의 아낙은 마을로 내려가 양동이를 구해선 우물을 길어 왔고, 다른 아낙은 커다란 가마솥의 아궁이에 불을 지피느라 비지땀을 흘렸다. 비를 맞은 땔감도 있어 불에 잘 타질 않자 쪼그려서는 불씨를 향해 입김을 불어넣는 아낙이 있는가 하면, 그 어둠을 뚫고 마을로 내려가 보릿짚과 마른 솔가지를 묶은 단을 이고 오는 아낙도 있었다. 또 다른 아낙은 마을에서 파와 무를 구해 온 걸 마당가에서 잘게 썰기도 했다. 그런 그들 피난민들은 저녁나절 비에 흠뻑 젖어선 이 마을 저 마을로 전전하며 기력이라곤 없었던 처진 모습들과는 달리 여간 밝지 않은 표정이었다.

"누가 시키지도 않았는데 사람들이 기계같이 자발적으로 일하고 있습니더."

마루에 자리를 확보해 앉은 금실이 소를 잡는 광경을 넋을 잃은 듯이 바라보다 점원을 집적였다.

"나도 콧날이 찡해진다. 가마이 있자. 그러이께 고기를 얻어 묵을라카마 나도 거들어줘야 될 끼 아이가."

"오빠가 안 가도 나선 사람이 많은 기라예."

"아이다. 우째 손 하나 안 꿈적이고 요래 앉아 저런 고기를 얻어묵을 수 있노."

이 말과 함께 점원은 금실 곁에서 일어나 이제는 소의 내장을 씻기도 하고 도마에 간을 썰고 있는 곳으로 거들러갔다.

발 디딜 틈 없이 들어찬 재실은 여전히 북새통이었다. 땀과 비에 젖은 옷이 마르자 나는 짠 내는 좁은 공간에서 뿜어지는 열기와 섞여 곰팡이가 삭는 것같이 역했다. 그런 피난민들의 면면들이 문설주에 걸린 석유등과 방 안의 호롱불에 드러나자, 몇몇 젊은 아낙은 흡사 닭장에 갇힌 병든 닭 같은 꼴로 고개를 꾸벅거렸다. 내내 비를 맞아 오한으로 떨었던 아이들도 소를 잡기 위해 물을 끓이는 따뜻한 방에 머물자, 하나같이 엎어져 자고 모로 누워서 잤다. 두어 명의 아이는 엄마의 무릎을 베고 침을 질질 흘리며 자다 이빨을 갈기도 했다. 그런가 하면 재실의 마루와 방 안에선 사내들과 아낙네들이 초조하고 굳은 빛인 채 화제를 만들어서는 소곤거리기도 하고 껄껄거리기도 했다.

아낙들이 모인 마루의 한쪽에선 목청이 큰 아낙이 이래저래 피난을 살다 아들이 보국대에 끌려간 이야기를 울먹하게 늘어놓자, 듣는 아낙들마다 고개를 저으며 한숨을 쉬는 체념의 빛이었다. 그런가 하면 노인들이 모인 마루에선 피난살이의 서러움을 흑흑거리기도 하고 콧소리를 내며 애조 띤 이야기로 한 노파가 늘어놓기도 했다. 그러자들을수록 사연이 슬퍼 몇몇 이빨이 빠지고 허리가 꼬부랑한 노파가 보기 안쓰럽게 실룩거렸다. 또 쪼그리고 앉거나 벽에 기대어 앉은 이들은 바깥에서 내내 비를 맞으며 떨다 방 안의 열기에 의해 몸이 데워졌는지 곁의 사람이 울든 말든 밀려드는 잠을 못 이겨 꾸벅거리며 조는 이도 있었다.

그런 피난민들은 한 동네에 사는 친지인 경우가 있고, 강가의 마을에서 피난을 살다 알게 된 경우도 있었다. 그런가 하면 그날 처음으로 모래사장에서 피난을 살다 서로 알게 된 이들도 있었다. 대부분 지근의 거리에서 피난을 온 그들은 하루, 아니면 이틀간 알았어도 십년지기같이 흉허물이 없었다. 농담을 예사로 하고 여간 친하지 않은 투로 옆 사람을 집적이는 게 그러했다.

아낙들이 모인 곳에선 고단한 피난생활은 의도적으로 피하려 했고, 반면 설렘과 부푼 기대를 안고 올린 자신들의 혼례식 이야기를 했다. 그러면 하나같이 공통된 경험이 있어서인지 왁자한 웃음과 함께 여자 특유의 홍조가 깃든 수줍음을 띠었다. 한 아낙은 혼례를 올린 후 신랑의 모습을 첫날밤 정면으로 바라다보자 꾀죄죄한 꼴에 새까맣게 타 정말 못 보아주겠던데, 그 신랑이 자신을 이래저래 챙겨주어 이제는 군수, 도지사 안 부러운 신랑이라고 자랑했다. 그러자 곁에서 듣는 아낙은 입을 삐죽거리는가 하면 코웃음을 쳤다. 네 신랑만 최고냐, 우리 신랑도 최고라며 쏘다, 언제든 어둑한 새벽이면 일어나는 부지런한 자신의 신랑을 한참이나 떠벌리는 아낙도 있었다. 시집은 갔지만 시집에 적응되지 않아 사나흘 엄마며 친정의 식구들이 보고 싶어 밥도 먹지 않고 엉엉 울었다고 한 아낙이 회한에 젖어 말하자, 이구동성으로 자신들도 그랬다며 곁의 아낙들마다 동조를 띠었다.

아까부터 머리가 물기에 젖어 비녀를 풀어 산발한 꼴인 아낙과 입이 합죽이이고 얼굴이 둥그스름한 아낙이 금실을 향해 색시가 곱다며 띄우기도 하고, 말도 조리 있게 한다며 부러운 눈길이다가 다시 신상에 대해 꼬치꼬치 물었다. 처음은 어색함과 낯선 분위기로 애써 대화를 피하려 고개를 돌렸지만, 차츰 수년이나 알고 지낸 친정마을의 이웃 아낙과 같은 정이 느껴져 금실은 자신 모르게 가슴을 열고 있었다. 초막골로 피난을 갔다가 신랑인 점원이 보국대로 끌려간 것이며 미군으로부터 포격과 기총소사를 당해 시동생이 즉사한 이야기들을. 그러해 마을이 소개되어 식구들은 송진으로 해 밀양으로 피난을 간 반면, 자신은 지아비를 기다려 초막골로 다시 들어간 애틋한 이야기들도.

"뭐라! 색시가 ㄱ 초박골에서 피난을 살았다고? 가마이 있자. 그러이께 여드레 전에 그 초막골에 피난 살았던 사람들과 하루 동안 같이 있은 기라. 한 식구가 아이고 댓 식구가 그날 새벽에 폭격을 당한 참상을 이바구하는 기라. 우째 그런 일이 다 있는지 그 이바구를 듣는 우리는 겁이 나서 간이 콩알만 해졌다. 거서 이래저래 포를 맞고 총 맞아 죽은 사람들 이야기 들어이께 도저히 들을 수 없어 울고불고 했다. 맞다. 그게 내 또래 안사람(아낙)하고 이래저래 이야기하다가 정이 든 사람이 있는 기라. 그 안사람이 유어 도동에 산다고 카고 종가 집이라고 카는 기라."

오십 줄에 접어든 비녀를 푼 아낙이 시어머니를 보았다며 나섰다.

"예? 우리 어머니를 거서 보았다고예?"

금실이 벅찬 감격을 보이며 머리가 희끗한 그 아낙의 손을 잡았다.

"그러고 보이 피난살이하는 동네가 미군한테 포격을 당해 피난하는 사람들이 엄청시리 죽었고 거서 그 아지매 자식도 하나 죽었다 카는 기라. 그래갖고 그 아지매는 아들이 안 잊아지는지 자나 깨나 미군하고 인민군 보고 욕을 끼러붓는 기라. 그러이께 그 아지매하고 새댁이 신랑이 영판 닮았다. 새댁이 그 아지매 며느리구나? 안 그래도 며느리하고 작은 아들 걱정을 태산같이 하더라. 동네를 보고 포를 퍼붓고 기관총을 쏘는 그 난리를 치르고 송진까지 넋을 잃고 왔는데 작은 며

느리 혼자 보국대에 간 신랑을 기다리겠다고 카미 초막골로 돌아갔다
고 카는 기라. 작은며느리하고 아들 걱정을 하면서도 몇 번이나 더럭
더럭 우는 기라."

얼굴이 둥그스름한 아낙은 시어머니에 대해 보다 구체적인 이야기
를 했다.

"다시 말씀해 보이소. 오데서 만났고 우리 식구들은 오데로 피난을
간다고 캅디꺼? 식구들을 찾는다고 얼매나 생고생을 하고 있는지 모
릅니더."

감격에 겨워 금실이 다급히 물었다.

"우리는 영산에서 박진 가는 길에 있는 고곡에 산다. 이래 험한 피
난살이를 한 지는 한 달이나 되고. 영산에 있는 함박산 골짝에 한 보
름 피난을 살았는데 인민군이 의령, 합천 땅에서 낙동강을 건너 탱크
를 몰고 영산까지 진격해 온기라. 그래갖고 영산에 대치한 미군하고
크게 한판 붙었다. 그놈 풋소리에 놀래서 식구들대로 넋을 잃고 뛰었
다. 거짓말 안 보탠다. 땅이 꺼지고 하늘이 무너지는 거 같는 기라.
전신이 틀어지고 오줌이 찔끔찔끔 나오는 거 같이 무섭는 기라. 그래
갖고 우리는 도천으로 해서 송진으로, 또 거게서 다시 길곡으로 가는
길로 해 여까지 피난 온기라. 길곡 면소가 있는 증산이라 카는 강가
에 피난을 살 때 초막골에서 피난 온 색시 식구들을 만났다.

거서 이틀간 색시 식구들하고 같이 있었띠라. 우리 식구하고 같이
수박을 쪼개 묵고 보리쌀을 넣은 죽을 끼러 묵은 적도 있다. 바깥양
반이 위험 지역이고 사람들이라고는 없는 동네에 양식 구하로 가마
우리 여자들은 반찬꺼리하고 죽거리를 할 거를 찾아로 댕긴 기라. 그
때 색시 시어머이하고 지내미 강가 밭에 가지, 오이를 따로 가고 고
추 이파리를 삶아 무치고 했다. 같이 밥을 묵었고 말이다.

거게 증사이(증산) 강가에 이틀인가 지내이께 도천하고 남지 쪽에
피난을 하는 사람들이 짜다라 오는 기라. 달구지로 피난 짐을 실고

오는 사람, 지게에 솥을 지고 오는 사람도 어구야쿠인 기라. 아아를 업고 오는 아낙네도 있고…… 그런 피난민이 몰려오고 좀 있어이께 지프차를 타고 군인들이 왔는 기라. 그 군인들이 여게는 인민군하고 미군이 크게 전쟁을 치를 전장터이께 무조건 밀양 땅으로 가라 카는 기라. 밀양 땅으로 안 넘어가마 적과 내통하는 첩자로 간주하겠다고 카고. 거서 새댁 식구하고 우리는 헤어졌다. 헤어지며 새댁 식구들은 아아들 고모가 대사동에 산다고 카미 걸로 피난을 간다고 캤다. 수산 옆에 있는 대사동 거게서 난리 끝날 때까지 있을라 카더라.”

"예? 대사동이라고예? 맞다. 거게 고모가 있습니더. 와 우리가 그 생각을 몬했을꼬. 오빠!”

대사동이란 말을 듣자 금실은 자리에서 벌떡 일어났다. 소를 잡아 살점을 칼로 썰고 있는 재실의 창고 쪽으로 싸게 달려가며 점원을 찾았다.

"오빠! 우리 식구들이 대사동에 고모 집에 있답니더.”

맨발인 채 빗물로 흥건한 마당을 지나 창고로 달려온 금실은 뛸 듯이 벅차 있었다.

"뭐? 대사동에? 등잔 밑이 어둡다고 칸 말이 빈 말이 아이네. 우리가 산중생활을 한 거기서 울매 안 가마 있는 동네인 기라. 거게 막내 고모가 산다. 식구들이 걸로 가 있을 줄은 내 꿈에도 몰랐다.”

"거게 있는 것도 모르고 이래 고생을 했습니더.”

"시방 저게 쇠고기 국이 펄펄 끓고 있는 기라. 저 국 한 그릇 묵고 바로 걸로 가자.”

점원이 금실의 손을 다잡으며 굳게 말했다.

❽

밤이 깊어가고 있었다. 여전히 재실의 방과 마루마다는 떠들썩한 소리로 가득했다. 대개가 농사와 관련된 이야기들이었는데, 근심으로 다들 시무룩한 빛인 채 처진 어투였다. 봄에 정성을 다해 심은 곡식들을 풍성한 가을의 수확을 위해 이 마당에는 막바지 손길이 가야 하는데도 근 두어 달이나 작물들을 방치해 두어서였다. 특히 나락 논과 고추밭은 잡풀들을 제거해 주어야 추수 시 쭉정이가 없고 알곡이 무성한데, 마냥 내버려두어야 해 저마다 여간 걱정이 아닌 모양이었다.

어떤 이는 올 가을 고추와 마늘을 판돈으로 딸을 시집보내려고 하고, 또 어떤 이는 아들 장가를 들 밑천이 이번 농사인데 망쳤다며 우울한 이야기들이었다. 그런 이야기가 오가는 가운데서도 두 가마솥에서 나는 쇠고기가 삶기는 구수한 냄새가 코끝을 자극하면 이야기는 멎곤 했다. 그러면 이야기를 하는 노인도 이야기를 듣는 아낙네도 군침을 삼켰다. 하나같이 내일의 금송아지보다 당장 허기를 달래는데 본능의 촉각이 곤두서 올 가을 농사가 걱정되어 참담하기만 한 처진 이야기를 하는 이도, 듣는 이도, 눈길까지 재실의 대문간과 창고 쪽에 걸린 가마솥을 향하고 있었다. 그들의 오장육부를 쥐어흔들 정도로 식욕을 자극하는 냄새였다.

"자! 인자 국이 다 끓었습니더. 고기도 이마하마 묵을 수 있도록 삶겼고 말입니더. 그러이께 지 자리에서 움직이지 말고 가마이 있어이소. 가마이 있어마 몇 사람 아지매들이 여게 사람들 똑같이 다 묵도록 국을 갖다 줄 낌니더."

한 장정이 국이 다 끓었다며 소리쳤다. 그러나 군침을 삼키며 그 구수하기만 한 국과 건더기를 먹으려 눈이 빠지게 기다린 피난민들이

었다. 염치없는 노인과 아낙이 일어나 먼저 먹으려 목을 빼며 솥이 있는 곳으로 나오려 하자,

"가마이 있어이소. 누구도 더 묵고 작게 묵는 거 없이 똑같이 묵을 낍니더. 미꾸라지 같이 구정물을 일으키는 사람은 고기도 국물도 없습니더. 알겠지요!"

장정이 이렇게 외치자 어서 국물을 먹고 싶어 군침을 삼키며 일어선 사람들이 일제히 앉았다.

세 아낙이 상에다 놋그릇에 국을 담아 나이순대로 노인에게 먼저 드리고 차차로 아낙네들에게도 국그릇을 내놓고 있었다. 국을 받아든 이들마다 소를 잡은 장정과 국을 끓인 아낙들에게 진정에서 고맙다는 인사를 쏟고 있었다.

"참말로 국을 잘 끓였다. 입에 들어가이 슬슬 녹는다."

"둘이 묵다가 옆에 사람이 죽어도 모른다는 거는 여게 국을 두고 하는 말이네. 몇 숟가락 국물을 묵어이께 기운이 확 솟는다."

저마다 그들은 쇠고기 국이 입에 슬슬 녹는다며 말했고,

"이거를 묵어이께 우리 손주 생각이 나는기라. 고 놈 그래 잘 놀고 내한테 재롱을 잘 부리는 놈인데 고 열병으로 이 난리에 죽어서이께 내 가슴에 못을 박은 기라. 시방도 내 눈에 삼삼하다. 이 국 한 그릇 묵어마 언제 그런 병을 앓았노 카미 일어날 손준기라."

한 노파가 영양실조로 앓아누웠다가 죽은 손자를 그리며 실룩실룩 울었다.

"맞습니더. 이런 고기 건더기하고 국을 묵어마 그런 거는 병도 아인기라."

노파의 말에 고개를 주억거리며 듣는 곁에 있던 아낙과 장정의 눈가가 뜨거운 물기로 축축했다. 그러면서도 그들은 입김을 불며 국을 훌훌 마시기도 하고 숟가락으로 떠먹느라 정신이 없었다. 아래의 대문간과 창고 쪽에서 국을 떠 나르는 아낙은 국물은 얼마든지 있으니

많이 먹으라며 흐뭇한 투로 성원을 보내고 있었다.

점원과 금실도 국 한 그릇을 받아서는 땀을 뻘뻘 흘리며 국물을 떠 먹고 있었다. 역시 여느 고기와는 다른 쇠고기였다. 뼈와 고기가 삶긴 국물은 입 안에 넣자마자 스르르 녹을 뿐만 아니라 기력이 돋으며 양 눈이 떠졌다. 숟가락으로 국물을 떠다가 점원은 그릇을 들고 후루룩 거리며 물을 마시듯 뜨거운 국물과 건더기를 입에 끌어넣고 있었다.

"이거 잡수이소."

금실이 제 국에 있는 고기 건더기를 숟가락으로 건져 점원의 그릇에 넣었다. 사랑하는 사람을 위한 여자 특유의 고혹적인 눈빛을 띠었다.

"당신 묵어라! 남들이 본다."

점원은 멋쩍은 빛이었다.

"국을 묵는 오빠 모습이 너무 보기 좋아서예. 아아레 열병을 앓고 해서 이거 묵고 힘내라고예."

금실은 다시 제 국에 있는 고기 건더기를 점원의 그릇으로 건넸다.

그렇게 국 한 그릇을 비워갈 무렵이었다. 갑자기 바깥이 소란스러 웠다. 여기저기서 웅성거리며 반공단이 떴다는 것이었다. 장정들을 향 해 어서 달아나라는 다급한 음성이 마루며 축담의 피난민들 사이에서 쏟아졌다.

"이 새끼들! 시방 어떤 시국인데 패를 지아댕기미 양민을 뚜드러 패고 나라가 금하는 소를 몰래 잡아 묵노."

"볼 것도 없다. 이 새끼들은 다 빨개이들이고 잡아끌고 가야 되는 기라. 니! 바른대로 말해라. 와 조 앞에 동네를 지나가다 죄 없는 사 람을 팼노?"

"한 놈이라도 움직이는 놈은 오늘 제삿날인기라. 고대로 가마이 있 거라."

댓 명의 낯선 청년들이 살의를 띠곤 고함을 질렀다. 젊은이들이라 면 닥치는 대로 잡아다 전선으로 보낸다는 그 반공단인지, 마을의 청

년들이 반공단 흉내를 내는 건지 알 수 없었으나 금실과 점원은 일촉
즉발의 위기로 그저 전신이 경직되고 있었다. 여러 징후들로 보아 오
방마을에서 비를 맞은 그들 피난민들에게 똥물을 뿌리며 들어오지 못
하게 해 서로 엉켜 싸운 걸 두고 이 고장의 건달들이 징치하러 온
듯했다.

"오빠! 뛰야 됩니더."

금실이 질려있는 점원을 집적였다.

"뛰자! 우물쭈물할 겨를이 없다."

점원이 금실의 손을 거머쥐었다.

쇠고기 국을 먹다 말고 날벼락을 맞은 피난민들이 일제히 웅성거리
는 소란스러운 틈을 타 점원이 금실의 손을 잡곤 뒤란으로 통하는 쪽
문으로 내달렸다.

열려있는 쪽문을 박차고선 칠흑 같은 어둠을 뚫고 잇닿아 있는 대
밭으로 뛰어들었다. 짓궂게 내리는 가랑비를 맞으며 자잘한 대나무들
을 헤치며 나와 고추밭 고랑을 탔다. 금세 전신이 빗물에 흠뻑 젖고
있었다. 둘은 가쁜 숨을 몰아쉬며 키 높게 자란 고춧대들을 사이로
달렸다. 더듬거리며 방천길을 올라선 한참을 달리다 가까스로 차가
나다니는 도로로 들어섰다.

"대사동으로 가자! 여서 얼마 안 가마 수산이고 바로 그 앞에 붙어
있는 동넨기라."

점원이 대사동으로 가는 길을 안다며 금실의 손을 잡아끌었다.

"시겁했습니더. 어서 가입시더."

"나도 그 넘들한테 붙잡히는 줄 알았다. 괘얀타. 인자는 진정해도
된다."

재실에서부터 잡았던 금실의 손을 놓으며 점원은 안도에서 긴 한숨
을 쉬었다.

가랑비가 얼굴을 때려 빗물이 전신의 살갗 속으로 흘러들고 있었다.

멀리서 매양 듣는 쿵쿵거리는 포성이 천둥같이 울러 퍼졌다. 사방이 암흑천지인 빗길을 흐느적거리기도 하고 뒤뚱거리며 한참이나 시무룩이 걷자, 점원은 처지가 주는 불안으로 더없는 처량함에 싸여갔다. 쫓기는 신세라는 비관에 휩싸이다 보니 끝없이 나락으로 떨어지는 기운을 떨쳐낼 수 없어 어느 사이 훌쩍거리며 울었다.

"와, 와웁니꺼? 대사동이 여서 울매 거리가 아이다고 안 캤습니꺼?"

울음의 의미를 알 수 없는 금실이 안쓰럽게 물었다.

"나는 죄인이 아인기라. 꿈도 많고 포부도 큰 이 나라의 당당한 청년인기라. 그런데 국가라는 거대조직은 나를 못 잡아먹어 안달하고 있는 기라. 나를 잡기마 하마 전선으로 집어넣을라고 양 눈에 불을 켜고 있는 기라. 또 내가 어디로 가든 잡아서는 전선에 보낼라고 양 눈에 독을 품고 있고 말이다. 몇 번째 내가 이런 짓을 당하노."

점원이 목이 메여 콧소리를 내었다.

"지도 오빠 맘 알고 있습니더. 우리 식구마 찾아마 그런 걱정은 안 해도 됩니더. 동네에 있기 어려우마 오빠는 산에 숨어이소. 그러마 내가 밥을 만들어 갖다주께예."

뒤를 따르는 금실이 점원의 손을 힘주어 잡았다.

"고암댁이! 암만 생각해도 내가 나쁜 놈인 기라. 우리는 몰랐어야 하고 결혼을 안 해야 되는기라."

"거기 무슨 이야긴니꺼? 섭섭합니더."

"이래 숨어댕기다가 그 넘들한테 잡히마 나는 전선으로 가는 기라. 여게 저게 이야기 들어이께 가기마 가마 다 죽는다 카는 낙동강 전선으로 말이다. 이런 내 신세라서 우리가 몰랐고 결혼을 안 했어마 당신은 내 문제로 고민을 안 해도 되는데……"

"그런 말은 마이소. 오빠는 안 잡힙니더. 절대 안 잡히 갈 낌니더."

금실은 섭섭하다며 울먹였다.

"외국으로 배타고 나가마 모를까 이 땅에 있는 한 전쟁의 광풍에서 벗어날 수 없는 기라. 그렇다고 이 전쟁이 내일 모레 끝날 거 같지도 않는 기라. 하루 이틀이 아이라 몇 달, 아니 몇 년 간을 숨어 지내야 된다고 카이께 앞이 아, 참말로 앞이 캄캄하다. 암만 생각해도 당신한 테 나는 죄를 짓고 있는 거 같다.”

“마음 약한 말은 마이소. 내한테 죄는 무슨 죄를 지었단 말입니꺼. 오빠도 말했고 다른 사람들도 이 전쟁 오래 안 끌기라고 캤습니더. 대규모 미군이 이 전쟁에 참전할 끼라 카는 기 짜한 기라예. 오빠도 보국대 가서 미군들이 짜다라 죽는 거를 봤다고 안 캤습니꺼. 그러마 이승마이가 미국 대통령한테 전화 안 해도 미국은 참전하는 기라예. 큰 나라고 부자나라라고 카는 미국의 자국 군인들이 수도 없이 죽고 하마 미국은 절대 가마이 안 있습니더. 우예든동 인민군을 박살내라 고 카미 군인하고 전쟁물자를 엄청나이 보낼 낌니더. 그러마 뻔한 기 라예. 그러마 빨리 이 전쟁 끝납니더. 그러이께 쪼개이마 기다리마 됩 니더. 오빠! 맘 약한 소리는 마이소. 시방 지는 아기를 갖고 있습니더. 그런 맘 약한 이야기하마 아기한테 해롭습니더.”

다짐을 가하는 금실도 목이 잠긴 투였다.

이 말에 점원은 선 자세에서 뒤를 따르는 금실을 꼭 끌어안았다. 쿨룩쿨룩 울었다. 이런 분신인 금실을 두고선 어떤 경우라도 전선으 로 갈 수 없었다. 자신이 곁에 없는 이 전란 속의 금실은 하루하루가 지옥일 터였다. 만에 하나 전선으로 끌려가 자신은 죽는다고 해도 가 난한 나라의 청년으로 이념전쟁에 휩쓸린 나머지 어쩔 수 없는 팔자 소관으로 돌릴 수 있지만, 금실을 두고 전선으로 간다는 건 어떤 식 으로도 용인되지 않았다. 목에 칼이 들어와도 저항하고 싶었다. 자신 에게 쏙 빠져 있는 이 연약한 여인이 홀로 살아가야 하는 세상을 그 리자 생명이 있는 한 숨고 싶었다.

점원의 그런 맘을 읽기나 한 것같이 금실은 말없이 훌쩍거리기만 했다. 지아비인 점원이 없는 현실을 금실은 상상할 수 없었다. 정히 반공단원이 날뛰는 시국이라서 어쩔 수 없는 경우로 당신이 전선으로 끌려간다면 기다리라. 몇 년이 아니라 몇 십 년이라도. 여자는 자신만을 사랑해 주는 사내를 위해 존재한다고 하는데, 자신의 모든 걸 사랑으로 포용해 주는 당신을 위해서라면 무슨 짓이든 할 수 있을 것 같기도 했다.

"내가 이래 울 때가 아인기라. 시방 가는 작은고모는 살림도 많고 잘사는 기라."

금실을 껴안은 팔을 점원이 풀며 비에 젖은 팔소매로 눈물을 닦았다.

"가입시더. 어머이 아버님이 목이 빠지구로 기다리는 그게 가마 오빠하고 잘 수 있는 빈 방이 있을 낍니더. 보리밥이지마는 실컷 묵을 수도 있고예."

"내가 잠시 망령이 들어서 울었는 기라. 인자는, 인자는 안 울 끼다."

언제 울었느냐는 듯 점원이 담담하게 말했다.

"지는 오빠의 이런 모습이 좋아예. 이래 당당하고 기운이 넘치마 하늘이 우리를 도울 낍니더. 그런데 기운을 잃고 밑도 끝도 없이 흔들리마 누도 우릴 안 도와줍니더."

"그래, 인자는 안 울 끼다. 나 팔팔한 젊은 사람인기라. 반공단 놈들 서너 명하고 한판 붙어도 나 안 진다. 참말이다."

"그렇지. 오빠는 안 집니더. 내가 보장할 수 있습니더."

둘은 소로로 지나다 논길을 탔고, 그러다 고구마 밭을 지났다. 장막에 덮인 사방이라서 무논에 발이 빠지기도 하고 밭 언덕의 풀밭에 미끄러지곤 했다. 가시덤불에 종아리가 그이기도 하고 미끄러운 빗길을 잘못 디뎌 주저앉기도 했다. 그럴 때도 둘은 꼭 손을 잡고 있었다. 큰 길을 걸으면 혹 지방의 반공조직이나 대한청년단, 서북청년단이 나다닐지 모른다며 택한 길이었다. 반시간 가까이나 일절 말이라고는 없이 빗길을 걸어 밀양으로 통하는 수산을 휘둘렀다. 비 내리는 밤이라서인지 도로에는 인적이라곤 끊겼으며 나다니는 이가 없었다.

강을 따라 밀양으로 난 소로로 들어섰다. 사방이 칠흑이었지만 둘은 혹시나 반공단원이 나다니지 않을까 촉각을 곤두세웠다. 수산 쪽에서 한 무리의 피난민들이 비를 맞으며 내려오는 인기척을 듣자마자 둘은 콩밭으로 들어가 그들이 지나갈 때까지 숨기도 했다.

제 6 장
기약 없는 이별

❶

부슬비는 하염없이 내렸다. 내내 풀잎이며 나뭇가지를 때리는 추적거리는 소리를 내어 사방 어디든 한층 장막이었다. 둘은 쉼 없이 걸었다. 비 내리는 밤길이라서 질척한 길을 미끄러지기도 하고, 허방을 잘못 밟아 주저앉기도 했지만, 오로지 식구들을 만난다는 기대 하나로 고모 댁으로 가다 보니 걸음이 처지는 것도 없었다. 그리하여 자정 무렵쯤에야 금실은 서 있지 못할 정도이고, 점원은 기진맥진해 몇 번이나 비틀거리기까지 하는 행보로 고모가 사는 대사동에 이른 것이었다.

흙 담장 아래로 난 질퍽한 고샅을 지나자 이집 저집의 마당가에 쟁여진 거름이 썩는 냄새가 진동했다. 비 내리는 적막에 감싸인 마을로 들어섰지만 둘은 맞잡은 손을 놓지 않았다. 점원이 앞장서고 금실이 뒤에 서서는 몇몇 초가와 남새밭인 것 같은 울타리를 친 밭을 지나 이윽고 사위가 먹빛인 기와집에 멈춰 섰다.

점원이 이 집이 고모 댁이라며 들뜬 채 금실에게 말했다. 이어 싸리문 안을 향해 인기척을 내며 고모라고 불렀다.

위채에서 문이 열렸다. 마루에서 자던 사람들이 깨어나고 사랑채에서도 화급히 문이 열렸다.

"누고? 작은아아 아이가?"

울먹이며 반기는 시어머님의 목소리가 있었고,

"뭐라? 작은아 점원이라고? 어데 있노."

시아버지가 사랑방에서 신발을 신지도 않고 뛰어나왔다.

이어 시숙을 비롯한 동서가 감격으로 울먹이며 뛰쳐나오고 마루와 방 안엔 불이 켜지고 있었다. 고모 식구들도 자다 말고 일어났는지 하품을 해댔다. 그러나 저마다 양 눈이 둥그레진 채 비를 맞아 물에 빠진 꼴을 한 둘을 반갑게 맞았다.

어머니의 손을 잡은 점원은 전신을 부르르 떨며 오열했다. 옷가지가 빗물로 축축한 금실은 시아버지의 품에 안겨 있었다. 맏형인 점용이뿐만 아니라, 형제 중 막내인 점동이도 약속이나 한 것같이 점원이 돌아왔다는데 감격 같은 걸로 그저 실룩거렸다. 비 내리는 마당에서 마냥 소리 내어 훌쩍거리는 게 점원을 맞는 그들 식구들의 인사였다. 금실을 붙잡고서도 시어머니는 자지러지는 것같이 울었다.

"방 안으로 가자! 시방이 울매나 무서운 세상인데 울음소리를 낸단 말이고. 사람 소리 들어마 그 넘들이 당장 이리로 잡아로 오는 기라. 이래 작은 아아 니가 살아 돌아왔다는 기 꿈인지 생시인지 모르겠는 기라. 방으로 가자."

시아버지가 방으로 가자며 일침을 가하듯 말했다.

대충 빗물을 닦고 옷을 턴 둘이 호롱불이 켜진 위채의 방으로 들어가자, 시어머니는 이웃에 소리가 들려선 아니 된다며 얼른 방문을 닫았다.

방 안에 앉자마자 고모 내외가 점원의 손을 잡으며 또 눈물을 글썽거렸다. 금실의 손을 잡고서도 새 각시인 조카며느리가 그간 말 못하

게 고생한 이야기를 들었다며 반가움에서 그저 실룩거렸다. 식구들이
비좁은 사랑방에 죄다 들어온 그때서야 방문을 굳게 닫아 안심이 되
는지 시어머니는 더럭더럭 울기부터 했다.

"너거들 생각한다고 나는 잠 한 숨 몬 잤다. 밥맛이 없어 밥도
몬 묵었고. 보국대 간 니가 우째 이래 안 울 수 있노 카미 여서 돌아
댕기는 그 넘들 반공단하고 의용 경찰한테 묻기까지 했다. 그러이께
다 모르겠다고 카던데 하나가 시방까지 안 돌아오마 죽었는지 모른다
카는 기라. 그 씨상놈 말 듣고 종일 울었다. 보자! 몸 성한 데는 없
나? 그때보다 말이 아이게 비쩍 말랐다."

"지는 이래 건강합니더. 다친 데라고는 없고예. 지 생각한다고 어머
이가 그래 맘고생을 했다고 카이 몸 둘 바를 모르겠습니더. 인자는
이런 일 없을 낌니더. 절대 식구들 곁에서 안 떨어질 낌니더."

눈물을 닦으며 점원이 굳게 말했다.

"며늘아가! 나는 할 말 없다. 나는 어른 값도 몬 했고 애비 값도
몬했는 기라. 그때 니가 작은아아를 기다린다고 간 그 초막골로 나는
무서봐서 몬 간기라. 니가 작은아아를 만나야 된다고 카미 달려가는
거를 뻔히 보미서도 나는 몬 간기라. 이 시아비를 뭐라 캐도라. 어른
도리를 몬한 이 시아비는 니한테 고개를 몬 들겠다. 아이다. 아인 기
라. 그때도 점구가 죽은 그 새벽사건 때문에 내 정신이 아인기라. 내
억장이 무너진 기라. 완전히 얼이 빠져 있었고 말이다."

시아버지가 부끄러움으로 가슴이 미어지는지 금실을 잡고 실룩거
렸다.

"아임니더. 그때 아버님하고 우리 식구들이 처한 사정 잘 압니더.
그 넘들이 총을 쏘아서 점구 데림이 비명횡사한 거기로 간다카는 거
는 말이 안 되는 기라예. 점구 데림이 그래 죽어 식구들 다 큰 슬픔
에 빠져 있었고예. 그래서 지 혼자 간 기라예. 저 사람을 기다리야겠
다는 모진 작정을 하고 말입니더. 지가 초막골로 간 다음날 저녁에

이 사람이 왔습니더. 그래 만나고부터 아버님, 어머님이 피난하는 데를 찾을라고 우리 나름으로는 온갖 생고생을 했습니더.”

금실이 고개를 저으며 콧소리로 대꾸했다.

“제수씨! 나도 할 말 없습니더. 그래 제수씨를 그 지옥 같은 데로 보내는 기 아인데 지가 챙기지를 몬했습니더. 제수씨를 그래 보내고 울매나 걱정이 되었는지 모릅니더. 안 그래도 하도 소식이 없어 내일쯤에 초막골에 가볼라고 캤습니더.”

점용이 죄스러워 고개를 못 들었다.

“그 지옥 같은 동네 초막골에서 너거들이 만나지고 여게서 식구들 전부 만나게 된 거는 그래도 조상이 우리를 돌보고 있는 기라. 다른 거는 모르겠고 너거 내외는 분명 조상들이 지키주고 있는 기라. 이래 우리 온 식구가 만난 기 그 증명인 기라. 그러이께 이 난리에 죽은 사람이 울매나 많노? 묵을 끼 없어서 아아도 노인도 굶어죽고 하는 판이 아이가. 또 둑이나 내에 피난하고 있는데 미군들이 폭격을 해 죽은 사람이 울매나 많노? 저거 놈들을 믿고 저거 놈들 주둔한 부대에 피난해도 포를 퍼붓고 총을 쏴 우리 같은 양민들이 죽고 죽는 세상인 기라. 뿌이가. 젊은 사람들은 이래저래 전쟁터에 빼이 가 죽고 말이다. 이래 너거가 무사하이께 내 춤이라도 추고 싶다. 참말이다.”

시어머니는 여간 벅차지 않았다.

“데림하고 동서? 저녁을 안 묵었지요? 여 있어이소. 식은 밥이지마는 내 차리오께.”

“아임니더. 우리는 밥을 든든하이 묵었습니더.”

금실이 밥을 먹었다며 밥상을 차리려 일어서는 동서를 잡았다.

“이 난리에 오데서 밥을 든든하이 묵었단 말이고?”

“피난민을 따라 댕기다가 검암 재실에서 비를 피했습니더. 거게 피난민 장정 몇 이가 강에서 주인 없는 소를 몰아 끌고 온 기라예. 그런 소를 재실에서 잡아 참말로 고기하고 국을 달게 묵었습니더. 거게 검암에서 소를 잡으미 피난민하고 이런저런 이야기를 하던 중에 누가 어머이하고 형님을 보았다는 기라예. 고곡에 산다고 카고 증사이 앞에 강가에서 어머이를 기억하미 우리 식구들하고 이틀을 보냈다 카는 기라예.”

“뭐라? 고곡에 산다고 카는 그 성씨(成氏)들 말이가? 비녀를 찌른 입이 합죽한 할마이하고 눈 밑에 큰 점이 있는 얼굴이 동그란 그 아낙 말이가?”

“예. 그 사람들이라예. 초막골 이야기를 지가 하이께 우리 사는 도동 이야기를 하고 어머이하고 같이 있었다고 카는 기라예. 그 이야기 듣고 울매나 기뻤는지 모릅니더.”

금실이 들뜬 채 시어머니를 향해 말했다.

다소 격정들이 진정되었지만 점원이 지게꾼 노릇을 하다 돌아왔다는 데 식구들은 여전히 콧소리인 어투로 그간의 사정들을 이것저것 물었다. 보국대로 일을 했으면 어디서 있었느냐는 것. 밥은 제대로 먹었으며 어떤 일을 했느냐는 것. 미군, 인민군의 전투를 보았으면 어느 쪽이 이길 것 같았느냐는 것. 그러면 점원은 이를 데 없이 평안하고 포근한 가족의 품이란 것으로 때론 어금니를 깨물고 미간을 모아 보국대에서 본 걸 이야기했고, 때론 두 번을 회상하기 싫은 듯 고개를 저으며 짧게 얼버무리기도 했다. 본 걸 사실대로 이야기한 것뿐인데 시어머니는 애틋함을 못 이겨 그저 눈물을 흘렸고, 시아버지는 상상으로도 닿지 않은지 신음 비슷한 소리를 내며 고개를 저었다.

전선에선 군인들뿐만 아니라 보국대로 뽑혀간 지게꾼들도 무수히 죽는다는 소문을 들어 식구들은 사지에서 돌아온 점원의 어떤 이야기든 비극으로 받아들였다. 그리하여 점원의 전선 목격담이 조금만 길어지면 너나없이 훌쩍거렸다. 이를 지켜보는 금실도 형언할 수 없는 가족애로 가슴이 저려 덩달아 실룩거렸다.

한층 야음은 깊어지고 있었다. 부슬비는 제법 빗방울이 굵어지는지 둔탁한 소리로 처마를 때렸다. 스산한 바람이 한 번씩 불면 뚫어진 문풍지 종이가 바람결에 바르르 소릴 내며 떨리곤 했다.

둘의 출현에 감격을 삭이지 못한 식구들은 밤이 지새는 줄 몰랐다. 다들 얼마나 걱정했는지 모른다고 했다. 시어머니는 수시로 점원의 손을 잡기도 하고 금실의 손을 잡으며 뜨거워진 눈시울을 닦곤 했다. 전선에서 그 고생을 하고 왔는데 집이 아닌 피난지에서 맞아 따뜻한 밥 한 그릇 못 내어놓는다며 서글픈 처지를 말하기도 했고, 너를 어떻게 낳아 키웠는데 초막골의 그 놈 사건으로 거기서 기다리지도 못했다며 멍든 가슴의 이야기를 늘어놓기도 했다. 그러해 점구의 죽음에 대한 이야기가 나와 식구들은 또 소리 죽여 한참이나 훌쩍거렸다.

점용을 비롯한 시아버지까지 무슨 말이든 점원이 꺼내면 훌쩍훌쩍 울곤 했다. 지나친 혈육의 정이라고 할 수 있으나 점구의 죽음이 묻어있는 그 기저에는 자신들의 가련하고 참담한 처지가 어우러진 의지의 표출이었다. 나아가 졸지에 집을 잃고 한 달 이상이나 떠돌아 다녀야 하는 고달픈 피난생활과 반공단원의 눈을 피해 쫓겨 다녀야 하는 참혹한 신세임에 가족이란 혈육이 연대해 안쓰럽게 희망을 찾으려는 몸부림으로도 보였다. 하여 그 무슨 이야기를 누가 꺼내기만 하면 약속이나 한 것같이 식구들대로 그냥 울었다. 시어머니도 시아버지도 내내 슬픈 내면을 접지 못하고 느껴 우는 것으로 가족끼리의 연대를 나눈 그때의 여러 장면들을 금실은 언제든 잊을 수 없다.

"오늘은 안 되겠다. 작은아아 내외를 이래 만나이께 말할 수 없이 좋구마는 이래 울어사마는 복이 새나가는 기라. 오늘은 이마하고 다 자자!"

시아버지가 많이 울면 복이 없어진다며 잠을 자자고 했다.

"그래 하입시더. 쪼개이라도 눈을 붙이야 되는 기라예."

울기만 하는 이런 분위기에서 탈피하고자 시숙인 점용이 동조했다.

❷

금실은 동서와 조카를 비롯해 여자들이 자는 네모반듯한 윗방에 끼여 자다 날이 훤한 아침녘에 가까스로 깨어났다. 충분한 수면을 취하지 못해 졸리는 눈으로 하품을 하며 부엌으로 가 고모와 아침 준비를 하다 말고 경악으로 질릴 뻔한 걸 목격하고 말았다. 간밤의 희미한 호롱불가에 난 시숙과 막내시동생이 얼굴이며 몸은 어딘지 평소와는 다른 긁은 자국들이 있었다. 그러나 식구들과 한동안 헤어져 있다 만나는 해후라서 감격이 지나쳐 대수롭지 않게 보았던 것이다. 한데 날이 훤한 아침에 드러나는 몰골들은 산 사람이라고 볼 수 없을 정도로 몸 어디든 긁고 문지른 자국투성이였고, 얼굴에도 벌건 줄이 나 있는가 하면 벌에 쏘인 것같이 퉁퉁 부어 있었다.

"형님! 아주버님하고 데림들 얼굴이 와 저래 되었습니꺼?"

금실이 휘둥그레진 눈으로 아궁이의 솥에 불을 때고 있는 동서에게 물었다.

"말마라라. 살미 우째 이런 세상을 다 겪는지 어이, 더런 세상. 다 옻이 올란 기 아이가. 일부러 옻나무를 꺾어 와서 저래 몸에다 문때서 옻이 더 올란 기라."

"예? 일부러 옻에 올랐다고예?"

"여게도 하루 몇 번 반공단 놈들이 나댕기는 기라. 그 넘들한테 붙들리마 이승마이 빽도 소용없다 카는 기라. 거게 안 붙잡히 갈라 카마 저 길 빼이 없다 캐서 저 짓을 한 기라."

동서의 이 말에 금실은 아득해졌다. 서 있기가 어려울 정도로 머리가 어지러웠고 이어 아랫도리에 힘이 쭉 빠졌다.

"이래 옻이 올란 거는 약과다. 부연이라 카는 동네하고 새실이라고 카는 동네서는 몇 사람이 손가락을 잘랐단다. 군대 빼이가서 죽는 거보다 손가락 하나 자르마 반공단 놈들이 안 잡아간다고 캐서 니도나도 잘랐단다. 또 이야기가 손가락 하나 자른 거 가지고는 군대 빼이 간다고 캐서 어떤 사람은 손목을 잘랐다고 카는 기라. 작두로 말이다.”

“예? 손목을 자르는 판이라고예?”

금실은 믿을 수 없다며 그저 고개를 저었다. 생각할수록 전신에 소름이 끼쳐 부르르 살이 떨렸다.

보잘것없는 아침상이 차려졌을 때였다. 보리밥에 짠 된장을 끓인 것과 호박잎을 삶은 게 아침상의 반찬 전부였다. 마루의 밥상머리에 시동생인 점동이 앉자마자 숟가락을 든 채 벌건 줄이 쭉쭉 난 가슴과 등을 그저 긁어댔다. 시숙인 점용도 손에 침을 뱉어가며 목과 팔을 문지르고 또 문질렀다.

“이기 뭐하는 짓이고. 이 무슨 꼴이고?”

점용이 밥을 먹는 건 뒷전이고 전신을 손톱으로 긁으며 투덜거렸다.

“군대 빼이 가고 말지 다시는 이런 짓 안 할 랍니더. 만신이 근지러버서 미치겠습니더. 이래 옻이 오르마 약도 없다고 카이 언제까지 이래 근지러야 합니꺼?”

점동이 목이 멘 소리였다.

“참아라. 오늘 내일마 참아마 열이 가라앉고 부기가 빠지는 기라.”

시아버지가 타일렀다.

“참, 아부지도. 참는다고 참아짐니꺼? 살껍데기를 다 삐끼고 싶도록 근지럽는데예. 옻이 이래 사람 골빙 들랄 줄 내 몰랐습니더.”

“그래야 그 넘들이 안 잡아가는 기라. 죽는 데로 가는 거보다 백 번 천 번 나은 기라.”

점동이 투덜거렸으나 시아버지는 참으라며 자르듯 말했다.

금실은 살갗이 벌겋게 부어올라 있고 어느 부위든 긁어 손톱자국이 선연한 시숙과 시동생을 차마 바라볼 수 없어 고개를 돌렸다. 점원도 안쓰럽고 괴로운 빛은 금실과 마찬가지였다. 옻이 전신에 퍼져 형님과 동생의 푸르죽죽하고 시뻘겋게 부은 몸을 대하자 여간 딱하지가 않았다.

"그런 몸이마는 천 없는 반공단이라 캐도 안 잡아가는 기라. 이래 옻이 오른 안동네 청년을 반공단이 보더마는 지한테 옻이 오르까 시푸서 근처에도 몬 있고 달라뺐다 카더라. 그런 거를 보고 안동네 장정들마다 옻나무로 몸에 실가서 얼굴이 왕벌한테 쏘인 거 맨치로 부어 있는 기라. 너거 꼴은 아무것도 아이다. 문둥이 비끼나서라 카는 기라."

시아버지는 또 다잡듯이 말했다.

보리밥에 된장이지만 이런 보리쌀이며 된장도 고모 댁으로부터 얻은 것이었다. 얻어먹는 판이고 보니 보리밥이라도 배불리 먹을 수가 없었다. 집에서 먹는 보리밥의 반도 아니 되는 양의 밥그릇이었다. 그러나 형제들마다 한창때인 서른을 밑도는 나이인 만큼 그 무엇이라도 먹어야 양 눈이 떠지고 말을 할 수 있는 기력을 얻어 옻이 올라 전신이 팅팅 부어올랐지만 한 점의 밥알도 남기지 않은 채 그 보리밥을 달게 먹을 따름이었다.

한동안 헤어진 식구들을 다시 만나 금실은 형언할 수 없는 아늑함과 푸근함에 휩싸여들었다. 시부모는 마냥 금실을 애틋이 여겼다. 특히 시어머니는 초막골로 함께 가지 못한 걸 죄스러워하며 금실의 손을 그저 다잡았다. 시아버지는 가엾은 것, 기특한 애라며 그 사지 속으로 남편을 찾아가는 금실의 여심이 갸륵하고 흐뭇한지 내내 기운이 실린 눈빛으로 훔쳐보곤 했다. 그러면 금실은 낯이 붉어지며 숙연해졌다. 그런 시아버지의 주시와 칭찬이 싫어 금실은 시아버지만 보면 외면하려고 했고 자릴 피하려고 했다.

가족이란 울타리 속으로 들어왔다는 데서 죽음을 부르는 악귀나 다름없는 반공단원의 눈을 피하려는 긴장들이 풀려 그저 졸리는지 점심녘인 마당인데도 점원은 툇마루에서 꾸벅꾸벅 졸았다. 금실도 엊그저께의 위험천만한 절망의 처지가 아닌 식구들이 곁에 있다는 안도로 어디서든 양 눈이 희멀겋다가 고개를 늘어뜨리며 스르르 눈을 감곤 했다. 시부모와 동서가 지켜보고 있었어도 하품이 났으며 그냥 졸려 고개를 늘어뜨렸다. 여자 본능의 조심성과 염치 같은 걸로 잠이 들었다 깨어나고 그러다 침을 질질 흘리면서 다시 자곤 했다.

"작은아아야! 방에 들어가 자거라. 푹 자거라."

시아버지는 점원을 향해 방으로 들어가 잠을 자라고 일렀다. 금실도 병든 닭처럼 어깨가 처져 꾸벅거리면 함께 사랑방으로 들어가 푹 자라고 했다.

둘은 사랑방으로 들어가 다리를 뻗곤 저녁때까지 코를 골며 잤다. 고단했던 탓인지 점원은 이빨을 갈기도 하고 몸을 뒤채면서까지 깊은 잠에서 깨어날 줄을 몰랐다. 그러다 어두컴컴한 무렵, 점원은 깨어나 찬물 한 바가지를 벌컥거리며 마시고는 또 잤다. 금실도 특별히 할 일도 없는 판이고 심신이 지쳐 그런지 전신이 허물어지는 것같이 잠이 와 세상 걱정을 잊고 점원의 곁에서 침을 흘리며 잤던 것이다. 다음날 아침에서야 금실은 피로가 풀려 정신이 맑은 게 온 몸에 기운이 이는 듯 했다.

농경에 뿌리를 내린 가족이라서 그런지 피난살이를 하면서도 고모 댁의 농사를 그들 형제들은 거들어주고 있었다. 시숙인 점용이 외양간의 거름을 말끔히 치워선 마당에 거름 무더기를 쌓았고, 시동생인 점동은 지게에 그런 거름을 지곤 밭가로 나르기도 했다. 일손이 없어 늘 쩔쩔매는 고모 댁이라서 식구들대로 고추밭으로 가 빨갛게 익은 고추를 소쿠리에 따기도 하고, 누렇게 익어가는 나락 논가로 가 비바람에 쓰러진 벼를 세우기도 했다. 어떨 적엔 오리, 십 리나 떨어진 소나무가 우거진 야산으로 가 잔솔을 낫으로 베어 어스름 녘에 지고 오기도 했다.

그러면 고모 댁의 식구들은 그저 고마워 감자며 고구마를 삶기도 하고 밀떡을 쪄주기도 했다. 누룩으로 막걸리를 담아주기도 하고, 나락 논에서 그들 형제들이 미꾸라지를 잡은 걸 얼큰한 추어탕을 끓여주기도 했다. 고모부는 입버릇 같이 식구들에게 난리 끝날 때까지 제 집으로 여기며 편케 보내라고 했다. 늘 밥을 많이 먹길 성원하며 잠자리가 불편하지 않은 지를 묻는 이런 호의를 못 이겨 점용이 변소의 똥물을 깨끗이 치우려고까지 했다. 그러자 고모부는 펄쩍 뛰며 그런 일은 자신의 일이라며 말려 때때로 고모 댁의 일을 소매를 걷어붙여 일을 하겠다는 그들 식구들과 노임도 주지 못하고 그런 일을 시키는 게 째해 일을 못하게 하는 고모부와 작은 실랑이가 일기도 했다.

그럴 때마다 그들 형제들은 주장을 굽히지 않았다. 날 적부터 배운 게 농사라서 농사가 생활이고 낙이라고. 일을 해야 시름을 잊고 밥맛이 있으며 잠이 오지, 일을 하지 않고선 밥맛도 없고 두고 온 고향 생각 때문에 잠이 오지 않는다고. 할 일이 없으면 엉뚱한 생각을 하게 되고, 초막골에서 피난을 한 그날 새벽, 미군들의 기총소사에 점구가 죽은 게 그려진다고도 했다. 그러면 울게 되고 사지의 힘이 쭉 빠진다고 했다. 그러해 농사꾼으로서 일을 하려 하는데 왜 숨을 못 쉬게 고모부가 막느냐고. 그러면 고모부는 기세가 꺾이곤 했는데 반면 반공단원이 날뛰는 하수상한 시절이라서 낯선 청년들 무리만 보면 달아나란 당부를 잊지 않았다.

그들 형제들은 반공단원이 시도 때도 없이 돌아다니는 위험천만한 세상이었어도 산 속에 숨어 지내는 것보다 들에서 일을 하며 지내는 게 따분하지 않다고 했다. 사방이 트여 있는 들에선 어떤 움직임이든 포착할 수 있고, 수상한 이들이란 판단이 서면 어디로든 튈 수도 있었다. 한 번은 동네 입구의 밭가에서 고추를 따다 떠돌아다니는 피난민 일행을 보곤 형제들 모두 부리나케 야트막한 야산 중턱을 향해 달음질 친 적이 있었다. 또 한 번은 잔솔을 베어 지게에 한 짐이나 지고 오다 이웃 동네의 청년들과 부닥쳐 지게를 내던지기까지 하며 논으로 밭으로 달아난 적도 있었다.

이런 위험 부담이 따랐지만 산속에서 일없이 보내면 근심만 늘어나기에 고모 댁의 무슨 농사든 거들려 했다. 반공단원에게 끌려가지 않으려 옻이 오른 마당이었어도 지루하고 비참한 피난생활을 이기는 수단으로 고모 댁의 크고 작은 농사를 그들 형제들은 도맡고 있었다.

그런 식구들을 따라 금실도 밭으로 가 고추를 땄고, 반찬이 될 만한 무며 배추를 뽑기도 했다. 고모 댁 식구들이며 그들 식구들이 보건대도 눈살이 찌푸려질 정도로 내외인 금실과 점원은 그림자처럼 항시 함께 있었다. 금실은 남들이 어떻게 쫑알거리든 한동안 점원과 헤어져 피가 마르는 것 같은 불안을 경험한 적이 있고 해 한시라도 당신과는 떨어져 있을 수가 없었다. 신혼부부라서 금슬이 유다르다느니 그런 둘이 보기가 싫진 않다며 이웃 사람들이 한마디씩 했으나 금실은 점원이 가는 어디든 분신같이 따라다녔다. 점원 또한 그런 금실을 챙겼다. 손을 잡아주고 늘 도란거리기도 하다가 남녀 간의 연정이 드러나는 가벼운 포옹도 했고, 어떨 적엔 얼굴을 맞대어 비비기까지 했다.

이때의 이야기를 금실은 후일 점원을 그리며 딸인 남희에게 심경고백을 한 적이 있었다.

"그때 뭐가 씌었는강 너거 아부지하고 붙어 있었다. 시방 신혼부부들이라고 카마 그래 안 붙어 댕기는 기 욕이지마는 그때는 남녀 간 유별이 있어서 그래 붙어서 희희닥거리는 거는 큰 흉인기라. 시어머이하고 동서가 입을 삐쭉거리더라마는 초막골에서 내 혼자 너거 아부지를 기다린 거를 생각하이께 하시도 몬 떨어져 있겠더라. 너거 아부지가 내를 싫다고 카마 고추를 따고 나무하러 가는 데를 몬 갈 낀데 또 그래 내를 챙기는 기라. 그러이께 시아부지 보는 데서도 웃고 떠들고 장난치고 한 기라. 거기 지나쳐 너거 아부지하고 내가 평생을 요래 떨어져 살아라고 하나님이 예정한기라 생각이 든다.”

금실과 점원이 이곳의 고모 댁을 찾아온 지도 열흘쯤이 지나고 있었다.

반공단원에게 붙잡혀 가지 않으려 형제가 옻나무의 즙을 살갗에 발라 비벼 전신이 불그죽죽하게 부어올랐던 게 거짓말같이 사라지고 있었다. 심힐 때는 점용도 점동이노 고주망태 같이 술에 취한 벌건 꼴이었고, 거기에다 손톱으로 박박 긁어 목이며 어깨에 흉한 줄무늬가 들어서 징그러울 정도였다. 신열에 시달릴 땐 막내인 점동은 잠을 자지 못할 정도였다. 한 밤중에도 손에 침을 뱉어 사타구니며 겨드랑이, 목 부위를 문질렀지만, 갑갑증으로 밖으로 나와 풀쩍풀쩍 뛰기까지 했다. 그랬어도 불덩이 같은 열은 식지 않아 징징 울었던 것이다. 시숙인 점용도 끙끙 앓는 신음을 지르기도 하고 신열로 전신이 땀범벅인 걸 닦느라 한밤인데도 잠을 설쳤다.

이런 판에 시아버지는 어디서 구했는지 또 옻나무를 꺾어와 점원에게도 건네며 온 몸에 문지르라고 했다. 집도 아닌 피난지에서 만에 하나 지방의 반공단체인 우익단원에게 잡혀 가느니보다 위기를 모면하기 위해선 이 더한 수단이 없다며 재촉했다. 점구가 미군들에게 그렇게 희생되었으면 되었지 더는 어떤 경우도 이 전쟁에 불이익을 당해선 아니 된다며 여간 단호하지 않았다.

그런 시아버지의 태도에 점용이 강경하게 손을 저었다. 백번 군대에 뽑혀 가는 게 낫지 이 짓만은 못할 노릇이라고. 그 놈들이 잡으러 오면 삼십육계를 놓으면 되는 것이지 괜한 고생을 사서 하는 짓이라고. 점동이도 나섰다. 반공단 깡패들이 들이닥치면 옻이 오른 이런 마당이지만 잡아가지 않는다는 보장은 없다고. 두 형제가 나서 극구 만류하는 바람에 아버지의 성정이 누그러져 점원은 비켜갈 수 있었다. 점원도 형제들의 팅팅 부어오른 몰골을 대하자, 차마 그런 꼴을 스스로 만들 순 없었다.

그들 형제들이 옻에 올라 얼굴이 팅팅 부어올라선 아침을 먹고 상을 물렀을 때, 이곳 대사동과는 얼마 떨어지지 않은 말흘리에 집단으로 거주하는 문둥이가 찾아온 걸 금실은 잊지 못한다. 거기의 문둥이들이 양계장을 운영해 아침, 저녁나절이면 계란을 팔러왔다. 그런 문둥이들과 고모 댁은 알고 지내 몇 개의 계란을 받곤 했는데, 그러면 전란의 와중인 근동상황들을 문둥이들은 긴 한숨을 쉬며 이야기했다.

어느 동네엔 피난을 온 식구들 중 두 아이가 사나흘이나 설사를 하더니 영양실조로 죽었다는 이야기. 어느 동네의 몇몇 청년들은 밤이면 수산, 무안, 밀양의 미군 트럭이 있는 곳으로 가 생사를 걸고 미군의 부식품을 훔쳐온다는 이야기. 그런 부식품 중 통조림 하나를 주어 먹어보았더니 느끼하더란 이야기. 이런 이야기를 나누다 점용과 점동이의 옻이 오른 몰골을 보았던 것이다.

"그러이께 군대 안 빼이갈라고 일부러 몸에 옻칠을 했다 이 말이네? 어허, 참. 세상, 망조가 든 기라. 우째 생사람이 우리 문둥이보다 더 몬한 꼴이고."

얼굴의 살이 몇 겹이나 덕지덕지 붙은 꼴인 문둥이의 이 말에 시아버지를 비롯한 형제들은 허허거리며 웃었지만 그 이야기는 식구들마다 내면이 무너지는 허탈하기 짝이 없는 일침이었다. 이후로 시아버지는 입버릇같이 문둥이보다 못한 인간, 또는 문둥이 꼴을 해도 살 수 없는 세상이라며 전황과 관계된 이야기만 나오면 이때를 상기하며 한숨을 쉬곤 했다.

한데 시간의 경과와 함께 이런 옻이 오른 몸의 부기가 서서히 빠지고 있었다. 더하여 전보다 건강하기 짝이 없는 모습으로 혈색이 돌아와 형제들마다 서로를 바라보며 낄낄거렸다.

"개 한 마리 삶아 먹은 거보다 더 니 얼굴은 혈기가 돈다."

점용이 동생인 점동이에게 말했고,

"옻이 사람한테 좋다 카는 기 거짓말이 아이네예. 전에는 고구마하고 감자를 묵기마 하마 배가 살살 아팠는데 시방은 쇠를 묵어도 배에서 소화를 할 것 같은 기라예."

점동은 속의 장이 좋아졌다고 했다.

고모도 부잣집 장정같이 형제들마다 얼굴에 윤기가 흐른다고 했다.

어느덧 구월이었다. 아침저녁으로 팔월의 그 땡볕인 열기와는 달리 제법 선선했으며 볕도 누그러져 있었다. 산과 들에 불을 지른 것 같은 더위가 물러가자 녹음으로 덮인 들판의 어디든 누르스름한 빛을 띠었다. 벼이삭이 한층 굵은 알을 맺었고, 고추는 빨갛게 물들고 있었다. 고구마도 알갱이가 굵어졌으며 콩밭도 초록에서 누런 빛깔을 띠어갔다.

따가운 햇살이 식고 이따금씩 시원한 바람이 부는 오후였다. 그날은 식구들 전부 피난지인 대사동 마을 뒤편의 고모네 고추밭으로 들어가 빨간 고추를 따고 있었다. 산으로 오르는 소로를 따라 고모가 헉헉거리며 바삐 밭가로 올라왔다. 그러곤 급한 일이라는 듯 식구들을 불러 모았다.

"클 났는기라. 이거를 우짜마 좋노?"

고모는 감당할 수 없는 위기를 느낀 듯 붉으락푸르락했다.

"뭡니꺼? 진정하고 말해 보이소?"

시숙인 점용이 고모를 향해 가쁜 숨결을 돌리고 말하라고 했다. 뭔지 고모가 불안하기 짝이 없는 빛이자 피난하는 처지이고 쫓기는 신분이 주는 위기의식으로 졸지에 그들마다는 가슴이 내려앉는 것같이 의기소침해졌다.

"시방 낯선 사내들이 우리 동네에 온기라. 보이께 여게 사람들이 아이고 말씨가 경기도 황해도 사투린 기라. 그 넘들을 끌고 온 놈은

들 건너에 황가라고 구장하는 놈이고. 그 놈은 우리 동네 사정을 손바닥같이 꿰뚫어보는 놈인 기라. 그 놈이 여게 당신 친정에 조카들와 있지요 카미 족제비눈으로 다그치는 기라. 나는 잡아뗐다. 모른다카고 여게 없다 캤다. 그러이께 그 황가 놈이 거짓말한다고 삿대질하고 욕을 끼러붓는데…… 그러이께 독사같이 고개를 빳빳이 쳐든 그넘들이 내를 보고 한마디 하는 기라. 대한민국 젊은이라면 다 군대에 가야 한다. 안 가마는 이 나라에 살 수 없다. 군대 갈 나이가 된 사람이 안 가겠다 카마 거거는 중죄인으로 다스린다 카미 겁을 주는기라. 또 이야기가 군대에 갈 젊은이를 숨카주는 것도 빨갱이 짓을 한 거 이상으로 큰 죄라 카는 기라. 그러면서 지금 자진해 가마는 아무 죄 없으이께 내일 정오까지 무안국민학교로 보내라고 딱 뽈라지게 말하는 기라. 안 그러마 군대에 징집되어 갈 사람을 숨카주었다 카는 죄로 우리가 감방 살아야 된다 카고. 나는 말 안 했다. 너거들이 우리 집에 있다카는 것도 말 안했다. 그 넘들이 내일 다시 우리 집에 온다 카는기라."

"뭐라! 경기도 황해도 말을 쓰는 놈들이 왔다고? 그 놈들이 인자 젊은 사람을 잡아로 댕긴다고?"

고모의 말에 시아버지는 넋이 나간 듯 고추밭에 덥석 주저앉았다. 점용도 점원도 괴롭게 한숨만 쉴 뿐 설상가상의 아득함에 싸여 말을 잃고 있었다.

"전에 대한청년단, 무슨무슨 반공단이다 카미 나댕기는 깡패들은 다 여게 지역 사람들인 기라. 밀양장에 수산장에서 한 주먹하는 깡패들이지마는 지역에 사는 사람이라서 서로 알아 만나마 터놓고 이야기까지 하고 했다. 더운데 욕본다 카고 빨리 인민군들을 몰아내야 된다고 농도 주고받은 기라. 그라마 저거들도 할 짓이 아이라고 씨팔 조팔카미 씩씩거렸다. 우에 있는 경찰들이 젊은 놈들을 잡아오라고 족치이께 이래 안 돌아댕길 수 없고 돌아댕기봐야 장정들이 다 산중에 숨어 있어이께 잡을 수 없다 카미 말이다. 그런데 이번에는 아이더라. 여게 지역사람들이 아이고 다 이북사람이더라. 빨갱이를 뚜드러잡기 위해 모인 결사대라고 저거들이 카는기라. 그 넘들한테 걸리마 사람들마다 어떤 빽도 소용없다 카는 기라. 이거를 우짜마 좋노. 내일 그 넘들이 우리 집으로 올라고 캤다. 또 그 넘들은 다 조사를 했다고 카는 기라. 누 집에 피난하는 사람이 몇 명이고, 누 집에는 장정들이 몇 명이다 카는 거를 다 적어간기라. 너거들을 안 내놓으마 피난하는 집주인이 빨갱이와 똑같은 벌을 받는다고 부랑키 겁도 주는기라.”

“됐다. 그마 하거라.”

오빠인 시아버지가 고모를 향해 그만하라며 손을 저었다.

금실은 아득해졌다. 점원도 고개를 떨어뜨린 채 암담함을 못 이겨 그저 긴 한숨을 쉬었다.

“걱정할 거 없다. 날이 어두워지마 여길 떠나자. 너거들이 무슨 벌을 받는다 캐도 내 이래 두 눈을 시푸러이 뜨고 있는 한 군대는 몬 보낸다. 그 놈들이 우릴 잡아로 내일 온다고 카이께 우리가 먼저 이 동네를 피하마 되는기라.”

입술을 깨문 시아버지는 단호했다.

시무룩이 고개를 숙인 그들 형제들도 시아버지의 말에 동의하는지 말없이 숙인 고개를 주억거렸다.

❹

해가 져 저녁연기가 마을 하늘에 자욱하다가 서서히 땅거미가 내려앉는 어둑한 녘이었다. 식구들대로 보리밥을 된장에 비벼 저녁으로 때우자마자 시아버지는 서둘렀다.

"가자! 여서 어정거리 가지고 될 끼 아인기라. 가례로 가자! 여게서 이십 리마 가마되는 기라. 거게는 우리 양가(楊家)들이 산다. 절대 우리를 괄시 안 할 끼다. 거게 뒷산은 산이 높고 숲이 우거지서 숨기도 좋는 기라."

시아버지가 떡밥인 보리밥 저녁상을 물리자마자 가례 마을로 가자며 재촉했다.

"밥 더 묵고 가거라. 우리 집에서 밥 묵는 기 시방이 마지막 아이가. 그래서 다른 때보다 내가 밥을 마이 했다. 달걀도 쪘고 말이다. 자! 더 묵고 가라."

고모가 밥은 더 있다며 점용의 그릇에, 그리고 점원의 그릇에 자신이 먹고 있는 양재기의 보리밥을 우기기까지 하며 퍼주었다.

"마이 묵었습니더. 참말로 그간에 고모가 고맙습니더. 신세진 거 내 안 잊아뿌께예."

"고모 아이마는 이 난리에 고생이란 고생은 다했을 낍니더. 그간에 내 집같이 편케 있었습니더."

점용이와 점동이가 고모가 떠주는 밥을 마지못한 듯이 받으며 그간의 감사를 전했다.

"아인기라. 난리 끝날 때까지 우리 집에 머물러야 되는데 내 맘이 째하다. 너거들이 누고? 다 내 조카인기라. 친정 울이고 말이다. 그런데 이북 말을 쓰는 넘들이 너거들을 잡아로 온다고 카이께 내 너거들을 안 보낼 수도 없고. 이래 가는 거 밥이나 많이 묵고 가거라."

정이 많은 갸름한 얼굴의 고모는 그들을 떠나보내야 하는 게 못내 서운한지 눈물을 글썽거렸다.

"처남! 꼭 걸로 가야 되나? 우리 집에 있으미 이 주위 산에 숨어지 내마 안 되나."

고모부는 시아버질 잡고 또 만류했다. 가례의 일가 집에 가는 것보다 이곳에서 지내고 산중에 은신해 있길 도와주겠다고 했다.

"제매! 마 된 기라. 그간에 참말로 우리한테 잘해 준 거 내 몬 잊는다. 가례 거게가 이 식구들 숨기가 좋아서 갈라카는 기라."

시아버지는 진정을 담았다.

고모부와 마지막으로 이런 이야기를 나누고 그들 식구들은 마당을 나섰다.

어느덧 사위는 캄캄했다. 집집마다 호롱불이 켜지며 저녁을 맞는 부산스런 소리들로 가득했다. 혹 반공단원이 나다닐지 몰라 무안으로 가는 논두렁길로 들어섰다.

그들마다는 피난 짐도 없었다. 하나같이 맨몸이었다. 사위가 칠흑같아 앞장 선 시아버지도 뒤에 선 금실과 점원도 논두렁을 타다가 물이 흥건한 논으로 들어가곤 했다. 두어 번 금실은 논두렁에서 미끄러져 아래의 무논에 엉덩방아를 찧기도 하는 밤길이었다. 밤만 되면 들리는 총성이 다시 격렬했다. 나락이 익는 풋내를 맡으며 어둠이 깔린 들판을 그들 식구들은 걷고 걸었다.

금실과 점원은 여전히 도란거리며 그 무슨 약속을 하기도 하고 다짐을 하기도 했다. 금실이 다잡듯이 이야기를 잇고 있었다.

"이런 미친바람에는 어떤 경우라도 휘말리마 안 됩니더. 사람 목숨은 소중한 김니더. 하늘의 뜻으로 죽는 기 사람입니더. 그러이께 어떤 권력자와 힘이 센 놈들도 사람 목숨을 강요할 수는 없습니더. 이승마이도, 김일성이도 말입니더. 이 나라 대한민국을 위해 죽는다. 이거는 일제 군국주의하고 다른 기 하나도 없습니더. 왜정치하에 군대에 가는 사람들마다 대동아평화를 위해 죽고 천황폐하를 위해 죽는다고 개지랄을 떨은 거 하고 하나도 틀린 기 없는 기라예. 생각해 보이소. 이놈의 대한민국이 우리 사는데 땅을 주었습니꺼, 돈을 주었습니꺼. 이래 고생, 고생해 피난생활 하는데 밥 한 끼를 줍니꺼, 따뜻한 방에 잠을 재워줍니꺼. 돈 있고 빽 있는 사람 자제는 하나도 군대에 가는 놈이 없다고 카는 이야기 몬들었습니꺼? 오빠가 말했다 아임니꺼? 지서장, 면장 빽만 있어도 군대에 안 가는 세상이라고 말임니더. 시방 돈 있으마 거제도로 제주도로 피난가고 있는 판이라예. 여자인 내가 봐도 세상은 개판인 기라예.”

“당신이 한 그 말은 내 말인 기라. 내 뜻이기도 하고. 개판인 세상이라서 안전하게 피난할라고 이래 피난처를 옮기는 기라.”

이런 금실의 긴한 이야기에 점원이 성원한다며 일축했다.

그들은 어둠을 뚫고 내내 샛길로만 가다 무안에 당도하고부터는 달구지가 나다니는 길로 들어섰다. 앞에서 인기척이 들리면 약속이나 한 것같이 그들 가족은 논가로 밭가로 뛰어들었다. 그들과 처지가 같은 피난민들이었다. 몇 번이나 그들처럼 떠도는 피난민 가족들과 부닥쳤는데, 그러면 상대도 극도로 긴장해 산으로 들로 내달리기 일쑤였다. 그러다 식구들도 상대도 집을 잃고 헤매는 피난민들이란 걸 알면 장막의 어둠 속에서도 서로 어디에 살고 어디로 피난을 가고 있는지 수인사를 나누는 걸 잊지 않았다. 열 명이 넘는 대가족과 마주쳐 금실의 식구들은 상대 가족과 잠시 이야기를 나누기도 했다.

“보이소! 거는 오데로 피난을 가는 길임니꺼?”

“우리는 가례에 일가들이 있어서 걸로 감니더. 여게는 하도 반공단이 나댕기며 설치사서 있을 데가 몬되는 기라예.”

“가례에 가도 마찬가집니더. 거서 우리 작은 아아가 반공단한테 붙들려서 군대 빼이간 기라예. 그 넘들 우리 아아를 붙잡아 가미 아무 걱정 마라고 카는 기라. 군대에 갔다 오기마 하마 늠름한 장부가 된다 카고. 안 가마 감옥소에 콩밥 먹으미 평생을 살아야 된다고 캐사서 보냈다 아임니꺼.”

“아이고 우짜꼬. 거도 그 넘들이 설치사마 이거를 우째야 되노.”

“어데 가도 그 넘들 이승마이 패거리들이 설치는 세상인 기라예. 군대 안 갈라고 숨어댕기는 것도 하루 이틀이지 길어지이께 자식가진 나도 환장하겠는 기라예. 그러이께 우리 아아는 이럴 꺼 없다 카미 담담하이 군대 갔습니더.”

쫓겨 다니는 참혹한 피난생활에 지쳤는지 아들이 반공단에게 붙잡혀 징집되었다는 데도 마주친 상대의 어머니인 것 같은 음성은 담담하기만 했다.

꼬부랑한 야산의 모퉁이를 몇 번이나 돌았다. 스산하고 음침한 밤길이었다.

해발 740미터의 영취산에 싸인 가례 마을에 이윽고 그들 식구들은 다다르고 있었다. 시아버지는 이곳에 사는 일가들마다 설과 가을성묘 때만 되면 청주와 자반고기 두름을 들고 종손집이라며 시아버지를 찾아온다고 했다. 그런 일가들의 정이 많고 집안 간의 우애가 두터움을 어둠을 뚫고 걸어가는 와중에서도 이야기에 열을 올렸다. 동서의 등에 업힌 조카 한기가 어쩐 영문인지 자질 않고 칭얼거려 시숙인 점용이 받아선 업었다. 그래도 앙앙거리며 울어 점동이가 등에 업기도 했다. 반면 시어머니는 이맘때의 고향에 버려둔 논밭의 농사를 이야기하며 긴 한숨과 함께 근심들을 쏟았다.

절기의 변화와 함께 서서히 알곡이 여무는 이곳 들판의 나락들로 보아 지금이라도 집으로 돌아가면 벼는 그런대로 수확을 할 것 같은데, 그들의 손길을 요하는 고추며 콩 농사는 잡풀들이 밭을 덮어 내버려야 할 것 같다며 우울한 이야기들도 잇따랐다. 그러자 시아버지는 나락농사만 풍년이면 얼마 되지 않는 밭농사는 내버려도 걱정할 것 없다며 체념의 분위기를 반전시키려는 것같이 일축했다.

그런 농사에 관한 이야기들로 마을 초입으로 들어설 때까지 두드러진 인기척을 내어 금실은 어쩐지 두렵고 불길한 예감이 들었다. 가슴이 답답한 불안감으로 숨결이 가빴지만, 이런 느낌은 잠시일 뿐 금실은 한층 점원의 손을 다잡았다. 소곤거리기도 하고 깔깔거리기도 하는 정답기만 한 이야기에 점동이는 작은형님 내외간 금슬이 너무 좋아 부럽다고 했다. 동서도 어떻게 이런 난리에 근심, 걱정 없는 잉꼬인지 모르겠다며 둘을 향해 시기하는 것 같은 이야기를 쏟았다.

마을의 몇 집에서 호롱불이 가물거렸다. 개 짖는 소리가 났다. 아직은 깊은 밤이 아닌지 주민과 피난민들의 떠들썩한 소리가 나는 집도 있었다. 사위가 어둠에 싸인 몇 집의 돌담을 지날 때도 금실의 식구들은 몰려서 수런거리는 기척을 내며 걸어가고 있었다. 시아버지가 앞장서 대밭이 있는 초가로 들어가 기침을 하며 일가 어른의 이름을 불렀다. 호롱불이 켜진 방에서 문이 열렸다.

"가마이 있자. 이기 누고? 우리 종손 어른이 아인교?"

일가아제가 시아버지의 목소리를 듣더니 황급히 나와 맞았다.

"미리 연락도 안 하고 이래 와서 내 할 말 없다. 우짜노. 이 난리에 살라고 여게 저게 돌아 댕기다가 이리 왔는기라."

시아버지가 염치가 없다며 머쓱한 듯이 말했다.

"안 그래도 일가들마 만나마 내 종손 어른 안부를 물은 기라. 잘 왔습니더. 참말로 우리 집에 잘 왔습니더."

일가아제가 시아버지의 손을 잡고는 초가의 마루로 끌었다. 뒤이어 나온 이마며 목에 주름이 처진 아주머니는 벅찬 채 시어머니의 손을 잡곤 마구 흔들었다. 일가의 환대는 남달라 금실의 가족들은 금세 안도감에 휩싸이고 있었다.

"보름이 넘게 저게 수산 옆에 있는 대사동에 아아들 작은고모 집에 있은 기라. 거서 이북 말을 써는 깡패들이 우리 아아들을 내놓라고 캐서 이 야밤에 이리 왔다."

"잘왔습니더. 종손께서 이래 누추한 우리 집을 찾아주이께 내 몸 둘바를 모르겠는 기라예. 시방까지 일 년에 몇 번 고향 도동(挑洞)에 가마 우리는 신세마 진 기라예. 어서 방으로 가자. 아, 여게는 큰 며느리고 여는 이번 겨울에 본 작은 며느리네. 두 며느리 다 우째 요래 참하고 복덩어리고?"

반갑게 맞는 환대에 금실의 식구들은 고향의 이웃집을 찾은 것같이 긴장이 풀려선 신발을 벗고 마루에 앉았다. 일가 아주머니가 저녁밥을 차리려는 걸 저녁은 먹었다고 하자 낮에 삶았다며 옥수수를 내어 왔다. 마루엔 석유등이 걸려 구월의 여름밤 풍경을 아늑하고 한가하게 비쳤다. 높직한 산 아래에 내려앉은 마을이라서 그런지 기온이 떨어져 여린 바람이 불어도 서늘할 정도였다. 알이 통통하게 든 옥수수 하나를 들고 금실은 손으로 까서 먹고 있었다.

"그때 혼례 올릴 때 언뜻 본 거하고 시방 이래 보이께 참말로 훤하다. 양가 새댁 중에 점원이 니 각시가 제일이다."

일가 아주머니가 금실의 옥수수를 까먹는 모습을 보고 진정에서 금실을 추켜세웠다. 면전에서 띄워 올리는 칭찬에 금실은 얼굴이 붉어져 고개를 숙였다.

"아지매 그 말이 맞습니더. 양가 새댁 중에 제일이고 내게도 또 제일입니더. 내 초막골로 피난 갔을 때 보국대에 끌려갔습니더. 미군들 전쟁하는 데 지게지고 따라 댕기는 기 보국대 일이라예. 거 지옥 같은 데서 도망쳐 오이께 전날 새벽에 미군들이 초막골을 폭격해 동생 점구가 죽고 무수한 사람들이 빙시가 되고 하는 판인기라예. 다 사람들이 소개되었는데 이 사람이 거서 꼬박 하루를 보내미 나를 기다리는 기라. 마누라 자랑하는 거는 팔불출이라고 카지마는 그런 사실을 내 자랑 안할 수 있어야지예."

거기의 마루에서 점원이 큰 소리로 외치듯 한 이 말을 금실은 또렷하게 기억하고 있다. 어떻게 보면 이 말 하나를 붙잡고 태산준령을 넘고 또 넘은 금실의 여로(女路)이기에.

마루에 앉아 정감이 오가는 이야기를 하며 식구들마다 옥수수를 까먹고 있었다. 멀리에서 쿵쿵거리는 총성, 포성이 아득하게 들렸다. 전투지역과는 떨어져 있음을 증명이라도 하는 듯 따르륵거리는 총성들이 자장가 같이 여리게 날 따름이었다.

이 마을도 피난민들로 들어차 있는지 이웃에서 아이들이 잠투정을 하는 듯 앙앙 울었으며, 이집 저집에서 모깃불을 피워놓고는 주민과 피난민들이 모여 여름밤을 보내는 웅성거리는 소리들이 가득했다. 계속해 그들 식구들과 일가가족 간에 도탑기만 한 정겨운 이야기들이 이어지고 있었다.

사방이 먹빛인 판에 댓 명의 장정이 불시에 싸리문을 박차곤 들이닥쳤다. 순식간에 장정들이라면 잡아다가 전선으로 보낸다는 반공단원들이 나타난 것이었다.

"꼼짝 마라! 움직이는 놈은 찌른다."

"허튼짓하는 놈은 오늘이 제삿날이다. 움직이지 마라!"

석유등에 비친 물체는 죽창과 몽둥이를 든 다섯 명의 장정들이었다. 그 중 하나는 험악한 기세로 권총을 뽑아들고 있었다. 그런 절체절명의 위기에서 점동이는 맨발인 채 후다닥 뒤란으로 난 대밭으로 뛰어들었다. 총성이 울러 퍼졌다. 동네 하늘이 와르르 무너지는 듯 했다.

그들 식구들은 굶주린 고양이 앞에 쥐가 된 형용으로 바들바들 떨었다. 죽창을 든 하나가 손전등을 비추며 점동이가 내달린 뒤란으로 뛰어들었다. 순식간에 들이닥친 상황이라서 점용과 점원은 이 위기에서 헤어날 수가 없었다.

"봐라! 이 둘을 포승줄로 꽁꽁 묶까라!"

권총을 든 이가 점용과 점원을 향해 묶으라고 명령을 하자 삽시간에 댓 명이 달려들어 둘을 묶었다.

"와이라는교? 우리 아아가 무슨 죄를 지었다고 이래 포승을 채웁니꺼."

혼겁했다가 깨어난 시어머니가 이럴 수는 없다며 따졌다.

"우리는 이북의 빨갱이 집단 김일성이를 때려 잡기 위해 뭉친 대한청년단이란 반공단체이고 여기 밀양지부 대원이오. 우리 조국이 풍전등화인 판이고 멀리도 아닌 우리 고장에서 미군과 인민군이 전쟁을 하고 있소. 국민동원령이 내려져 젊은 사람들을 이래 징집하는 것이오. 이 나라 대한민국은 젊은이들을 절실히 필요로 하고 있소. 국가 명령이니 여기 두 사람은 우리와 가 줘야겠소.”

권총을 든 반공단원 장정은 여간 단호하지 않았다.

“안 된다. 우리 아아들은 안 된다. 국민동원령이고 국가명령이고 우리는 들을 수 없다. 가마 죽는 데를 이래 포승으로 묶까서 델꼬 가는 이런 경우는 없는 기라. 안 되는 기라. 야이, 불한당 놈들아! 나도 나도 델꼬 가라.”

시어머니가 입에 거품을 물며 그들 앞을 막았다.

“이보소! 이런 경우는 세상천지에 없소. 징병영장이 있는 것도 아이고 여게 저게 피난 댕기는 사람을 이래 끌고 군대로 보내는 경우는 없소. 나를, 나를 직이고 우리 아아를 델꼬 가소.”

시아버지도 미친 사람의 형용이 되어 아들을 못 데리고 간다며 막아섰다.

“좋게 말할 때 길을 비키이소. 우리 성질 돋까마 서로 좋은 거 하나도 없소.”

권총을 빼든 반공단원 장정이 살의를 띠었다.

“안됩니더. 지 신랑임니더. 지 몸에는 애가 있어예. 우리 신랑을 오데로 끌고 간단 말임니꺼. 안 그래도 보국대 가서 보름간이나 일하고 온 사람임니더.”

“안 되는 기라. 우리 집에서 이럴 수는 없는 기라. 우리 양가 종손을 이래 꺼시고 가다이. 너거들은 애미 애비도 없나. 안 되는 기라. 나라가 두 동가리 세 동가리가 나도 몬 보낸다.”

금실이 점원의 손을 잡으며 울부짖었고, 일가 아주머니도 장정들을 막아서며 앙칼지게 쏘았다.

“야! 뭐하노! 국가명령을 집행해!”

권총을 든 이가 내쏘듯 말하자, 죽창과 몽둥이를 든 장정들이 시어머니와 일가 아주머니를 밀쳤다. 몽둥이를 휘두르며 시아버지의 어깨 죽지를 내려쳤고, 일가아제의 옆구리를 가격했다. 살인을 불러일으키는 몽둥이질이었다.

"보소! 와 죄 없는 우리 엄마 아부지를 때리오! 당신 부모라면 이래 당신 아들을 오라에 묶어 군대에 보내는 데 가마이 있겠소?"

오라에 묶인 점원이 고함을 질렀다.

"이 새끼, 말이 많노!"

등 뒤에서 점원의 머리를 향해 몽둥이가 날아들었다. 마당을 나가다 점원은 비틀거리며 쓰러졌다.

"오빠! 오빠! 괜찮습니꺼? 이럴 수 있습니꺼? 이 전쟁에 군대가는 사람을 이래 팰 수 있습니꺼? 이기 어느 나라 법입니꺼? 왜놈들 세상일 때도 군대가는 사람은 십 리 밖까지 시(농악)를 치고 배웅해 주었습니더. 그런데 부모까지 이래 팰 수 있습니꺼."

금실이 악을 쓰며 소리쳤다.

"괜찮다. 나는 괜찮은 기라. 아무 일도 없을 끼다. 고암댁! 내 걱정은 잊아라. 꼭 꼭 건강한 모습으로 내 돌아오께."

어두워 길을 분간할 수 없는 골목을 나가며 점원이 울부짖듯이 외쳤다.

"아부지! 어무이! 아무 일 없을 낌니더. 내 걱정은 말고 남은 가족들 잘 챙기이소. 한기 엄마! 염려 말고 있거라. 이런 시국에 우리한테 너무 걱정하고 하마 중심을 잃는 기라. 대한민국 장정들이 다 가는 군댄 기라. 그런 데를 가는 기이께 큰 걱정 말거라."

끌려가며 점용이 식구들을 다독거렸다.

작은 마을이라서 반공단원이 들이닥친 게 금세 알게 되어 어둠 속이었어도 이집 저집의 담장에서 주민과 피난민들이 얼굴을 내밀고는 웅성거렸다. 주민들도, 피난민들도 혀를 끌끌 찼다. 몇몇 노파는 도저히 이런 광경을 보아줄 수 없는지 흑흑거리며 울었다.

"저 넘들은 다 사람 백정인기라. 우떻게 산 사람을 가마 죽는 데인 군대에 저래 꺼시고 가노."

"와아이라요. 우리 같이 힘없는 백성은 말키 한 구디기 다 죽어야 되는 기라. 사람 죽는 데로 저래 끌고 가는 데 자식가진 부모는 한마디 말도 몬하는 기라. 저 넘들 살아 있는 부모 가슴에 못을 박는 일이라 카는 거를 알까 모를까?"

"살살 말하이소. 저 넘들 듣습니더."

"그러이께 저래 끌리가는 사람들이 양씨 집 일가라 카는 기라. 창녕 도동에서 이리 저리 피난 댕기다 여게 막 들어온 참이란다. 저게 반공단 놈들이 시도 때도 없이 여게 와서 사내라 카마 보이는 대로 미군짐차에 태워 꺼시고 댕기는 거를 모르고 여 와가지고 저래 당하는기라."

"어지(어제)는 산에 숨은 청년 둘이를 잡아가디이 오늘은 이 무슨 짝이고. 어이 고얀 놈들."

반공단원의 출현에는 어떤 식으로도 대처할 방법이 없는 구경하는 주민과 피난민들이 담장에서 이런 식으로 소곤거렸다.

"세상 말세인기라. 왜정 때 순사들도 이런 짓은 안 했는기라. 이야기 들어이께 저 넘들은 반공단체 깡패인기라. 행정을 담당하는 면서기도 순경도 아인기라. 저런 깡패가 양민을 오라에 묶까서 끌고 가이께 어이 더런 세상."

"이 좆같은 나라에 운제 법이 있었습니꺼. 백성을 백성으로 대접해준 적이 왜정 때나 시방이나 있었습니꺼. 힘센 놈이 최고 아임니꺼. 왜정 때 어떤 더러운 짓을 해도 이승마이한테 붙어 반공이라고 목소리마 내마 출세하는 세상이 아임니꺼. 그러이께 저런 개 같은 놈들이 한 자리할라고 저래 설치는 기라. 어이, 좆같은 세상. 운제 우리가 사람 대접받는 세상이 올꼬."

"이런 꼬라지를 보이께 진짜 내 눈물이 난다. 보이께 다 혼인을 한 거 같는데 우째 혼인한 장정을 저래 군대로 보낸다 말이고. 어이 떡으랄 넘들."

다른 담장에서도 이런 식으로 웅성거리는 소리들이 들렸다.

마을 입구까지 끌려가자 미군 트럭이 시동을 걸었다. 둘은 트럭의 짐받이에 태워졌다.

"오빠! 오빠!"

금실이 넋을 잃은 채 미친 듯이 불렀다. 시어머니도 시아버지도 목을 놓아 점용과 점원의 이름을 불렀다. 어느 틈에서인지 새파랗게 질린 동서가 트럭 앞에 드러누웠다. 우리 애 아버지를 어디로 끌고 가느냐는 것이었다. 애 아버지 없는 세상은 살고 싶은 맘 없으니 자신을 죽이고 가라며 악을 썼다. 두 반공단원이 트럭에서 내려 씩씩거리며 동서를 들다시피 해 길옆으로 옮겼다.

"걱정 말거라! 반드시 내 살아서 가께!"

점원이 발악을 하며 외쳤다.

"나도, 나도 오빠 기다리께예. 몸조심해야 됩니더. 꼭 꼭 돌아와야 됩니더."

어둠 속을 미끄러져 가는 트럭을 향해 금실이 외쳤다.

이게 점원과 금실 사이의 마지막 이별장면이었다.

헤드라이트를 켠 트럭이 달렸다. 트럭에 탄 점원이 금실의 택호를 부르며 울부짖었다. 점용도 한기 엄마라며 안쓰럽게 울먹이며 불렀다. 시어머니는 트럭을 뒤따라 달려가다 엎어져 다시 일어나 달렸다. 이럴 수는 없다고. 내 아들 둘을 어디로 데리고 가느냐고. 옥이야 금이야 키운 아들을 이런 식으로 군대에 집어넣을 수 있느냐고.

길바닥에 주저앉은 시아버지는 넋을 잃은 채 고얀 놈들, 나쁜 놈들이라며 되뇌다 그 절망을 삭일 수 없어 엉엉 울었다. 이런 것만 기억하고 이젠 지아비가 자신의 곁을 떠나갔다는 아득한 인식과 함께 절망의 가장자리에 빠져들어 금실도 한동안 정신을 잃고 말았다.

❺

　트럭이 달구지가 나다니는 꼬부랑한 산길을 뒤뚱거리는 춤을 추며 달렸다. 생각할수록 기가 찼다. 한마디로 어이없이 당한 징집이었다. 어떤 경우로라도 이런 징집만은 피하려 그 얼마나 몸부림쳤던가. 이런 일을 대비해 민가엔 도저히 있을 수 없어 산으로 들로 숨어 다녔고, 한동안 산중생활까지 하지 않았던가. 강변에선 반공단원을 부곤 기겁을 해 피난 짐을 내버린 채 달음질치지 않았던가. 검암이란 마을에선 주인 없는 소를 잡아 그 국물을 먹다 말고 이들과 비슷한 치를 만나 또 달아나지 않았던가. 그러면서 금실과 약속했던 것이다. 당신과 함께 있겠다고. 피아를 구분할 수 없는 이 전쟁엔 어느 편에도 가담하지 않겠다고. 한데 어떻게 이렇게 쉽게 징집되어진단 말인가.

　생각할수록 아득해 점원은 고개를 내흔들었다. 그러다 천 길 낭떠러지로 떨어지는 것 같아 그저 실룩거리며 울었다. 점용도 훌쩍거렸다. 이런 징집을 피하려고 일부러 옻나무를 꺾어와 살갗에 문질러 전신이 불그죽죽한 옻이 올랐던 것이다. 낯선 장정들만 보면 밭고랑은 물론 무논에도 엎드렸고, 지고 있던 지게며 어깨에 멘 농기구까지 내던지며 부리나케 내달렸던 것이다. 이런 징집을 피해 영취산의 산중에 숨으려고 들어간 동네에서 붙잡혔으니 둘은 엄습하는 극도의 비관을 못 이겨 하릴 없이 훌쩍거리며 울었다.

　"보이소! 내 이야기 좀 들어보이소."

　또 점용은 물에 빠져 지푸라기라도 잡는 시늉으로 죽창과 몽둥이를 든 반공단원에게 말을 걸었다.

　"우리한테 이야기해 봐야 아무 소용없소. 당신 입마 아푼 기라요. 내일 밀양서 징병검사를 받으마 거게 대장한테 말하시오."

몽둥이를 든 반공단 건달은 차디찼다.

트럭은 울퉁불퉁한 길인 허방 길을 달려 몇 번이나 엉덩방아를 찧었다.

"나는 왜정 때 징병에 가서 해방이 되어 돌아왔소. 목포 유달산에 가서 암벽을 뚫는 일을 했소. 내가 가고 싶어서 징병에 간 기 아이라 나이가 돼서 면에서 뽑히 간 기요. 그때는 나 이렇게 울지 않았소. 조선 놈이 왜놈 군대에 가는 거 왜놈 개가 아이마는 좋아할 놈이 오데 있소. 그런데 우리 동네에서 면소까지 십 리 길을 왜놈들은 나를 군용 말에다 태웠소. 이 동네 저 동네 농악패가 모여서 대대적인 환송을 해 주고 말이오. 그러이께 내 기분이 좀 풀어집디다. 그런데 이기 뭐요? 닭쌈이 아이라 총을 들고 인민군과 싸워야 하는 데를 가는 사람한테 이래 포승으로 묶까야 됩니꺼. 세계 어느 나라에서 전쟁에 나가는 전사한테 이런 대접을 하오?"

점용이 위엄을 가해 외쳤다.

"이 새끼 가마이 있을라 카이께 말이 많네. 더 씨부리마는 니 몸이 상한다는 거 내 경고한다."

이 말과 함께 단원 하나가 사정없이 점용의 옆구리를 걷어찼다.

"나는 죄인이 아니오. 당신들 뜻대로 군대에 가겠으니 이 포승은 풀어주소."

"이 새끼! 우리는 조선 놈 종자는 안 믿는다. 풀어주마 달아날 끼 아이가."

이런 상투적인 소리와 함께 또 점용은 어깨에 몽둥이를 맞았다. 이런 말을 입에 배인 것같이 말하는 반공단원들은 누가 봐도 일제의 주구였다. 더 이상 그 무슨 대화든 할 수 없었다. 아니 이들과는 말이 통하지 않았다.

"형님 말하지 마이소. 형님만 다칩니더."

점원이 도저히 보아줄 수 없어 형을 다그쳤다.

십 리 길을 달려와 트럭은 석유등이 현관에 켜진 무안의 지서에 다다랐다.

"오늘 너거 조는 실적이 있네. 낮에 인교에서 네 명을 잡아왔고, 이래 밤에 가례에서 둘이를 또 잡아 오이께 말이다."

지서로 형제가 끌려들어가자, 그들 반공단원에게 사복을 한 다른 반공단원들이 빈정거리듯이 말했다.

"빨리 할당량을 채워야 두 다리 뻗고 잘 수 있는 기 아이가."

그들을 끌고 온 반공단원 장정이 여유 있게 말을 받았다.

"수고했어. 정말 자네들은 대단해. 우리 경찰이 할 일을 자네들이 다해 주니 말이야."

등잔불이 가물거리는 지서 안으로 들어가자 멸공(滅共)이란 붉은 글씨의 표어가 붙어 있었고, 벽의 가장자리엔 태극기와 함께 이승만의 초상화가 걸린 그 아래의 큼직한 책상에서 경찰인 것 같은 사복을 한 중년이 또 그들 반공단 건달들을 격려했다.

"아입니더. 빨갱이라고 카마 이가 갈려 우리는 당연한 일을 하고 있습니더."

그들 둘을 끌고 온 권총을 든 우두머리 격인 단원이 의기양양하게 말했다.

지서의 숙직실 방으로 끌려들어갔을 때야 둘은 단단히 묶인 포승에서 풀려났다. 서너 명이 발을 뻗고 잘 수 있는 거기의 숙직실 공간에는 둘의 처지와 비슷한 일곱 명의 피난민장정이 먼저 끌려와 있었다. 흐릿한 석유등에 난 그 면면들은 하나같이 절망이 팽배해 기력이라곤 없었다. 생각할수록 어처구니가 없는 듯 고개를 내흔드는 이, 곧바로 전선으로 투입되면 살아 돌아올 수 없다는 으스스한 공포를 못 이겨 넋을 잃은 채 울고 있는 이…… 비좁은 방에 아홉 명이나 들어앉자 숙직실은 한증막이 되었고, 그들마다 비지땀을 내고 있었다. 그런 땀 범벅인 가운데서 두고 온 가족이 그려지는지 그저 긴 한숨만 쉬는 이…… 그 무슨 작정을 하는 듯 몇 번이나 주먹을 말아 쥐는 그들 장정들의 형용은 안쓰럽다 못해 처절했다.

다들 가난에 찌들어 사는 궁색하기 짝이 없는 농투성이임을 증명이라도 하는 듯 거지들이나 입는 떨어진 반팔상의에 헤어져 너덜너덜해 바늘로 몇 겹이나 기운 바지차림의 행색들이었다. 그런 자신의 처지가 비관적이기만 한지 점용과 점원이 끌려와 내던져졌어도 약속이나 한 것같이 묵묵할 따름이었다. 포승에서 풀린 둘은 나란히 벽에 기대어 앉아 꺼지는 것같이 한숨을 토했다.

"보이소! 너무 그래 답답해할 것 없습니더. 그런다고 여서 풀리나가는 것도 아이라예. 안 되는 집구석은 일이 이래저래 꼬이갖고 하는 일마다 초를 치는 거 맨치로 나라가 힘이라고는 없이 해방되이께 왜놈들한테 간신 짓을 한 놈들마 살맛나는 세상이 돼서이 에이 떡으랄 세상! 그래 가지고 좌다 우다 카미 자중지란이 있다가 이런 전쟁이 나서이께 죽어나는 거는 힘없는 우리 민초들인 기라예. 나라꼴을 탓해야지 누구를 나무라겠습니꺼. 어이, 더러분 세상."

구석빼기에 웅크리고 있던 누런 땀에 절어있는 셔츠를 입은 장정이 고개를 내흔들며 투덜거렸다.

"형님! 이럴 수는 없습니더. 무슨 길이 없으까예?"

점원이 속이 터질 것 같은 참담함을 가누지 못해 점용에게 물었다.

"여서는 무슨 빽도 안 통한다. 아무 방법이 없다."

점용이 점원의 손을 거머쥐고선 성정을 가라앉혀야 한다며 다독거리듯이 말했다.

"형님도 마찬가지고 지도 마찬가집니더. 절대 군대 들어가서는 안 되는 김니더. 형님이 없는 형수와 조카를 생각해 봤습니꺼? 아부지, 어무이 상심은 또 올매나 커겠습니꺼. 지도 형님 제수를 그래 두고는 몬 갑니더."

"알고 있다. 그렇지마는 시방은 방법이 없다. 그런데, 그런데 기회는 있을 끼다. 분명 있을 끼다. 그러이께 맘 다짐을 하고 있거라. 틈이 있어마 무조건 달아난다 카는 거 말이다. 가례에서 우리가 잡혔을 때 점동이가 달아 뺀 것처럼 그래 해라 말이다. 내 생각도 하지 말고 누 생각도 하지 말고 뛰란 말이다."

둘은 울먹였다.

형제가 손을 다잡고 이런 이야기를 나누는데 둘보다 먼저 붙잡혀 온 문가의 장정이 벌떡 일어서더니 고함을 질렀다.

"몬 간다. 나는 몬 간다 말이다 이 씨팔 새끼들아! 내가 군대서 죽어마 마누라하고 아아들 둘이는 우째란 말이고. 내 마누라하고 아아들을 직이야 가지 나는 몬간다. 아아 씨팔 새끼들아 나는 몬간다. 으흐흐흑. 나는 마누라가 있고 아아가 있는 애비인기라. 내 죽어마 우리 가족 누가 믹이 살릴낀데. 이런 개 같은 경우는 없는 기라. 이래 아무나 잡아 군대 보내는 경우는 사람 사는 세상에는 없는기라."

울분을 못 삭여 장정은 꺼이꺼이 울었다.

"그 말이 맞습니더. 우리를 가마 죽는 데로 이 넘들이 보내는 기라예. 낙동강 어데든 밀고 밀리는 전투를 하고 있다는 기라예. 거서 탈출해 온 사람 이야기를 들었습니더. 하루에도 수백 수천 명이 죽는다고 말임니더. 이 쪽이나 저 쪽이나 대장이 돌격 앞으로 카마 제일 먼저 총을 들고 나가는 기 우리 같은 무지랭이들이람니더. 안 가마 뒤에서 쏴 죽인답니더. 우리 같은 무지랭이들은 사나흘 총 방아쉬마 댕기는 훈련을 시키고 하루에도 수백 명이 죽는 그런 전선으로 보낸답니더."

"얄마! 그 주디 안 닫나. 그런 생각을 하마 내 간이 콩알만 해지고 숨도 몬 쉬겠는기라."

스무 살이 될까 말까한 앳된 청년이 전선의 상황이라며 말하자, 이십대 후반으로 뵈는 어깨가 벌어진 농투성이가 그런 말을 말라며 일축하듯 손을 저었다.

“참말임니더. 하루에도 엄청나게 피아가 죽는 답니더. 창녕 땅, 의령 땅 어디든 미군이 화학가스를 쓴다고 캅디더. 전투가 격렬하다 카는데는 미군이 뿌린 가스를 마시고 멀쩡한 인민군이 앉아서 죽고, 서서 죽고, 총을 쏘다 상처 하나 없이 죽고 한담니더. 군인들마 죽는기 아이고 보국대하는 지게꾼도 그 가스를 마시고 짜다라 죽는다고 캅디더. 다른 사람들은 화학가스가 아이라 원자탄이라고 카고예. 안 그러고는 인민군한테 미군이 몬 이긴다고 카는 기라예.”

“이 새끼가 또 내 비위 건드리네. 말이 고래 많은 거 보이께 니 혹 골수 빨개이 아이가?”

어깨가 벌어진 장정이 앳된 장정을 향해 주먹질을 했다.

“야이. 씨팔놈 뭐? 내가 골수 빨개이라고. 니나 내나 똑같이 좀 있어마 전선에 나가는 신센 기라. 전선에 가마 다 총알받이인기라. 전선 사정이 그렇다는 거를 말했는데 뭐? 내가 빨개이라고.”

졸지에 둘은 치고받고 싸웠다. 좌우의 대립으로 소름이 돋는 공포의 해방공간을 체험한 그들에게 빨갱이란 규정은 어떤 경우라도 이곳의 이남사회에 살 수 없는 것이었다. 빠져나올 수 없는 절망의 수렁에 처해서인지 둘은 살의를 띠곤 뒹굴었다. 방 안이 고함과 함께 쿵쿵거리자 밖에 있던 사복경찰이 황급히 문을 열었다. 둘을 향해 살기를 띤 채 찬바람을 일으키며 곤봉을 후려쳤다.

“이 새끼들 여가 어딘데 싸우고 지랄이고. 여가 너거 집 안방인 줄 아나!”

이런 외침과 함께 무지막지하게 곤봉을 또 휘날려 둘의 싸움은 걷어졌다. 한 번만 더 큰소리를 쳐 방 안이 소란스럽거나 쿵쿵 울리면 누구든 이곳이 초상집이란 걸 알라고 일갈하며 험상궂기만 한 경찰은 밖을 나갔다.

방 안의 그들은 구석빼기에 기대기도 하고 쪼그려 앉은 채 닭똥 같은 눈물을 흘렸다. 날이 새면 죽음의 대열 속으로 들어가야 하는 현실을 믿을 수 없어 우는 울음이었다. 농투성이지만 꿈이 있고 야망이 있는데, 그 모든 것을 접은 반공단원의 강압에 의한 입영. 이 길로 입대해 소총을 지급 받으면 이 전선, 저 전선으로 몇 번만 이동하면 누구든 살아 돌아올 수 없다는 죽음만이 기다리는 곳으로 가야 하는 처지. 하여 어떤 장정이든 숨어 지내고 대개는 산중생활을 하며 내려오지 않는데, 억울하기 짝이 없게 죽창을 든 반공단원에게 붙잡힌 것이었다. 울다가도 죽음을 거부하는 내면으로 그들 중에서는 외마디 비명을 질렀다. 점원도 가슴을 치고 방바닥을 때리기도 하다가 마구 노리실을 하기도 했다.

자정이 넘은 시각인데도 방 안에 감금된 장정들은 하나같이 잠을 이루지 못했다. 내내 훌쩍거리며 우는 이가 있고, 꺼지는 것 같은 한숨을 쉬는 이가 있었다. 하늘이 무너지는 천재지변이 생기지 않은 이상 빠져나갈 수가 없어 운명으로 받아들이는지 고개를 주억거리며 주먹을 거머쥐는 이도 있었다. 그런가 하면 여전히 이런 죽음의 대열에 합류한 현실을 받아들일 수 없는지 한동안 쥐 죽은 듯이 앉아 어깨를 늘어뜨리고 있다 무슨 영문인지 일어나 외마디 고함을 질렀다. 절대로 군대는 갈 수 없다고.

"동생! 맘 편안하이 묵어라. 울고불고 한다고 이 자리 벗어날 수 있는 기 아인기라. 만사 잊고 가슴을 펴라. 사람 목숨이 그래 부질없는 기 아이다. 죽을 운명이마 밤에 자다가 복통으로 죽고 심장마비로 죽는 기라. 명이 긴 노인은 비럭방에 똥칠을 몇 년이나 하는데도 안 죽는 기라. 수없는 사람이 죽는 전선이라 캐도 사는 사람은 사는 기라. 그러이께 힘을 내고 맘을 편안하이 묵거라."

점용이 점원의 손을 다시 다잡았다.

"형님! 우리는 시대를 잘못 타고 났습니더. 그래 애를 쓰고 해도 이 전쟁의 광풍을 피해갈 수가 없었습니더. 누구를 탓하겠습니꺼. 가난한 나라에 가난한 농사꾼 자식인 기 죄라예. 형님 말씀 명심하겠습니더.

내 명이 길마 살아 돌아오는 기고예, 명이 짧으마 죽는 기고예.”

점원이 의외로 담담하게 말했다.

“그런 말은 마라. 절대 니도 나도 안 죽는 기라. 우리가 죽어마 남겨둔 가족은 우짤 끼고? 엄마하고 아부지는? 너거 형수며 제수씨는 우짜노? 우리는 죽을 수 없는 기라.”

죽을 수 없다고 말하는 점용의 음성은 떨렸다. 그러더니 내일이면 맞닥뜨려야 하는 절망들을 수용할 수 없어 고개를 숙여선 실룩거렸다.

“형님! 지보고 맘 편안하이 묵어라고 안 캤습니꺼. 형님 말이 맞습니더. 절대 우리는 죽을 수 없는기라예. 더구나 형님은 우리 양가 종손이라예. 조상님이 형님만은 돌볼 낌니더. 울지 마이소.”

점원이 형을 달랬다.

“가마이 있자. 동생! 내일되마 우리가 우째 될지 모르는 기라. 형제가 함께 있을 수 있는 거는 시방뿐인지도 모르는 기라. 아나! 이거 내가 애지중지하는 만년필인기라. 군대 어디에 배치되든 잘 있다고 집으로 편지 하거라.”

점용이 셔츠에 단단히 꽂혀 있는 파커 만년필을 빼어 점원에게 건넸다.

“형님이 그래 아끼는 긴데 이거를 내한테 줍니꺼?”

“괘얀타. 어느 부대에 있든지 집으로 편지 마이 하거라. 그러마 되는 기라.”

형님으로부터 만년필을 받자 내내 울지 않던 점원이 훌쩍훌쩍 울었다.

“동생! 오늘을 사는 우리는 다 죽은 기라. 좌익으로 연루되어 이래저래 죽은 사람들이 울매나 많노. 양식 있는 사람들을 빨갱이로 몰아 안 직이마는 미국 놈들한테 아부해 이남 정권을 탄생시킨 친일파들이 죽어야 하는 긴 기라. 그런 상황이라서 좌우익 대립이 그래 치열했던 기다. 또 그런 살벌한 세상이라서 말 한마디 잘몬하마 죽는 세상이고 줄 잘 몬서마 죽는 세상인기라. 입이 있어도 할 말을 몬하는 기라. 왜놈들 똥구중 핥은 놈들하고 이승마이한테 붙어서 주먹 쓰는 놈마 떵떵거리는 세상이 되어버린 기라. 정통성이 없는 친일파 정권이다 보니 니도나도 전선으로는 안 갈라고 카고 그러다 보이 왜놈 주구들이 시방은 미군한테 붙어서 이런 식으로 총을 들고 장정들을 붙잡으로 댕기는 기라. 그래 갖고 요꼴이 되어서이께 어이, 망할 세상. 동생! 맘 단단하이 묵자."

"맞습니더. 형님 말 다 인정하께예. 그래도 먼 훗날은 광영이 있을 낍니더. 지금은 전쟁의 광풍이 불어 선국이 피비린내로 진동하지만 이 시기가 끝나마는 화개만발한 봄이 올 낍니더. 이 나라는 언어도 문화도 없는 아프리카의 미개한 나라가 아임니더. 예의염치도 역사도 없는 야만인이 판을 친 나라도 아임니더. 반만년 역사가 있고 나라가 위기 시에는 오뚝이 같이 일어서는 민초들의 나라입니더. 이 나라는 반드시 욱일승천해 세계를 이끌 나라가 될 낍니더. 참말입니더. 이 피비린내 나는 장막이 걷어지면 이 나라는 좌가 되든 우가 되든 불철주야로 백성들 모두 일을 할 낍니더. 왜놈들한테 압제 당한 치욕마 해도 감당 몬하는데 좌다 우다 카미 싸우다 이런 전쟁까지 벌어졌으니 이 상처를 이겨내는 건 이를 악물고 사는 거 뿐일 낍니더. 내일은 분명 찬란한 태양을 볼 낍니더. 그래서 형님! 지는 죽지 않았습니더. 절대 안 죽을 끼고예."

절망으로 비관에 젖은 형을 오히려 점원이 달랬다.

"그래. 찬란한 태양이 뜬 내일? 동생 니 말 내 안 잊어께."

점용이 눈물을 글썽거리며 고개를 주억거렸다.

"형님! 혹 내가 돌아가지 몬한다 카마 형님 제수씨를 좀 거두주이소. 시방 복중에 애가 있습니더. 제일 맘에 걸리는 기 그 사람을 두고 가는 김니더. 이 험한 세상 비럭질은 안 하구로 신경 써주이소. 혹 지가 집으로 돌아가고 형님이 소식 없어마 형수하고 한기는 지가 거두께예."

점원이 실룩거리며 당부했다.

"그런 말은 마라. 나도 니도 집으로 다 돌아가야 되는 기라. 그런 약속은 내 몬 지키겠다. 반드시 살아서 집으로 돌아가야 되는 기라."

점용은 한층 흑흑거리며 고개를 내저었다.

"형님! 어이 씨팔놈들! 어이 더런 세상! 어이 개새끼들!"

내일을 생각하자 내면이 찢어지는지 점원이 발악하듯 그 누구를 향해 욕을 쏟았다.

❻

그 밤을 뜬 눈으로 지새우고 봉창이 훤한 새벽녘에야 형제는 지서 숙직실의 방에 기대어 잠시 잠이 들었다. 그러다 주위가 소란스러움과 함께 누군가가 깨워 눈을 뜨자 해가 솟아오른 아침녘이었다. 헐렁한 군복을 입은 반공단원이 작은 소쿠리에 쌀과 보리쌀이 섞인 주먹밥을 담아 내놓았다.

"보잘 것 없는 아침밥입니더마는 우리가 성의를 모아 만든 기니까 잡수이소. 이 넘들 인민군이 전쟁을 일으키고부터 정부로부터 일체 지원이 끊겼소. 이런 부식비도 우리 자체에서 단원들이 십시일반 거둬 해결하고 있소."

간밤의 인정사정없는 부라퀴의 모습에서 주먹밥이 담긴 소쿠리를 내미는 반공단원은 의외로 유순했다. 주먹밥을 먹으면 곧 밀양의 군부대로 이송시키기에 총으로 위협해 닥치는 대로 끌고 온 행위에 양심의 가책이 서린 것 같은 태도였다. 이런 분위기를 읽어서일까?

"보이소! 나는 각오가 되어 있습니더. 빨갱이라면 언제든지 이빨이 갈리는 사람임니더. 마음 준비가 되어 있어이께 묻는 김니더. 이 밥 묵어마 바로 군부대에 가는 기 맞습니꺼?"

숙직실에 감금된 이들 중 서른쯤으로 보여 제일 나이가 많은 이가 이후의 행선지에 대해 알고 싶다며 간곡한 조로 물었다.

"밀양에 가마 바로 신체검사를 받습니더. 거게서 군인이 될 수 있는지 없는지 이것저것 검사를 받고 훈련소로 갑니더. 소정 기간 훈련과 정신교육을 김해나 부산에서 받고 각기 전선으로 보내집니더."

반공단원이 설명을 하듯 말했다.

"그러마 바로 총 들고 전쟁에 나가는 거는 아이네예?"

단추 눈인 반공단의 이야기에 일말의 희망을 본 듯 흥분 투로 또 누군가가 물었다.

"개나 소나 군인이 되는 게 아임니더. 체격도 갖추어야 하고 교육을 시키면 알아들을 정도로 머리도 돌아가야 합니더. 이런 조건이 구비되지 않으면 불합격입니더."

"그 말이 참말임니꺼? 나는 학교라고는 문턱에도 몬 갔고 이름도 주소도 몬 쓰는 무식쟁이라예. 이런 무식쟁이는 바로 불합격이겠네예?"

"거거는 내가 판단하는 기 아임니더. 밀양에 가마 징집관이 판단함니더."

이 말을 마지막으로 반공단원은 방을 나갔다.

그들 농투성이들은 단순 무식했다. 반공단의 말을 곡해해 학교를 다니지 않았거나 머리가 나쁜 이는 신체검사에서 불합격 당한다는 걸로 곧바로 받아들였다. 그러자 거기의 반수가 학교라고는 다니지 않았는지 희색이었다. 공부를 못한 게 가면 죽는다는 군대에 가지 않아 어떻게 이렇게 좋은지 모르겠다며 감격적이었다. 어떤 이는 학교 이야기만 나오면 야코가 죽었는데 지금은 기운이 솟는다며 어깨를 으쓱거리기도 했다. 어저게 이들에게 잡혀 포승에 묶였을 때는 부모가 기절했는데, 머리가 나쁜 탓으로 불합격을 받아 늠름하게 피난지로 돌아가면 어머니는 발가벗고 춤을 출 것이라고 웃음소리를 내는 이도 있었다. 어떤 이는 학교를 못 다닌 게 이 일을 대비해 조상이 돌보았다며 큰 소리였다.

"어데서 뭘 하든 기력이 있어야 되는 기라. 이기라도 묵자!"

점용이 주먹밥 두 개를 가져와 점원에게 건넸다.

"형님! 이 말이 맞습니꺼? 머리 나뿌마 불합격이란 말 말입니더."

두어 번 주먹밥을 베어 먹으며 점원이 물었다. 농고를 나온 점원이라서 한층 어깨가 처졌다.

"무엇도 믿지 마라. 누구 말도 듣지 말고. 믿을 수 있는 거는 우리 자신뿐인 기라."

점용이 고개를 내저으며 다짐을 가했다.

불안과 초조감으로 다들 핏기라곤 없는 죽은 상인 채 주먹밥 하나를 먹자 지서 앞에서 트럭이 경적을 울렸다. 반공단원이 방문을 열며 어서 나오라고 외쳤다. 그들은 풀이 죽은 채 일어나 지서를 나갔다. 도살장에 끌려가는 것같이 기력이라곤 없자,

"이 새끼들 그런 동작으로 인민군을 때려잡겠나. 이 새끼들 인생이 불쌍해서 고이 보내줄라 캤더마는 내 성질 건드리네. 조선 놈은 좌우튼 몽둥이가 있어야 되는 기라."

독사눈에 이마가 좁아 여간 험상궂지 않은 반공단원이 마치 악랄한 일제순사처럼 곤봉을 들고 설치자, 그들의 걸음은 빨라지고 눈빛에 총기가 담겨지고 있었다. 다른 이들은 서류철에 이름과 주소가 기재된 듯 했다. 점용과 점원을 불러 이름과 주소를 반공단원은 적었다. 그리고는 눈을 부라려 징병 확인서에 손도장을 찍으라고 해 영문도 모르는 채 둘은 손도장을 눌렀다.

"우리를 야속하다고 생각지 마시오. 다 쓰러져 가는 나라를 살릴라 카는 충정이 아이겠소. 나라가 있어야 백성이 있는기요. 군복을 입고

총을 받으면 전공을 마이 세우이소. 다 되어서이께 가보이소."

둘은 험상궂은 반공단원을 따라 밖으로 나와 대기하고 있는 군용트럭 쪽으로 갔다.

트럭의 짐칸으로 오르자 어디서 잡아왔는지 그들과 같은 누런 삼베옷에 반팔인 바지, 시꺼먼 때와 흙탕물이 묻은 셔츠차림인 장정 여덟 명이 타고 있었다. 다섯 명은 우거지상인 채 사색이 되어 움츠려 있었다. 그러나 다른 셋은 연행되는 과정에서 그들 반공단원에게 완강한 저항을 한 듯 푸르죽죽한 멍이 들었으며 코피가 터지고 입술이 터져 있었다. 그 중에서도 성깔이 있어 보이는 장정 하나는 양 눈에 시퍼런 멍이 들어 있었으며 머리가 찢어져 피가 굳어 있기도 했다. 마지막으로 그들을 감시하는 반공단원 네 명이 몽둥이를 들고 올라타자 트럭은 발 디딜 틈 없이 비좁았다.

아침햇살을 뚫고 트럭이 미끄러져 나갔다. 구름 한 점 없는 맑은 하늘이었다. 들판마다 초록에서 누런 모습을 띠었고, 시원한 바람은 상쾌하다 못해 한껏 기분을 상승시켰다. 그러나 전선으로 가고 있다는 데 그들마다는 총기라고는 없는 시무룩한 눈빛이었다. 트럭은 울퉁불퉁한 길을 달리고 편편한 흙길을 먼지를 일으키며 달렸다.

"보이소! 지 사정 좀 들어주이소. 내나 인민군 잡는다고 욕보는 아제들이나 다 사람이 아인교? 참말로 억울해서 카는 기라예. 사정 좀 들어주이소? 지는 이대 독자(獨子)라예. 독자라서 군대 안 갈라고 카는 거는 아임니더. 그런데 늙은 노모는 지가 어데로 갔는지를 모르는 기라예. 시방 지를 찾는다고 눈에 불을 켜고 있을 낍니더. 그 노모한테 작별인사라도 해야 되는 기 사람 도리가 아임니꺼. 그런 인사를 안 하마 천륜을 어기는 기라예. 노모한테 인사마 하게 해 주이소. 그 다음에는 아제들이 알아서 내를 직이든지 살리든지 하이소."

트럭이 선선한 바람을 가르며 달리자 징집될 당시 결사적인 저항으로 반공단원에게 무지막지하게 맞은 눈두덩이 시퍼렇게 부은 장정이 애걸조로 말했다.

"내한테 그런 이야기를 해 봐야 입마 아푼 기라. 우리는 당신들을 밀양의 부대로 이송하는 기 책임이오. 당신들 다 군부대에 보고되어 있어서 숫자가 모자라마 여게 있는 우리가 감방에 가야 하오."

몽둥이를 든 반공단원 하나가 자르듯 말했다.

보소! 당신들은 책임 때문에 감방에 가마 되지마는 우리는 가마 죽는 데로 갑니더. 당신들 말은 이 나라를 살리기 위해서 우짜고 샀고, 이 나라가 빨갱이 나라가 안 되구로 우짜고 샀지마는 죽음 앞에는 나라도 이념도 없는 기요. 누 잘 되구로 이 썩어빠진 나라를 위해 죽는단 말이오. 그러이께 죽으로 가는 사람 부탁 들어주소. 이대 독자라는 사람을 짐승 사냥하듯이 잡아다가 이래 끌고 가는 거는 사람 짓이 아인 기라요."

끌려가는 장정 중 하나가 그 부탁을 들어주라고 편을 들었다.

"이 새끼들, 좋은 말하이께 또 고개 들고 기어오를라 카네. 빨갱이를 잡아직일라고 미국은 그 많은 군인들을 보내서 여서 무지무지하게 죽고 있다. 우리가 싸워야 하는 거를 미군들이 와서 싸우고 있단 말이야. 이런 판인데 사정 들어주어야 돼?"

우락부락한 반공단원이 독자라는 장정의 멱살을 잡더니 사정없이 주먹을 날렸다.

"쓰발넘들, 너거들이 뭔데 우리 목숨을 담보해 잡아가노. 우리는 군인이 아니야. 양민인기라. 미국 놈하고 인민군하고 싸우는 전쟁에 군인도 아인 우리가 와 싸우야 되고 죽어야 되노?"

결기가 있어 보이는 장정이 핏대를 세웠다.

"이 새끼! 까마귀 고기를 삶아 묵었나 누한테 대드노."

곁에 있는 반공단원이 시퍼런 채 마구잡이식으로 곤봉을 휘둘렀다.

"쓰발 놈들! 전선에 가서 죽어나 여게서 죽어나 죽는 거는 마찬가진 기라. 직이라. 직이라이 쓰발놈들아!"

코피가 터졌지만 결기가 있는 장정은 굽히지 않고 대들었다.

"이승만 대통령이 동원령을 내렸는데 말이 많노. 이 새끼! 임금이 죽어라고 카마 죽어야 되는 기 옛날이나 지금이나 백성들 아이가 이 새끼야! 우리는 임금의 령을 집행한단 말이야."

반공단원이 결기가 있어 보이는 장정의 입에다 주먹을 날려 장정은 퍽 하는 소리와 함께 주저앉았다. 죽음을 불러일으키는 곤봉질과 주먹질에 심약한 농사꾼인 그들은 숨소리마저 내지 못하고 고개를 숙이고 있었다. 트럭은 야트막한 고개를 기어오르듯 올랐다. 이어서는 손바닥만 한 논들이 펼쳐지는 내리막을 느릿느릿 달렸다.

"동생! 맘 단다이 묵자. 이 모두 운명으로 받아들이자. 살다가 때를 잘못 만난 운명으로 말이다."

트럭의 모서리에 쭈그려 앉은 점용이 담담하게 곁에 있는 점원에게 말했다.

"형님! 그렇지만 이 운명을 거부할람니더. 아무리 생각해도 몬 받아들이겠습니더. 전선으로 가도 사는 길이 있으마 무슨 수든 다 쓸 김니더."

후일 점용은 이때 주고받은 점원과의 대화를 잊지 못해 점원 이야기만 나오면 이 말이 환청으로 들리고, 그와 함께 실룩거리는 게 지금까지 버릇이 되다시피 했다. 운명을 거부하겠다는 이야기와 사는 길이 있으면 무슨 수단이든 다하겠다는 그 말을 되새기며 살아 있으리란 추정을 내리기도 하다, 국토가 분단되어 이십 년, 삼십 년이나 소식이 없다 보니 죽었다고 단정을 내리기도 했던 것이다. 이 이야기를 몇 번이나 제수인 금실에게 하며 동생이며 남편인 이를 기다려 보자고도 했다.

이윽고 트럭은 산들바람을 가르며 밀양 읍내로 들어섰다. 트럭에 태워진 그들은 여전히 한숨과 함께 공허하기만 한 눈망울을 굴렸다. 하나같이 묵묵했다. 어떻게 보면 발악해도 소용없는 현실이기에 내면을 다지는 듯했고, 평생 국가로부터 호의적인 대접을 받은 적이 없는 판에 어렴풋한 국가란 실체는 전율 그 자체라서 맘 정리를 하는 것 같았다. 또 어떻게 보면 그런 국가를 위해 총을 드는 명분을 만드는 시간 같았다. 그래서인지 고개를 주억거리는 이가 있고, 올가미에 묶인 자신을 받아들일 수 없어 긴 한숨과 함께 기운이라고는 없이 고개를 젓는 이도 있었다.

이 일대 최고의 풍광을 자랑하는 곳에 덩그런 누각이 선 영남루(嶺南樓) 앞의 마당에 트럭은 멎었다. 마지못한 듯 의기소침해 트럭에서 내리자, 어림잡아 삼사백 명 가까이의 농투성이 장정들이 상의를 벗고선 운집해 있는 곳으로 인도되었다.

쉴 새 없이 미군 트럭이 드나들고 있었다. 그러면 어디서 끌어왔는지 그들과 같은 농투성이 장정들이 트럭에서 내렸다. 그런가 하면 빈 트럭도 한꺼번에 몇 대나 줄을 지어와선 신체검사를 받은 이들을 실어날았다. 그러다 신체검사가 끝나 대기한 트럭에 실려 가는 장정들은 하나같이 곧 불어 닥칠 공포를 감당 못해 굳은 채 겁을 먹은 꼴이었다.

무수한 장정들이 운집해 있는 영남루 마당은 하루에도 수백 수천 명이 죽는 전시상황을 들어서인지 생기라곤 없이 냉한 바람이 감도는 분위기였다. 완전무장을 한 군인들이 겹겹으로 에워싸 있어 어떤 요로로도 탈출 또는 도망은 불가능했다.

점용과 점원은 그들을 인솔한 반공단의 뒤를 는지럭거리며 따라갔다. 이윽고 대원 중 하나가 그들의 인원을 접수하는 차일이 쳐진 막사로 가 서류철을 넘겼다. 두 군인이 그들의 수효를 세더니 대원들에게 수고했다며 성원을 보냈다.

"우리야 수고랄 끼 있습니꺼. 다 이 나라 국부이신 이승마이 대통령을 위한 일이 아이겠습니꺼."

그들을 인솔한 우락부락한 두 명의 반공단원이 어깨를 으쓱거렸다.

"낙동강의 전선마다 병력이 필요하다고 발발이 요청이 오는 판이야. 심하게는 어서 병력을 보내지 않으면 특공대를 보내 우리를 까겠다는 거야. 한데 매일 징집되는 병력은 줄어드니 우리도 못할 노릇이야. 각하께서 무슨 특단의 조치가 있어야지."

대위 계급장을 단 광대뼈가 튀어나온 이가 이런 식으로 투덜거리는 걸 점용은 듣고 있었다.

"촌놈들이지만 이래 잡아오는 거 참말로 힘듭니더. 눈을 닦고 봐도 없고예. 산중에 떼를 지어 숨어 다니는 판이라서 저희들도 최선을 다 합니다만 실적을 올릴 수가 없었습니더."

반공단원 하나가 굽실거렸다.

그렇게 인계된 이후부터 점용과 점원을 비롯한 그들은 번호표를 받아 줄을 지어섰다.

구월의 쨍쨍한 햇볕이 내리쬐었다. 팔월의 불길 같은 한더위는 한 풀 꺾였으나 반면 볕이 누그러져 눈이 부셨다. 땡볕에 열을 지어 앉자 군복을 입은 두 사병이 정확한 신체검사를 위해 상의를 벗으라고 해 그들은 누덕누덕한 삼베적삼을, 때가 누런 반팔 셔츠를, 속옷인지 티인지 분간할 수 없는 누더기를 벗었다. 그러자 두 사병은 갑자기 살의를 띠었다.

"여기는 군대다. 여러분들은 여기 들어온 이상 군인인 것이다. 군인은 명령에 살고 명령에 죽는다. 군인은 군기가 없으면 백전백패다. 앉아! 일어서! 어, 이 새끼들 봐라! 앉아! 일어서! 이 새끼들 조선 놈이 조선말을 몬 알아들어! 이 새끼 이런 자세로 인민군을 직일 수 있나!"

이런 명령과 함께 그들에게 사정없는 몽둥이를 날렸다. 비명이 터지고 툭탁거리는 매질이 이어지자 그들 모두 동작이 민첩해졌다.

"자! 내 이야기를 잘 듣길 바란다. 지금부터 여러분들은 군인으로 적합한지 아닌지 저기 열을 뒤따라가 신체 및 적성검사를 받는다. 징병관의 판단에 의해 여러분들은 합격과 불합격으로 나눠진다. 합격을 하면 저기 소나무 그늘에 줄지어 앉아 있는 줄로 가야 하는 것이고 불합격이면 지체 없이 왼쪽으로 난 누각 아래로 내려와 고향 앞으로 가는 것이다. 알겠나!”

“예!”

“대답소리가 작다. 알겠나!”

“예!”

우렁찬 함성.

“여러분들은 조국의 부름을 받았다. 아시다시피 전 국토가 붉은 공산당들에게 유린된 판이다. 그렇지만 지금의 우리 아군은 백전불굴의 반공정신으로 낙동강 전선 곳곳에서 승전고를 울리고 있다. 소련의 괴뢰 김일성을 민족의 이름으로 처단해야 한다는 목소리가 드높은 이즈음 여러분들의 용단은 이 나라 역사에 길이길이 기억될 것이다. 대한민국의 이름으로 김일성 빨갱이 집단을 분쇄하는 전사의 길로 들어선 여러분들의 건투를 비는 바이다.”

사병으로부터 짤막한 격려가 있었다.

그러고는 신체검사를 받기 위해 벌거벗은 그들은 줄을 지어 섰다.

볕이 쬐이고 있었다. 산들바람이 간간이 불었다. 다들 시무룩하고 초췌하기 짝이 없는 빛인 채 묵묵했다. 이줄 저줄에서 앞으로의 향방을 몰라 긴 한숨과 함께 소곤거리는 소리가 들렸다. 여기서 신체검사를 받아 합격을 하면 곧바로 전선으로 투입된다는 이야기를 누군가 했고, 그건 아니라며 훈련소로 가 사격훈련을 받는다는 말다툼이 있기도 했다. 또 한 쪽에선 불합격자도 많이 나온다며 곁의 장정에게 불합격자들이 모인 줄을 가리키기도 했다. 그러자 일자무식은 무조건 불합격이라는 소리가 있고, 독자도 불합격이라며 우기는 이가 있었다. 이런 그들끼리의 소리가 커지면 사병이 이 줄 저 줄을 나다니며 곤봉으로 어깨와 등을 후려쳤다.

신체검사는 단시간에 처리되는지 징집관이 있는 영남루 누각으로 열 명씩 수효를 맞춰 올라가면 얼마 후, 판정이 나 대기한 열 명이 다시 올라갔다. 점용과 점원의 줄도 누각 가까이로 향하고 있었다.

"형님! 이 마당에 제일 생각나는 거는 형님 제수인 집사람이지마는 엄마하고 아부지 얼굴이 눈가에서 떠나지 않습니더. 이제 저도 장가를 간 어른이라예. 부모님을 잘 섬기고 모시야 되는데 지는 효도를 한 적이 없어예."

점원이 낮은 소리로 울먹하게 말했다.

"그런 소리는 마라. 나도 장자지마는 불효자인 기라. 너거들한테는 형님 구실을 몬했고. 어데 배치되든지 집으로 편지하자. 이 말밖에 나는 니한테 몬하겠다."

점용이 점원의 손을 다잡았다.

이윽고 점용의 줄이 영남루 누각으로 올라갔다. 형제는 서 있는 줄과 번호표가 달라 함께 오를 수가 없었다. 누각 마루의 세 책상에 앉은 반짝이는 말똥의 견장을 단 징병관을 중심으로 그들은 두 줄로 해종대로 섰다.

줄을 지어 선 그들 장정들은 하나같이 약속을 한 듯 긴장해 사족을 못 쓰고 있었다. 핏기라고는 없이 파리했으며 두 줄로 서있는 데도 그저 양 다리를 덜덜 떨었다. 개중에는 전신이 굳어 있는 이도 있었다. 그들이 알고 있는 군대의 말똥이란 계급은 도저히 두 눈을 뜨고 면대할 수 없을 정도로 하늘같이 높은 분이라서 그들마다 얼어붙은 듯했다.

그러나 이러한 군대 경험이 있었던 점용은 달랐다. 말똥계급의 징병관을 유심히 지켜보자 어딘지 허술하며 틈이 보이는 듯 했다. 분명한 하소연을 해 보겠다고 작정했다. 그런다고 이 마당에 손해 볼 일도 아니었다. 무엇보다도 칠 년 전인 왜정 때 이파리 계급과 말똥 계급의 일본 군인들을 상대해 본 적이 많았던 게 점용이 이러한 결심을 하는 데 한몫을 한 것이었다.

두 줄을 지어선 그들은 차례대로 이름을 말하고 서류철에 적힌 대로 주소를 말했다. 큰소리로 이름과 주소를 말해도 합격이고, 어깨를 늘어뜨려선 작은 소리로 말해도 합격이었다. 주소를 더듬거리며 말해도 합격이고, 우는 소리를 내며 이렇게 징집된 걸 부모는 모른다며 며칠만 기일을 연장해 달라고 해도 합격이었다. 일자무식이라고 해도 세 징집관은 약속이나 한 것같이 든 손을 오른 쪽으로 저었다. 그러면 합격으로 마루 아래로 난 합격자의 줄로 가야 하는 것이었다. 나이가 많아도 합격이고 자식이 둘 셋이나 있다고 해도 합격이었다. 그들을 향해 뱀눈을 하곤 훑어보는 징집관은 무엇을 기준으로 구분하는지 속병이 있어 피똥을 누고 있다는 이도 합격이었다.

반면 불합격자도 있었다. 징집관이 보건대 나이가 어리거나 키가 너무 작은 치들이었다. 또한 지극히 멍청한 바보 같은 이들이었다. 어떻게 가려내는지 귀신같이 찍어내었다. 그런 판정을 하는 데 미적거리거나 반발을 하는 이는 지켜보는 조교가 달려와 누각 아래로 끌고 내려갔다. 쓰러뜨려놓곤 상사에 대해 반항했다며 이만저만 아닌 주먹질에 몽둥이질이었다. 소위 말하는 군대였다.

점용이 차례가 되었다.

"양점용! 경남 창녕군 유어면 광산리 구사구 번지."

점용이 뚜렷하게 말하자 세 징병관 모두 양 눈에 반짝이는 불을 컨 것같이 주시했다. 그러곤 다른 이들처럼 여타한 질의도 없이 오른 손을 들어 저었다. 그것은 합격이란 사인이었다. 찰라 점용은 왜정 때 군대에서 배운 대로 차렷 자세를 취했고 거수경례를 절도 있게 붙이곤,

"질의 있습니다. 이 이야기만은 하고 무슨 조치든 따르겠습니다."

군인다운 태도로 또렷하게 말했다.

"뭔가?"

세 징병관 모두 눈을 부릅뜨곤 점용을 향해 주목했다.

"저는 일정 때 군에 징집되어 전라도 목포에서 이 년간 근무하다

해방이 되어 귀대했습니다. 귀대 이후 좌익들이 준동할 땐 전투경찰을 도와 좌익들의 은신처를 찾는 데 앞장섰습니다.”

결기를 가다듬어 기죽지 않고 기합이 든 소리로 말하자, 세 징병관 모두 표정이 달라지며 호의적인 빛이었다. 이때를 두고 점용은 후일 자식들에게 자주 말하곤 했다. 하나님이니 부처님이니 하는 신은 어디에 있으며 어떤 식으로 나타나는지 모르겠지만 분명 조상신은 있다고. 그때 조상신이 자신에게 나타나지 않았다면 합격자의 줄로 들어섰을 것이라고. 그 조상신이 자신을 지키기 위해 일사천리의 말이 나와 징병관을 움직이게 했다고.

“제가 사는 곳은 낙동강과 인접한 유어면 도동이고 동네가 전쟁터가 되어 양력 칠월 말경에 창녕읍의 초막골로 식구들대로 피난을 했습니다. 거기서 제 동생 둘은 보국대로 들어가 미군을 도왔고 저는 반공단체들이 하는 어떤 일이든 도왔습니다. 거기서 보름 가까이 피난살이를 했는데 새벽에 인민군이 초막골로 들어와 미군부대를 향해 기습공격을 했습니다. 그러자 미군 쪽에서 포를 퍼붓고 기총소사를 해 제 동생이 비명횡사했습니다. 많은 주민과 피난민들이 다치고 죽은 그 동네에서 구사일생으로 살아난 우리 식구들은 밀양으로 피난을 왔습니다.

저는 양가문중의 종손입니다. 저의 사형제 중 하나는 그 초막골이란 동네에서 절명했고, 나머지 나이 어린 막내를 제외하고 두 형제가 이번에 가례란 곳에서 반공단에 의해 이렇게 징집되었습니다. 저와 동생 모두 결혼을 한 몸입니다. 저와 동생마저 이 길로 들어가면 우리 문중의 손이 끊기는 것이고 우리 집으로 봐선 대가 끊기는 것입니다. 선처를 해 주십시오.”

점용이 자신의 사정을 적당한 거짓말과 함께 설명해 나가다 마지막엔 선처해 달라고 비굴함 없이 당당하게 말했다.

“자네가 문중의 종손이란 말인가?”

금테 안경을 낀 징집관이 고개를 주억거리며 물었다.

"예."

"초막골이란 곳에 미군이 마을을 향해 기총소사를 할 때 자네도 있었다는 거야?"

"예. 있었습니다. 착하기만 한 제 동생이 절명했습니다."

이 말을 하자 점구가 선연히 떠오름과 함께 아비규환인 초막골에서의 그 새벽이 기억나 점용의 양 눈엔 눈물이 핑 돌았다.

"자네 말이 사실이라면 형제들 모두 군에 보낼 수는 없지. 불합격!"

금테 안경의 징집관이 말했고,

"좋아. 자네는 소신을 분명하게 말해 남자다워. 불합격!"

코가 유난히 솟은 징집관이 불합격이라고 했다.

이때의 감격을 점용은 잊지 못한다. 하늘에 붕 솟는 기분이었다고 했다. 하늘 높이 치솟아 어떻게 누각을 빠져나와 불합격자의 줄에 섰는지 모를 지경이었다. 그러다 언뜻 정신이 들어 동생인 점원을 염려하기 시작했다.

점용의 줄 다음이 번호표로 보아 점원의 줄인데 도저히 가까이 갈 수가 없었다. 불합격자는 팔에다 불합격이란 붉은 도장을 찍어 주며 지체 없이 집으로 돌아가길 독려해서였다. 친구와 같이 끌려온 터벅머리, 한 마을의 이웃과 함께 끌려온 이빨이 누런 이, 점용처럼 형제가 끌려온 경우 혹 함께 온 이가 불합격을 받아 나올지 모른다며 영남루에서 읍내로 불합격자가 가는 소나무가 있는 곳에선 떠날 줄을 몰랐다. 점용도 거기에 앉아 점원을 기다렸다. 반시간을 기다려도 점원은 돌아오지 않았다. 두 시간을 기다려 신체검사가 끝이 났는데도 점원의 행방은 알 길이 없었다. 멀리 도로로 합격자를 실은 트럭 몇 대가 먼지를 일으키며 부산 쪽으로 달아나고 있었다. 괴로웠다. 가늘 수 없이 수치스러웠다. 그렇게 함께 온 이들이 불합격을 당해 떠나갔지만 점용은 소나무 그늘에 앉아 훌쩍거리며 울었다.

“점원아! 점원아! 나는 돌아갈 수 없는 기라. 니를 두고 나는 집으로 갈 수 없는기라.”

점용이 소리를 지르며 꺼이꺼이 울었다.

제 7 장
짧은 해후

❶

육이오가 일어난 지 오십 년이 흐른 2000년도 시월.

옌볜의 중심지인 옌지[延吉]를 향해 논스톱으로 날아가는 국내 여객기는 없어 한기가 여행사를 통해 여권을 만들며 구입한 티켓은 중국민항이었다. 창춘[長春]을 경유하는 중국 민항기에 금실과 남희, 한기가 나란히 앉아 있었다.

이날 아침 부산에서 출발할 적부터 금실은 어쩐지 어깨가 처진 어두운 기색이었다. 늙었음에서 온 세상살이의 덧없음도 한몫을 했지만, 무엇보다도 오십 년 전에 헤어진 남편을 만나러 간다는 게 몽롱한 꿈을 꾸는 것 같아 무망함이 작용한 탓이었다. 불혹인 사십대까지만 하더라도 그 놈의 육이오만 그리면 생과부가 된 박복하고 저주스런 팔자가 상기되어 그저 부르르 떨리는 아득한 절망을 맛보곤 했는데, 이제는 칠순을 바라보아서인지 당시의 어떤 상이든 긴가민가하며 흐릿할 뿐만 아니라 기억마저 퇴색한 판이었다. 애써 살아 있다는 남편의 상을 떠올리려 해도 장막만이 펼쳐졌다. 어쩌다 몇 가지 기억과 함께 단상들이 떠오르면 노쇠가 원인인 듯 아리송하기도 했다.

이런 처지는 기운으로 금실은 기내에서도 내내 시무룩했다. 하나님의 역사라고밖에 할 수 없는 살아있는 남편을 만나러 가는데도 의지와는 달리 뭔지 위축되어 모든 게 뒤죽박죽이었다. 만나야 하는 간절함이 사라져 이래저래 남편의 상을 그려도 떠오르질 않았다. 하여 이런 무미건조한 감정과 그 무엇에 홀린 것 같은 멍청한 자신의 여심을 오롯이 지아비에게 내보여야 한다는 데는 마냥 안쓰러웠다. 그러해 한숨을 쉬다 이런저런 해결책으로 고개를 주억거리기도 하고 갸웃거리곤 했다.

반면 남희는 아버지가 실재함을 알고부터 그지없는 기대와 그리움으로 가득했다. 간밤 잠자리에 들 때도, 아침녘에 화장을 하면서도 금실을 향해 아버지를 만나면 딸인 내가 보고 싶지 않았느냐며 묻고 싶다느니, 내 젊었을 때 사진을 챙겨가 보여주고 싶다느니 하며 마냥 벅찬 기색인 채 호들갑을 떨었다. 신문과 텔레비전을 보니 탈북자들의 행렬은 김일성이 죽은 구십사 년부터 이어져 왔는데, 왜 육 년이 지난 지금 탈북을 했느냐며 따져야겠다고 입을 삐죽거리기도 했다.

그런가 하면 혈육의 정은 물보다 진한지 거기 옌볜으로 가면 한시도 아버지와 떨어지지 않겠다고 하다, 그렇게 보고 싶었던 아버지 품에 내내 안기겠다며 눈물이 그렁그렁한 채 말하기도 했다. 그런 아버지가 아프다고 해 이만저만이 아닌 우울한 기색인 채 걱정을 하다 자신의 전직이 간호사였으니까 아버지의 병간호를 도맡겠다며 다잡듯이 말하기도 했다. 중국민항을 타고서도 아버지를 향한 그리움을 주체할 수 없어 웃기도 하고 울기도 하며 곁에 앉은 사촌인 한기에게까지 기대와 바람을 이야기하고 있었다.

스튜어디스가 리어카에 담긴 커피를 비롯한 음료수를 나눠주어 금실이 과일주스로 목을 축이자, 민항기는 목적지인 창춘에 닿았는지 기체가 심하게 덜커덩거렸다. 창춘이 목적지인 승객들을 내리면 민항기는 곧바로 옌지로 향하는 줄 알았는데, 스튜어디스가 서툰 한국어로 기내방송을 통해 이렇다 할 이유도 없이 탑승객 전원을 향해 내려줄 것을 요구했다. 탑승객들마다 의아한 표정이고 긴가민가한 채 일어서 나가 금실 일행도 뒤따라 기내를 빠져나갔다. 그러곤 앞장서 가는 승객들의 뒤를 김해공항과 서울공항을 비교하면 항공기라곤 없이 협소해 흡사 길쭉한 운동장 같은 활주로를 빠져나갔다.

산들바람이 부는 화창한 가을 날씨의 바깥과는 달리 공항청사는 서울이나 부산에서 대할 수 있는 시외버스터미널을 연상할 정도로 초라하고 낡아 보였다. 승객들이 앉는 삐꺽거리는 나무의자들이 그러하고 세멘 바닥인 게 그러하며 벽마다에는 누런 때가 껴 추저분한 게 그러했다. 그런 한산한 청사 안으로 그들 탑승객들이 들어가 길쯤한 나무의자에 앉기도 하고 서기도 했다.

옌지가 목적지인 한국인 승객들마다 이유도 없는 연착에 참을 수 없는 불만인 듯 너나없이 시큰둥해하며 투덜거렸다. 멀쩡한 날인데 사전 예고도 없이 지체시킬 수 있느냐는 것이고, 기체결함이 있다면 다른 여객기를 미리 대기해 놓아야 되는 게 아니냐며 흥분해 씩씩거리는 이도 있었다.

중국여행을 자주해 이러한 경험을 한 적이 있는 이는 몇 시간이 아니라 하루간이나 지연시키기도 한다며 불평하는 이들을 향해 나무라는 이도 있었다. 이런 분위기인데 정장을 한 사십대의 승객이 매표소에서 나오며 허탈한 빛으로 동료와 주고받는 이야기가 들렸다.

"저기 매표소 책임자에게 왜 연착이냐고 물었더니 쓰리스타(중장계급)가 여기 창춘에서 급하게 상해로 가야 해 우리가 탄 항공기를 이용했다는 거야. 미국이나 일본이라면 뉴스감이야. 그런데 그 군바리 쓰리스타가 중국민항 사장보다 계급이 높아 취한 조처라는 거야."

이런 정장의 말을 들은 그들 승객들은 자국의 국내선이면 모르겠으나 국제선 항공기를 이런 식으로 빼돌린다는 데 도저히 영문을 모르겠다며 어리둥절한 이가 있고, 허탈해 하는 이도 있었다. 사회주의체제에 길들여 이런 현상이 빚어졌다며 이해하려는 이가 있는가 하면, 중국의 내국인과 한국인이 주 고객이라서 이러는 거지 미국이나 일본인 탑승객이 고객인 판에서는 상상할 수 없는 일이라며 한국인에 대한 비하로 몰아가는 이도 있었다.

연착한 이유를 설명하지 않아 그들 탑승객마다는 청사 안에서 반시간 가까이 서성거리고 있자, 공항제복을 입은 직원 두 명이 그들을 향해 손짓하며 따라오라고 했다. 그들은 는적거리며 공항청사 밖으로 나가 대기한 버스에 올랐다.

셔틀버스는 창춘 시내 쪽을 향해 수양버들이 늘어선 직선의 가도를 따라 따가운 가을 햇살을 받으며 한동안 달렸다. 그러더니 초대소란 간판이 붙은 비교적 깨끗한 오층 건물인 곳에 멎었고, 그들 승객들은 한국의 모텔을 연상시키는 거기의 아담하고 깨끗한 방에 안내되었다. 금실일행은 칠순에 다다른 정장을 한 이와 성경가방을 든 걸로 보아 옌볜의 개척교회 목사인 것 같은 이와 한 방을 쓰게 되었다. 네 시간 후인 오후 다섯 시에 중국민항은 출발한다고 했다.

방 안의 사람들과 자연스럽게 수인사가 오갔다. 옌볜에 온 목적도 주고받았다.

"그래요? 육이오 때 헤어진 남편이 탈북을 해 옌볜에 있다고요? 비극입니다. 우리 민족의 비극입니다. 만나야죠. 암요. 백번 만나야죠."

남희가 아버지를 만나러 옌지로 간다며 사정들을 말하자 가무잡잡한 피부인 칠순의 노인은 눈물을 글썽이며 성원을 보냈다. 그러는 그 노인도 자신의 중국여행 목적을 이야기했다.

그는 황해도 해주가 고향이라고 했다. 일사후퇴 때인 스물 셋의 나이에 단신으로 월남했다고 했다. 월남해 휴전이 된 그해에 공군으로 자원해 직업군인으로 내내 보내다 중령계급에서 퇴역했다고 했다. 가족과 친지들을 두고 남한 땅에서 살다 보니 젊은 날도 그렇거니와 환갑을 넘기고부터는 명절만 되면 두고 온 고향과 가족에 대한 그리움으로 병이 들 지경까지 되었다. 또한 가족이 많고 친지가 많은 주위의 사람들을 보면 언제든 야코가 죽어 쓸쓸해지곤 하는데, 이 모두가 실향민이라면 겪어야 하는 한 많은 자신의 삶이었다고도 눈시울을 붉혔다. 그런 그는 정부가 주도하는 이산가족상봉의 행사에도 몇 차례 신청을 했다고 했다. 통일부를 비롯한 관계기관에 편지를 써 보내기까지 하며 북녘의 가족들을 만나려 했으나 소망과는 달리 기회가 오지 않았다. 아니 가족들의 생사조차도 확인할 길이 없었다. 그러해 향수병이 도져 정부의 창구를 통하지 않고 간첩누명을 쓸 수 있는 민간의 길을 택해 알음알이로 안 옌볜의 조선족에게 자신의 고향 혈육들 생사를 확인하게 했다. 옌볜의 조선족들은 북한을 제 집 드나들 듯이 들어간다고 해서였다.

연락이 왔다. 두 여동생과 조카들이 천신만고 끝에 이곳 옌볜의 룽징까지 와 자신과 울고불고하는 전화통화가 된 것이었다. 너무나 벅차 곧장 옌볜으로 날아가 룽징시내의 허름한 조선족 아파트에서 그 그리운 혈육들을 만났다고 했다. 그런 혈육들은 추레한 행색도 그렇거니와 비쩍 말란 형용은 꼴에서도 흡사 상거지 같아 가련하기 이를 데 없었다. 그러나 사무친 혈육의 정은 해일과 같은 서러움과 애틋함을 잉태시켜 그저 손을 잡고선 목이 쉬도록 서로 우는 게 그들 가족의 상봉인사였다.

그렇게도 그린 혈육을 만난 기쁨으로 첫날 그들 가족들은 안부를 묻고 서로의 세상살이를 이야기하며 뜬눈으로 보냈다. 다음 날은 물자며 식량, 모든 게 부족한 북한생활을 긴하게 이야기 들어 거기에 따른 연민의 정에서 두 눈이 퉁퉁 붓도록 울어 또 그는 뜬 눈으로 보냈다고 했다. 식량이라곤 없어 하루 한두 끼 굶는 게 예사라는 참담한 생활상과 굶어죽는 사람까지 있다고 하는 지옥의 일상들을 듣자, 그는 들고 온 한국 돈 천만 원을 중국 돈으로 환전해 그 혈육들에게 죄다 나누어주었다고 했다.

그리고 일 년이 지나자 혈육들로부터 또 전화가 왔다. 그를 향해 여동생은 그저 오빠라며 훌쩍훌쩍 울어 젖혔다. 오빠가 북의 가족들을 도와주지 않으면 식구들 모두 죽는다며 나락에 처한 북한의 실상들을 이야기했다. 예전처럼 배급이 원활하지 못해 도시의 공장이며 시골의 농장마다 문을 닫고 사람들마다 양식을 구하러 다니는 마당이라고 했다. 살려달라는 울먹임에 그는 다시 한국 돈 천오백만 원을 구해 옌볜으로 날아가 너희들이 왜 죽어야 하느냐며 혈육들을 부둥켜안곤 마냥 엉엉 울었다고 했다.

"이번에 혈육들을 만나면 세 번째 만납니다. 정말 북한 실정은 우리가 상상하는 것 이상으로 어려워요. 다른 건 제쳐두고라도 식량이 턱없이 부족한 모양입니다. 그렇게 내가 준 그 돈으로 호의호식하는 게 아니라, 오로지 먹을 양식인 옥수수를 산다는 거요. 그 돈으로 일곱 가족, 오십 명 정도가 양식을 사먹어 굶어죽지 않았다고 하니 그것 하나로 저는 만족하는 겁니다. 그렇다고 제가 돈이 있어 은행에 재어놓고 사는 건 아닙니다. 어디에 살든 내 혈육이니까 살아야 될 게 아닙니까. 이번에는 은행에 빚을 내어왔습니다. 이러다 나중에 돈이 모자라면 내 살던 집을 팔 생각입니다."

실향민인 노인의 울먹한 이런 이야기에 금실과 남희의 눈가엔 그저 물기가 영글었다.

"북한 체제가 그 지경으로 몰락했단 말입니꺼? 주민들은 다 죽어도 좋고 오로지 핵을 만들어야겠다는 게 김정일이니 대책이 없는 거지예. 김정일이 죽지 않고는 북한은 가망이 없는 나랍니더."

노인의 이야기를 듣다 말고 대개의 한국인들처럼 반공의 이념에 젖은 한기가 혀를 내두르며 말했다.

"그런 말은 마시오. 나 역시 그 쪽의 체제가 싫어 월남한 사람이오. 일당독재로 북한을 피폐하기 짝이 없게 만든 김일성, 김정일을 나도 좋지 않게 보는 한 사람이오. 한데 우리와 체제는 다르지만 거기도 엄연히 한 국가이오. 한 국가가 존속되려면 자위권 차원에서 군대가 있어야 하는 것 아니오. 지금 북한이 군사력을 나름으로 갖추고 있어 우리 남한과 미국은 물론 중국과 러시아도 만만하게 대하지 못하는 거오. 한데 너무 과도하게 우리와 방위조약을 맺은 미국을 상대해 군비경쟁을 하다 보니 북한의 전 산업이 군수산업 위주가 되었소. 그러다 보니 경제가 마이너스로 돌아선 거요. 그들이 오죽 답답하면 군비를 줄여보러 핵을 보유하려 하겠소.”

노인은 조금 답답하다는 듯이 북한의 입장에서 말했다.

“중국식으로 개혁, 개방을 했으면 그런 식으로 식량이 없어 쩔쩔매지는 않았을 것입니다. 철저하게 패쇄 정책을 고수한 결과 그 지경이 된 겁니다. 주체사상이니 강성대국이니 하는 걸 일찍 버렸다면 이런 비참한 국면은 막을 수 있었을 겁니다.”

“그건 우리 입장이며 희망사항이죠. 개혁, 개방이란 자본주의를 수용하라는 것 아닙니까. 그렇게 되면 모든 게 국유화이고 공산주의 체제인데 그 체제 무너지는 것 아닙니까. 그렇게 되길 북한의 수뇌부 누가 바라겠어요? 우리도 북한의 그런 급작스런 몰락은 바라지 않습니다. 그런 점에서 준비가 없는 지금의 우리경제로 어떻게 북한인민들을 먹여 살려야 하고 어떤 식으로 희망을 줄 수 있다고 보십니까. 엄청난 혼란이 일어나는 겁니다. 아니 그렇게 되는 걸 인접한 중국이나 러시아가 또한 바라겠어요?

거기는 국가가 전 인민을 먹여 살리는 말 그대로 공산주의 나라예요. 내 혈육들을 만나 북한 체제에 대해 대화해 보아도 우리처럼 반공에 세뇌되어 김일성, 김정일을 향해 빨갱이니 하며 증오하진 않았습니다. 그들은 다른 이데올로기로 미 제국주의 놈들이 호시탐탐 그들을 노리고 있어 국방비 증가로 그들이 먹을 식량까지 없다는 거요. 이런 판이지만 당에서 전체 주민들을 향해 그래도 생필품과 식량을 주어 그들은 김정일을 그저 고맙게 여기며 숭앙하고 있었어요. 마치 독실한 신자가 목사님을 받들고 사제를 받들 듯이 말이요.

한데 북한에도 하루하루가 다르게 외부세계의 정보를 주민들이 접하는가 봐요. 남한이 잘 살고 있는 것 다 알고 있다는 겁니다. 남한의 집마다 가전제품들이며 승용차가 있다는 것도 아는가 봐요. 그러해 과거처럼 미제의 쓰레기를 줍는 남조선 인민이라느니 매판자본이 어쩌고저쩌고 하진 않는다는 거요. 이거 중요한 겁니다. 우리 대한민국을 부러워할 뿐만 아니라 그들에게는 유일한 희망이라는 겁니다. 그러해 지옥이나 다름없는 북한을 남한이 도와주어야 한다는 겁니다. 동족인 우리가 그들을 돕지 않으면 누가 돕느냐는 거요. 동족인 우리가 외면하면 열강의 손아귀에 들어가는 것 불을 보듯 번하지 않느냐는 겁니다."

한기의 반공적 가치관에 노인은 찬찬히 설명하듯 말해 나갔다.

"국민을 먹여 살리지 못해 기아선상에 빠지게 한 지도자는 지도자가 아닙니다. 그런 넘은 백성들이 들고 일어나 엎어버려야 합니다. 맹자는 어떤 군주라도 백성을 하늘과 같이 섬겨야 한다고 했습니다. 백성의 삶을 피폐하게 하면 백성들이 그런 군주를 쫓아버려야 한다고 했습니다. 공자, 맹자의 시대는 지금부터 이천 년 전입니다."

"좋은 말했습니다. 그 말에 백번 동감합니다. 그러면 김정일을 쫓아내면 어떤 세력이 북한을 끌고 갈까요? 설혹 미국이나 중국의 공작으로 내부 분열이 일어나 휴전선이 뚫리면 어떻게 될까요. 수십, 수백만의 북한 주민들이 남한으로 내려오면 우리는 어떻게 해야 하는 겁니까. 그런 대혼란으로 수백만의 주민들이 중국이나 러시아로 뚫고 들어가면 또한 어떻게 해야 하는 겁니까. 좋습니다. 김정일을 쫓아내면 북한민중들의 뜻을 수용할 수 있는 정부가 과연 수립될까요? 권력의 공백을 틈타 미국이, 아니면 중국이 무력으로 들어가 그들의 위성국가를 만들어버릴 겁니다. 암요. 동북아의 노다지가 북한이 아닙니까.

미국은 그런 전례가 수없이 많기도 하고요.

또 좋습니다. 북한 군부가 한국처럼 쿠데타를 일으켰다고 합시다. 한데 그런 군부인들 어떤 지상의 과제로 북한이란 한 국가를 끌고 갈 수 있다고 보십니까? 답은 없어요. 엄청난 혼란만 가중되는 겁니다. 그럴 바엔 김정일을 축으로 하는 세력들을 그대로 인정하고 남북 간의 물꼬를 계속 터야 하는 겁니다. 금강산관광부터 해서 북한 전역에 우리의 민간이 나서 점진적인 교류를 해야 합니다. 철로를 놓고, 도로를 닦고 북한전역의 기반시설도 우리가 건설해야 하는 겁니다.

냉전주의자들은 북한을 향해 퍼주기라고 하는데 절대 그렇지가 않습니다. 그린 지원이야말로 통일로 가는 지름길입니다. 그렇게 해 남북교역으로 들어간 우리 기업들이 북한의 실업을 구제하고 북한에도 사업을 할 수 있다는 기반조성을 하면 세계의 기업들도 다투어 들어갈 겁니다. 그러면 우선적으로 활로가 없는 우리 경제가 비약적으로 일어나는 겁니다. 북한은 전체적으로 인민들의 소득이 높아지게 되고…… 이런 다음이라야 북한을 진정에서 받아들이는 통일문제를 논할 수가 있는 겁니다.”

꾀죄죄한 몰골과는 달리 노인은 통일에 대해 상당한 식견을 가지고 있었다. 그러나 금실과 남희를 의식해 한기는 논쟁을 벌일 마음이 없는지 말문을 닫았다.

“아주머니! 아주머니는 아름다우신 분이십니다. 여기 따님과 애오라지 반백이 되도록 남편을 기다린 삶은 남북한 백성들 모두의 아픔이며 슬픔인 겁니다. 하늘이 이런 슬픔을 알아 아주머니와 아저씨가 해로하게 길을 터준 겁니다. 아주머니의 이야기가 슬퍼져 실향민의 한 사람인 저도 눈물이 납니다.”

노인은 다시 금실을 찬찬히 바라보며 눈시울을 붉혔다.

“선생님이 그렇게 말씀하시니까 고맙습니더마는 이거 남북한 다 너무한 것 아임니꺼. 아버지가 살아 있다는 걸 오십 년 만에 소식을 들습니더. 이런 경우가 세계 어느 나라에 있습니꺼. 그것도 이쪽 남한 정부나 북한 정부 라인을 통해 살아계신다는 소식을 들은 게 아니라 옌볜의 조선족을 통해 이렇게 알게 된 것입니더. 이래 만나는 것도 간첩죄에 적용된다면서예? 어이, 나쁜 넘들.”

노인의 말에 금실 대신 남희가 나서 투덜거렸다.

“할 말 없어요. 대한민국의 토대를 구축한 세력은 미국을 무조건적으로 사대하는 반공주의자들입니다. 그들의 원류는 친일파들이고요. 미국에 빌붙어서는 이북의 김일성과 대적을 해야 그들이 살 수 있어 오로지 반공만이 살 길이라고 주야장창 외쳤지요. 그러해 그때나 지금이나 북한을 빨갱이 나라로 규정해 철천지원수라는 거고 적이라는 거지요. 이런 점에서는 주체사상에 물든 북한의 극우세력도 마찬가지겠지요. 남한의 모든 걸 부정하며 인정하지 않으니까요.”

“선생님 말이 맞습니더. 아버지와 우리 엄마가 생이별한 건 그 놈 육이오 전쟁 탓입니더마는 더 욕하고 싶은 거는 그때 설친 반공단 때문인 기라예. 아무리 오십 년대 사정이 어렵다 캐도 대이는 대로 잡아다가 전선으로 보낼 수는 없는 거 아임니꺼. 엄마 이야기 들어마는 그 넘들한테 안 붙잡혀갈라고 필사적으로 산에 들에 숨어 지냈다고 캅디더. 그래 숨어 댕겼지마는 반공단원들이 총을 들고 설쳐 결국 우리 아부지는 끌려갔습니더. 그래 끌리 간 것도 억울한데 남이나 북이나 위정자들은 생사조차도 모르구로 하이께 욕이 나옵니더.”

남희가 긴 한숨과 함께 부르르 떨며 말했다.

“그랬지. 당시 반공단들이 설친 것 나도 알지. 그 넘들은 대한민국 법 위에 군림했어. 그 넘들 말을 듣지 않으면 누구든 빨갱이로 몰아 그 넘들이 즉결처분까지 했어. 그 넘들 그런 짓거리로 국시가 반공이 되어 오늘까지 온 거야. 당시를 산 사람으로 죄스러워 무어라 위로해야 할지 모르겠어.”

노인도 당시를 회상하며 투덜거렸다.

"아임니더. 누구 욕할 꺼 없어예. 사람은 다 지가 가진 복대로 사는 기라예. 지는 복으로 여깁니더. 그리고 요즘은 하나님을 알아 모든 거를 용서했고예."

금실이 말했다.

이 말과 함께 남편 점원이 우익 반공단원에게 잡혀가는 장면이 선히 그려졌다. 기다리라고 했다. 어떻게든 살아 돌아갈 테니 기다리라고 한 말도 환청이 되어 귓전엔 울러 퍼졌다. 가슴이 죄였다. 소녀의 심성이 되어 백마를 탄 왕자를 그리는 것같이 전신이 벅찬 감정으로 들끓었다.

창춘에서 다시 옌지로 향하는 중국민항을 탔을 때도 금실은 짙은 그늘이 끼여 있었다. 어두움이 드리워진 눈길인 채 내내 가느다란 한숨을 쉬었다. 그러다가는 과거와 현실의 여러 상념들이 교차하는지 숙인 고개를 들고서는 마뜩치 않은 기색인 채 내흔들기도 했다.

다름 아니라 초대소에 함께 머물었던 대머리의 늙은 목사로부터 북한의 비참한 실상과 탈북자들에 대해 이야기를 들었던 것이다. 그 목사는 옌볜의 왕칭이란 소도시 가까이에 있는 오지마을에서 조선족을 상대로 개척교회를 운영하며 탈북자들을 돕는다고 했다. 하나님의 사랑을 전하는 목사라는 직업 때문에 그 비참함이 한계상황에 이러 탈북을 한 몇 명을 성심을 다해 거두고 있다며 북한과 탈북자들의 실상을 긴하게 이야기했다. 금실과 남희 모두 독실한 기독교 신자인 마당에 다른 사람도 아닌 따스한 눈길에 자상한 인상인 그 목사가 들려주는 충격적인 탈북자들의 월경과정과 현 처지들을 흘러들을 수가 없었다.

그러니까 김일성이 사망한 94년부터 이곳 옌볜 일대로 탈북을 해 오는 이들은 해마다 기하급수적으로 늘어났다고 했다. 몇 해에 걸친 식량난으로 북한은 어디든 기아로 허덕이는 지옥의 상황이었다. 배급이라곤 끊겨 초근목피의 굶주림에서 벗어나려 이판사판으로 두만강을 건너온다는 것이었다. 그런 그들 탈북자들은 가족과 함께 월경해 오는 경우도 있지만 대개는 단신이었다. 월경을 하다 중국 측의 국경수비대에 붙잡히는 경우도 부지기수이고, 천신만고 끝에 탈북해선 산중으로만 떠돌다 가까스로 마을로 들어가 밥을 얻어먹다 누군가의 신고로 중국 공안원에게 검거되어 북한의 보위부로 넘겨지는 이들도 있다고 했다. 그 맹렬한 북풍한설이 몰아치는 겨울이면 험한 산과 들판을 나돌다 동사해 죽는 이도 있을 뿐 아니라, 허허들판에서 굶어 죽는 이들도 더러는 있다고 했다. 그러한데도 식량난으로 인해 희망이라곤 없는 땅에서의 탈북행렬은 끊임없이 이어졌다.

그렇게 월경한 어떤 탈북자든 중국 측에선 범법자로 여겼다. 더하여 탈북자를 도와주거나 은신시킨 현지인은 누구든 오천 위안의 벌금에 처하게 했으며, 탈북자를 신고하는 이에게도 이와 맞먹는 금액의 포상금을 정부 측에서 내걸기까지 했다. 이런 중국 측과의 유기적인 협조로 북한 당국에서도 정보기관에서 사복을 한 기관원을 보내 탈북자들을 색출해서는 수갑에 채워간다고도 했다.

"그들 탈북자들은 사람이 아니었습니다. 하나같이 못 먹어 살가죽만 남아 있었습니다. 맨발에 상거지 차림인 채 마을로 들어온 이가 있고, 두어 달이나 산중으로만 떠돌다 보니 산발한 머리에 볼이며 입술이 부르터 사람이 아닌 짐승 꼴로 마을에 숨어든 이를 나는 보았습니다. 어떻게 이 지경에까지 이렀는지 그 험한 꼴이 하도 불쌍해 그들을 부여잡고 울어버린 적이 한두 번이 아닙니다. 자유를 찾고자, 보다 나은 사람살이를 찾고자 중국공안원이 서슬 퍼렇게 날뛰는 이곳으로 온 이는 없었습니다. 오로지 굶어죽기 싫어 두만강을 건너왔다는 겁니다. 죽어도 중국 땅으로 월경해 쌀밥이나 한번 먹고 죽겠다는 게 이들의 소망이었습니다.

목사로서 이들을 도왔습니다. 옷을 주고 밥을 먹여주었습니다. 주위의 아는 조선족에게 부탁해 일자리를 마련해 주기도 했습니다. 그런데 어느 날 밤, 누군가가 신고해 중국의 공안원이 들이닥쳐 제가 돌보았던 세 명의 탈북자가 포승에 묶여 가는 걸 지켜보아야 했습니다. 북한으로 송환되는 거지요. 그 탈북자들이 끌려가며 발악하는 외침들이 잊어지지 않습니다. 굶어죽고 싶지 않다는 겁니다. 희망이라곤 없는 북한으로는 가고 싶지 않다는 겁니다."

목사는 우리 한민족은 세계 어느 민족보다 동포애가 유난히 도타운 점만은 자랑할 만하다고 했다. 그러면서 이곳 옌볜에 조선족들이 뿌리를 내리게 된 이야기를 잇기도 했다. 광활한 황무지인 이곳에 일제의 수난과 박해를 피하여 하나 둘 모여 들어 촌락을 형성했던 게 나중엔 도시로까지 발전되었다고 했다. 말할 수 없는 나라 잃은 수모와 고난들을 겪은 우리 동포들은 이곳 농촌지역 어디든 해방 전엔 항일운동의 첨병기지 역할을 했다며 이런저런 사례를 들며 당시를 이야기하기도 했다. 한데 지금은 기아를 이기지 못해 월경한 탈북자들을 이곳의 조선족들마다 있는 정, 없는 정으로 숨겨주고 거두어주고 있다며 흐뭇해했다.

탈북자들을 숨겨주면 누구든 범법자가 되는 건 몰론 엄청난 벌금까지 물어야 되는데도 먹여주고 일자리를 찾아주는 게 이곳 옌볜의 조선족 인심이라며 뿌듯한 채 말하기도 했다. 이러해 옌볜의 농촌마을마다 탈북자들이 숨어 있으며 조선족의 도움으로 농사꾼으로 변해 있다고도 했다.

"아주머니 이야기 들으니까 저도 눈물이 납니다. 만나야지요. 백번 만나 해후해야지요. 만나서는 아저씨를 한국으로 데리고 가야 합니다.

아, 그런데 만나는 아저씨가 한국 사람임을 규명할 수 없으니 한국으로 함께 갈 수 없을지도 모른다고요? 그러하진 않을 겁니다. 한국인이고 아주머니와 부부였다는 그 원적 증명서를 옌지의 한국영사관으로 가지고 가면 분명 한국으로 귀환하는 조치를 한국정부 차원에서 취해 줄 것입니다. 암요. 당시 우리 국군으로 징집되어 북한에서 낙오된 게 사실이라면 국가차원에서 응분의 배상금까지 나올 것입니다. 국군포로였다가 탈북을 해 한국으로 온 이들마다 그런 배상금을 받은 예들이 있잖습니까.

하나님이 저희에게 간절히 기도를 하라고 주문하는 것 같습니다. 아주머니! 기도를 해요. 기도는 태산을 움직이게 할 정도로 바라는 소망들을 살아 있는 하나님이 역사하게 해요. 혹 마귀들이 장난을 해 아저씨의 귀환이 늦어질지도 모르기에 더 애틋이 기도를 하세요. 아주머니와 따님의 뜻이 간절하면 일이 척척 풀려 곧바로 한국으로 갈 수 있는 길이 열릴 겁니다. 기도를 하세요.”

기도를 하라는 목사님의 말씀을 부여잡고선 고개를 주억거리다가도 망연한 빛인 채 금실은 그 무엇을 골똘히 생각했다. 가느다란 한숨을 쉬었다. 하나같이 탈북자들마다 비참하고 이를 데 없이 불쌍하다는 목사님의 이야기에 금실은 다시금 수심으로 가득했다.

금실은 당과 수령만이 존재하는 획일화된 북한사회에서 사선을 뚫고 남쪽으로 온 이들 중 기독교에 심취해 큰 교회 부흥회에 연사로 나와 북한 실상들을 간증하는 걸 가끔씩 들은 적이 있었다. 폐쇄되고 통제된 사회에서 그들이 악선전한 한국의 실상들은 도저히 인간이 살 수 없는 거지들의 천국이었다. 미제의 주구들만이 떵떵거리며 사는 미제의 식민지라고도 했다. 한데 온갖 생필품들이 산더미같이 쟁여 있는 서울의 몇 곳 시장과 백화점을 구경하자 별천지에 온 것 같았다고 그 연사는 간증했다. 만포장인 쌀밥과 고기를 보름 동안이나 게걸스럽게 먹자 속의 걸신들이 자취를 감추더라고 했다.

그런 기아로 허덕이는 북한 주민들의 참담한 생활이 담긴 간증들을 그때는 그런 냥 흘러들었는데, 목사로부터 지옥이 따로 없다는 북한 실상을 듣자, 한때나마 남편 점원을 원망한 게 죄의식으로 엄습해 왔다. 그런 북한의 생활과 비교하면 금실은 굶주림으로 절망한 적은 없었다. 끼니가 없어 며칠을 굶은 적도, 초근목피의 경험도 없었다. 그 보릿고개를 날 적에도 쌀밥은 아니었지만 보리밥만은 먹었던 것이다. 남편 없이 남희 하나만을 거두며 산 그간의 세월엔 되새기고 싶지 않을 정도의 산전수전들이 따랐지만 돌이켜보면 아기자기한 즐거운 기억도 있었다. 남희가 커가며 성숙해지는 그때, 그때는 어느 순간이든 행복이었으며 숨을 쉴 수 있는 낙이었던 것이다.

한데 당신의 삶은? 기아선상에 다다라 식구들 모두를 데리고 탈북한 당신은 기댈 언덕마저 없는 신세가 아닌가. 이 판에 병들어 거동마저 못하는 처지가 아닌가. 불쌍한 사람. 가련한 사람. 미련한 사람.

금실은 또 긴 한숨을 내쉬었다.

"엄마! 기운을 내라! 저기 목사님 말마따나 기도하자. 기도를 하마 속히 아부지를 한국으로 데리고 갈 수 있다."

남희가 금실의 어깨를 끌어안으며 말했다.

"늙어 병든 아부지인 기라. 우리한테 어떤 구실도 몬 해준 아부진 기라."

금실이 도리질하며 책망하듯 말했다.

"그런 말은 마라. 아버지는 돌아가신 기 아이고 살아계시는 기라. 그라마 내 섭섭하다. 엄마 이상으로 나도 어릴 적부터 그리워한 아부지다. 그런데 엄마! 쪼깨이 있어마 아부지를 만난다고 카이께 가슴이 떨린다. 하나 딸이라서 기대하는 것도 많고 염원도 있을 낀데 엄마 알듯이 결혼에 실패해 사위가 없다 아이가. 사위를 데리고 아부지 보러 가야 되는데 그렇지 못한 내 팔자가 참말로 아부지한테 죄가 된다. 참말로 내가 몬났고 부끄럽는 기라."

남희는 졸지에 눈시울이 뜨거워졌다.

"신랑 복이 없어서 그런 기지. 니 잘못이 아이다. 절대 그런 죄책감은 갖지 마라."

금실이 손수건으로 남희의 눈물을 닦아주고 있었다.

중국민항이 옌지에 착륙하자 어둑한 무렵이었다. 서편으로 해가 져 벌건 햇무리가 펼쳐졌다. 한국과는 기온 차가 나 쌀쌀한 날씨라서 그런지 탑승객들마다 웅크려서는 좁다란 활주로를 나와 짐을 챙겨선 입국심사를 받으러 긴 줄을 지었다. 그리하여 여권에다 도장을 찍어주는 심사를 받고 큰 가방을 질질 끄는 소리를 내며 금실 일행은 로비로 나갔다. 환한 불이 켜진 공항 대합실에선 환영객들이 띠었고 몇 사람이 팻말을 들고 있었다.

옌지의 공항에 도착하는 즉시 숙부를 보호하고 있는 조선족 노인의 아들이 미리 나와선 팻말을 들고 있길 전화연락이 되어 있는 터였다. 한기가 이곳에 수시로 전화해 일정이며 서로 간에 해야 할 일들을 주도면밀하게 통화를 해 그런지 예상대로 키가 꾸부정한 청년이 "양한기선생일행환영"이란 팻말을 치켜들고 있었다. 금실 일행은 그 팻말을 든 볼이 들어가고 목이 긴 청년에게로 반가운 기색인 채 손을 흔들며 다가갔다.

"남조선에서 오신 양 선생 일행이십니까? 반갑습니다."

정장을 한 꾸부정한 키의 청년이 환한 기색으로 맞았다.

"반갑습니다. 숙부님을 도와주고 있어 저희가 큰 신세를 지고 있습니다. 전화로만 대하다 이래 만나 뵈어 영광입니다. 참말로 반갑습니다."

한기가 수인사와 함께 악수를 하며 금실을 소개시켰다.

"어서 가십시다. 북조선에서 오신 양 선생님은 여러 가지 위험한 처지에 빠져 있습니다. 이곳 실정 잘 아시죠? 탈북자에 대해 이곳 공안에서 검거열풍이 불고 있어 한시도 안심할 수 없습니다."

청년이 재촉해 그들은 공항의 청사 밖으로 서둘러 나갔다.

가로등이 켜진 어둑한 녘에 그들 일행은 조선족 청년이 대절한 비좁은 택시를 탔다. 어둠이 깔린 고즈넉하고 한산한 옌지시내는 칠십 년도 한국의 소읍 풍경을 연상케 했다. 이삼층의 낡은 벽돌 건물에 색바랜 붓글씨로 간판 글들이 씌진 게 그러하고, 이차선 도로엔 차량들보다 고물 오토바이와 자전거가 더 많이 띄는 게 그러했다. 지저분하고 협소한 음식점들이 그러하고 한국사회에선 한물간 영세하기만 한 구멍가게며 미장원도 한국의 지난 시대 모습들을 옮겨놓은 것 같았다.

그런 옌지시내를 벗어나 밋밋한 평지의 도로를 택시는 먼지를 일으키며 한참이나 달렸다. 드문드문 오목한 불빛들이 보이는 시골 동네를 가로지르다 한참이나 완만한 구릉의 오르막을 오르기도 했다. 그러다 싱그러운 풀냄새가 풍기는 옥수수 밭과 콩밭이 이어지는 들판 속으로 들어가 헤매는 것 같더니 나무들이 우거진 산모퉁이를 휘돌기도 했다. 사방 어디든 인적이라곤 없는 적막강산이었다.

"조선에서 탈북한 양 선생님은 건강이 좋지 않습니다. 얼마나 못 먹었던지 처음은 사람 모습이 아닐 정도로 수척했습니다만 저희 집에 머물고부터 혈색이 돌고 건강이 좋아졌습니다. 우리 조선족과 남북의 조선인은 한 핏줄이기 때문에 저희는 당연한 일로 양 선생님을 거두고 있는 겁니다."

한동안 말이 없다가 앞자리에 앉은 조선족 청년이 말했다.

택시기사는 한족으로 조선말을 전혀 모르는 듯했다. 열려진 차창을 통해 우거진 수풀에서 나는 청량한 가을바람이 밀려들어오고 있었다.

"시방 건강은 우떻습니꺼? 밥을 잘 묵어마 잠도 잘 자는 편임니꺼?"

남희가 아버지가 아프다기에 걱정이 지나친 나머지 떨리는 음성으로 앞자리의 조선족 청년에게 안부를 물었다.

"겨우 밥을 먹습니다만 기동을 못해요. 조선에서 너무 굶어 그런가 봐요. 아드님 둘은 건강을 되찾아 혈기왕성한데 그 선생님은 연세 때문인지 아무래도 회복되기가 어려울 것 같아 보여요.”

“복 없는 사람! 어이, 그 놈의 전쟁! 젊은 청춘 다 보내고 시방에야 연락이 다으이께 이 무슨 마귀장난이고? 이 판에 기동을 몬 하도록 그래 병이 들어있어이께 어이, 미련한 사람. 불쌍한 사람! 그래, 아직 정신은 있지예? 귀가 먹었거나 입이 돌아간 거는 아이지예?”

금실이 흑흑거렸다.

“정신은 있습니다. 우리 이야기도 잘 들으시고 말씀도 잘하십니다.”

“숙모! 울지 마이소. 아직 뭐라 단정을 내려서는 안 됩니더. 여게 남희가 간호사 출신이 아임니꺼? 큰 병 아이마 병원에 가마 다 고쳐집니더.”

한기가 울고 있는 금실을 진정시켰다.

“한국이마 여게 저게 좋은 병원으로 가볼 수 있지마는 여는 중국인기라. 더구나 우리는 여권이 있지마는 그 사람은 불법자로 중국공안이 두 눈을 시퍼렇게 떠서 잡을라 카는 사람인기라. 무슨 좋은 수가 있어야 될낀데.”

금실이 고개를 갸웃거렸다.

“숙부를 만난 후 이야기한 대로 하나하나 일을 진행하입시더. 지가 옌지 영사관으로 가서 숙부에 대해 설명하고 한국으로 가는 비자를 받아 오겠습니더. 잘 될 낌니더. 특히 숙부가 한국 사람이라는 원적 증명서를 끊어간다 아임니꺼. 한국에서도 알아 보이께 한국 사람이라고 증명되는 거마 가지고 가마 여게서는 조치를 취해 준다고 캤고예. 만사가 잘 될 낌니더. 그러이께 초대소에서 목사가 한 그 이야기나 귀담아 들어이소. 혹 마귀가 장난을 하이께 기도를 하라카는 말 말입니더.”

한기가 강단진 조로 말했다.

“고맙습니더. 말마 들어도 오빠 그 말이 고맙습니더. 뭐라사도 내 아부진 기라예. 시방부터 내가 모실 낌니더. 밥도 지어드리고 병구환도

지가 할 낍니더. 지도 한두 살 묵은 아아가 아이고 오십 줄에 들어선 기라예. 무슨 수를 써도 한국으로 데리고 가야지예. 내 아부지라예.”

한기의 말에 남희가 가슴이 미어지는지 흑흑거렸다.

택시는 길게 뻗어진 도로를 달려 이윽고 전깃불이 현란해 사방이 대낮같이 훤한 왕칭시로 들어갔다. 과거와 현재가 상존하는 도시인 것같이 낡고 허름한 건물의 잡화점, 목공소, 옷 수선집들이 띄는가 하면 노래방, 다방, 미용실은 입간판에서부터 화려할 뿐만 아니라 한국에서도 흔히 볼 수 있을 정도로 내부까지 산뜻해 보였다. 자본주의에 물들어가는 중국의 변두리 모습을 그들은 실제 접하고 있었다.

택시는 일직선의 수양버들이 늘어선 왕칭시내를 벗어나 사위가 어둠으로 물든 나지막한 야산의 자갈길로 들어섰다. 가을 들녘에 누렇게 익은 나락의 풋내가 코끝을 찌르는 길을 따라가다 어두워 분간할 수 없지만 널따란 들판으로 들어섰다. 이어 길가에 난 전형적인 농촌 마을로 질주하듯 들어갔다. 여덟시를 전후로 한 시각이었다. 마을은 절간같이 고요했다.

“다 왔습니다. 절 따라 오십시오.”

택시에서 내린 금실 일행은 조선족 청년을 따라 한국의 농가와는 집구조가 다른 일자형(一)의 기와에 널찍한 마당이 있는 농가로 들어갔다.

❸

탈북한 점원이 조선족의 배려로 기거하는 곳은 움막 같기도 하고 곳간 같기도 한 허름한 방이었다. 거름 무더기가 방과 잇닿아 있고

변소까지 붙어 있어 분뇨냄새와 퀴퀴한 냄새가 코를 찔렀다. 그런 곳
으로 금실과 남희가 실룩거리는 소리를 내며 들어가자, 전구불이 켜
진 구석빼기에 병색이 짙은 채 누워 있던 점원이 기력을 다해 간신히
일어나 앉았다. 서른 중반쯤의 나이에 볼이 없는 것같이 홀쭉하고 빼
빼 마른 두 배다른 아들이 누더기나 다름없는 작업복을 입고선 아버
지인 점원 곁에서 겁먹은 눈으로 금실 일행을 바라보는 게 또한 첫
상견례였다. 두 눈만 동그랗게 뜬 점원은 일흔 중반의 나이에다 병까
지 겹쳐서인지 쭈글쭈글한 살가죽만 걸친 산송장의 모습이었다.

"아부지! 지가 아부지 딸 남휩니더. 아부지!"

"숙부예. 지는 한깁니더. 숙부 장조카 한깁니더. 손 한분 잡어입시
더. 아부지는 연로하셔서 몬오고 지가 이래 왔습니더."

낮은 천정에 흐릿한 전구불이 켜진 어두침침한 방으로 들어서자마
자 그들마다 감격을 못 이겨 울먹였다. 초췌해 기력이라곤 없는 점원
은 병중임을 증명이라도 하려는 듯 감정표현마저 하지 못했다. 노환
에서 오는 습관으로 고개만 둘레거리며 말이 없었다. 다만 눈가에선
물기가 줄기를 이루며 깊은 주름살을 타고 떨어졌다. 반면 금실은 기
도하는 생활이 일상이라서 꿇어앉아 손을 모아선 말없는 기도를 했다.
그리고는 눈가가 부연 채 한동안 뚫어지듯 남편 점원을 바라보다 이
윽고 다가가 앉았다.

"어이, 불쌍한 사람! 복 없는 사람! 나를 알아 보겠능교?"

점원의 양 손을 쥐며 더럭더럭 울었다.

"금실이! 아, 고암댁이!"

점원이 격하게 울며 와락 금실을 끌어안았다. 금실도 뼈만 남은 것
같은 점원의 가슴을 힘을 다해 껴안았다.

"고암댁! 나는 죄인인기라. 죽고 또 죽어도 나는 당신한테 할 말이
없다. 이 세상 전부를 줘도 당신한테 지은 죄 몬 갚는 기라."

묵묵하던 점원이 금실을 끌어안은 채 숨이 넘어가는 것같이 꺼이꺼

이 울었다. 병색이 완연한 노구와는 달리 점원의 음성은 또렷했다.

　"당신이 내한테 무슨 죄를 지었노? 그 넘 육이오 전쟁이 죄고 당신을 이래 만든 그 넘들 반공단 놈들이 때려직일 넘들인기라."

　금실도 목을 놓아 흐느꼈다.

　"이 넘의 통일이 오십 년이 지난 이 판에도 안 될 줄 누가 알았겠노? 그 넘의 이념 때문에 통일은 안 된다고 캐도 시방까지 서로 내왕마저 안 될 줄 누가 알았겠노?"

　예전 당신의 음성임이었다. 금실이 항시 이웃들에게 듣는 너무나 친근한 경상도 억양이었다. 마냥 목이 멘 금실은 그 푸근한 당신의 음성에 그의 얼굴을 찬찬히 살폈다. 그러다 마구 흑흑거리며 남편의 볼을 어루만졌다. 당시 동안(童顏)인 앳되기만 한 모습은 간곳없고, 얼굴이며 목, 어깨까지 저승꽃이 피어 깊은 주름살로 가득했지만, 남편임을 증명하는 금실에게 익어져 있는 체취만은 남아 있었다.

　"이런 경우는 없는 기라. 이럴 수는 없는 기라. 내가 울매나 당신을 기다렸는지 말로 다 몬한다. 또 내가 울매나 목메어 부르고 그렸는지 남들은 모르는 기라. 어이, 불쌍한 사람아! 네 청춘 돌려도라. 내 청상과부로 산 거 물어내라. 으흐흐흑. 이런 연락을 하마 좀더 빨리하지 시방에 할끼 뭐꼬? 당신이나 나나 죽을 나이인 판에 연락할끼 뭐꼬? 이 미련한 사람아."

　"뭐라 말을 몬 하겠다. 말을 하마 며칠을 해도 다 몬한다. 나는, 나는 복이 없는 사람이 아이고 복이 많은 사람인기라. 오늘 죽을지 내일 죽을지 모르는 판인데 이래 당신을 만나고 딸과 조카들을 만나서 이께 말이다. 나는 사람도 아인기라. 온갖 고생을 다하미 살았다. 시방은 살날도 울매 안 남은기라. 그런 나를 당신과 조카들이 이래 보러 여게 중국 땅까지 찾아오이께 오늘은 내가 사람인기라. 참말로 사람대접을 받고 있는 기라. 아, 나는 시방 꿈을 꾸고 있는 기라. 이래 집안 식구들하고 당신을 만나는 거를 울매나 북에 있을 때부터 꿈꾼지 모르는 기라. 그 꿈이 이제사 실현이 되이께 으흐흐흑."

점원이 어깨와 목을 들썩거리며 금실의 볼을 쓸었다. 금실도 격정을 주체하지 못해 자지러지는 것같이 고개를 내흔들며 서럽게 울 따름이었다. 그러다,

"예전에 그 고왔던 모습은 다 어디로 갔노? 내 양심으로는, 내 양심으로는 당신을 볼 낯이 없다. 나도 당신을 울매나 목메어 그렸는지 모르는 기라. 울매나 당신을 그리고 고향을 그리며 울었는지 모르는 기라. 통일은 안 돼도 북남 내왕은 있을 끼라고 카미 울매나 내왕될 그 날을 기다렸는지 모르는 기라. 고암댁이! 시방 나를 욕하거라. 뺨이라도 때리거라."

"아임니더. 당신은 약속을 지켰습니더. 우예든동 살아서 돌아올끼라고 칸 약속을 지켰는기라예."

이런 식의 격정적으로 부둥켜안고 우는 울음은 한참이나 계속되었다. 남희도 한기도 목을 놓아 흐느꼈다. 그러다 금실이 먼저 주위를 의식한 듯 당신의 품에 얼굴을 묻었던 걸 들었다. 손에 쥐고 있는 손수건으로 주름살을 타고 내리는 눈물을 닦고는,

"저게 남희를 한 번 안아주소. 아부지 얼굴도 모르고 컨 딸인 기라예. 당신이 반공단한테 끌려갈 그때 저 아아는 내 복중에 있었습니더."

금실의 이 말에 남희는 아버지인 점원의 손을 잡으며 무너지듯 안겼다.

"아부지! 지가 아부지 딸 남희라예. 아부지! 울매나 내가 부르고 싶은 이름인데예. 아부지! 그런데 어데가 아푸다미예? 어디가 아푸십니꺼? 지도 아부지를 이래 봐서이께 이기 꿈인지 생시인지 모르겠습니더. 아무래도 지는 꿈을 꾸고 있는 거 같습니더."

남희가 벅차 큰 소리로 마구 울먹였다.

"니한테도 나는 할 말이 없다. 내를 울매나 원망했겠노. 남쪽이나 북쪽이나 예전에 사는 거는 다 비슷했을 낀데 온갖 고생하미 이래 컸

다고 카이께 만고죄인인기라. 엄마를 닮았구나. 코도 눈도 말이다. 눈매도 크고 한 거를 보이께 영판이다.”

남희의 얼굴을 매만지는 점원은 코를 훌쩍거리며 목을 놓았다.

“아부지가 살아 계신다 카는 소식을 듣고 만나기마 하마 내 원망할라고 캤습니더. 심술도 부리고 따질라 캤습니더. 그런데 살이라고는 없이 비쩍 마른 아부지를 보이께 지는 할 말이 없습니더. 이래 늙어 주름살이 처져 있는 아부지를 보이께 더 할 말이 없고예. 그 넘 전쟁 때문에 헤어진 기지 아부지 자의가 하나라도 있습니꺼? 아부지가 원해서 북으로 간 기 아인 거 다 알아예. 아, 아부지! 이제 이래 만나서 이께 앞으로는 헤어지지 마입시더. 참말입니더. 헤어지지 마임시더.”

“그래 말하이께 더 내가 가슴이 미어지는 기라. 사람 대접 못 받고 산 지가 오래 되었다. 어디에 가도 나는 남에서 온 게 딱지가 붙어 사람들이 정을 안 주는 기라. 아, 내 산 거 말로 다 몬한다. 나는, 나는 그때 너거 엄마하고 헤어진 이후로 죽은 기라. 희망도 낙도 없이 목숨 하나 보전할라고 살아서이께 말이다. 그래. 니는 네 엄마를 빼닮은 내 딸인 기라. 그런데 이제야 니를 이래 보이께 내가 가시방석에 있는 기분인기라. 아, 내 억장이 무너지는 기라.”

울먹임의 해후는 남희와도 한참이나 지속되었다.

한기와도 손을 맞잡은 채 흑흑거리는 울음은 이어졌다.

“니가 한기라고? 그때 피난댕길 때 니는 세살인기라. 형수가 늘 엎고 댕겼는기라. 그런 니가 이래 장성해 있다이. 니는 의젓한 풍모도 그렇고 이마가 넙죽한 한 기 양가집안 물씨인기라. 뭐라? 형수가 돌아가셨다고? 그래 억측(억척)이고 부지런한 형수가 돌아가셨다고? 아, 참말로 안된 기라. 참말로 내한테 잘해 준 형순기라. 형님한테 몬하는 말 형수는 내한테 무슨 말이든지 하고 했다. 장가들기 전에 내가 술 생각이 나서 형수한테 보채마 구들장이나 배게 속에 숨칸 돈을 내한테 살째기 내주는 기라. 그래 어질고 정이 많은 형순기라. 그런 좋은 사람들이 다 떠나갔구나."

"숙부님예. 좀더 일찍 연락을 안 하시고예. 한국이 숙부님이 알고 있는 그런 나라가 아임니더. 다 으리으리한 집에서 만포장으로 먹을 꺼 묵으미 삽니더. 지도 공장을 가지고 있을 정도로 기반을 잡았습니더. 여게 숙모도 덩그런 집이 있고예. 일찍 연락 되었어마 고향에 가서 편안하게 여생을 보낼 낀데…… 아부지도 꼭 오실라고 캤는데 연로해서 기동을 몬합니더. 숙부 편지를 받고 아부지는 며칠이나 울었습니더. 엄마 돌아가셨을 때보다 더 슬피 울었습니더. 숙부님을 아는 사람들마다 숙부는 그때 전쟁터로 끌려가 죽었다고 캤지 이래 살아 있다는 생각은 안 했습니더. 그런 죽었다는 사람이 살아 있다미 나타나서이께 아부지는 방바닥을 치며 울었습니더."

"그때 밀양 영남루에서 신체검사 받을 때 형님 줄이 먼저인기라. 형님이 늠름하게 일어서서 징병관한테 말할 때 나는 간이 하나도 없었다. 하늘보다 더 높은 계급장한테 말한다는 거는 반항인 기라. 그러마 갈빗뼈가 뽈라지도록 맞는데 하늘이 도왔는강 형님이 아주 말을 잘했다. 문중에 종손이라고 캤고, 의경에 투신해 빨갱이 잡는 일도 했다고 캤다. 그라이께 징병관이 불합격이라 카미 가라카는 기라. 울매나 내가 좋든지. 형님이 집으로 돌아간다고 카이께 기뻐서 울고 싶더라. 조카! 내 거짓말 아이다. 거게 밀양에 영남루에 붙잡혀 가기 전에 무안 지서에서 형님하고 하룻밤을 보낸 기라. 형님하고 울미 보낸 그날 밤을 나는 몬 잊는다. 그런데, 어이 그 넘의 전쟁? 그 넘의 전쟁에서 나는 죽을 고비를 수십 번 넘겼는기라. 이런 이야기는 나중에 하자."

점원은 복받치는 서러움과 가슴에 켜켜이 쌓인 한을 삭이지 못해 이야기를 잇지 못했다. 금실과 남희도 감격을 못 이겨 어깨를 들썩거리며 흐느꼈다. 내내 남희는 아버지라며 양 눈이 물기로 부연 채 당신의 손을 잡고 있었다. 지켜보던 한기며 조선족 노인과 배다른 두 아들까지 도저히 눈을 뜨고선 볼 수 없는 슬픈 광경인 듯 저마다 홀쩍거렸다. 여전히 금실은 오빠라고도 하고 당신이라고도 부르며 점원의 다른 손을 잡고 또 잡았다.

"이래 만나서이께 그간 산 이야기는 천천히 하자. 내일도 있고 모레도 있어이께 말이다. 보거라! 인사하거라! 이북에서 얻은 자식인기라."

점원이 누더기 옷을 걸친 두 아들을 향해 인사를 하라고 했다. 그러자 깡말라 허리가 꾸부렁한 두 아들이 손등으로 눈물을 닦으며 큰절을 올렸다.

"저는 큰 아들 문기라 합네다. 아버진 어릴 적부터 자나 깨나 이남의 고향을 그렸습네다. 뒤에는 낙동강이 있고 앞에는 늪이 있는 인심 좋은 마을이라고 했습네다. 거기 고향 땅에 가보는 게 소원이라며 울기도 했습네다. 이래 친지 여러분을 뵈어 반갑고 영광입네다."

양 볼이 홀쭉하게 들어간 큰 아들이 더듬거리며 억양이 다른 소리로 인사를 했다.

"저는 작은 아들 명기입네다. 아버지가 우리 집안의 항렬을 따야 한다며 기(基)자를 넣어 형님은 문기, 저는 명기입네다. 아버진 이남에 친지들이 많고 사촌들도 많으시다고 했습네다. 정말 반갑습네다. 저희를 도와주십시오. 배가 고파 조선을 탈출해 이곳 중국으로 넘어왔습네다. 이제 저희는 조국을 등진 반역자라서 조선으로 다시 갈 수 없는 처지가 되고 말았습네다. 저희를 도와주십시오."

이곳 농가에서 구한 듯 때가 묻은 인민복을 입은 둘째인 명기가 가련한 처지를 말하며 홀쩍거렸다.

그런 두 사촌을 향해 한기가 먼저 손을 굳게 잡았다. 남희도 몰골에서 풍겨지는 애처로움을 못 이겨 동정과 연민을 담고선 두 동생의 손을 다잡았다.

"암, 도와주어야지. 우리가 여게 온 기 너희를 도우려고 온 기 아이가. 나는 니 사촌인기라. 아무리 세상이 변했지마는 혈육인기라."

형으로써 한기가 포용을 하듯 말했고,

"그래, 니가 큰아들이고 니는 작은아들이란 말이지? 내가 도우께. 내가 불쌍한 너거들을 도울게. 어이 가엾은 사람."

의외로 금실이 두 배다른 아들의 손을 잡았다. 볼수록 남 같지 않은 애정이 전이되어 품에 둔 자식을 몇 년 못 본 것 같아 금실은 와락 끌어안았다. 배다른 아들이라지만 식량부족으로 굶어죽기 싫어 탈북을 해 지금은 중국공안에게 쫓기는 신세라는 데 점원 이상으로 가엾을 따름이었다.

"고맙습네다. 저도 어머니가 낯이 설지 않고 아주 정이 많은 이웃집 아주머니 같이 푸근합네다. 친 어머니를 잃은 지 오래되어 지금부터 어머니로 부르겠습네다."

문기가 흔쾌히 받아들였다.

금실 일행은 조선족 농가 식구들과도 인사를 나누었다. 진정에서 숙부와 사촌들을 거두어 주어 고맙다며 한기가 허리를 굽혔다. 남희는 눈물이 그렁그렁한 채 조선족 가족들의 손을 일일이 잡기까지 하며 감사함을 표했다. 예순 중반에 이른 전형적인 촌부로 벌렁코가 인상적인 조선족 노인은 같은 조선인으로서 당연한 일을 한 것이라며 겸손해 했다. 그도 신혼생활 반년을 끝으로 헤어진 채 오십 년 만에 만나는 금실과 점원의 재회에 마냥 슬픈지 두 눈이 물기로 축축했다.

"저희 집에 여기 양 선생이 계신 지는 두 달이 되어갑니다. 처음 제가 양 선생과 저기 두 아드님을 봤을 땐 사람이 아니었습니다. 그때가 칠월로 한창 더울 때였습니다. 아침 일찍 빨갛게 익은 고추를 따러 마을 앞산의 고추밭으로 갔어요. 다복솔이 있는 밭가의 보릿짚을 쟁여놓은 곳에서 신음소리 같은 인기척이 들려 가보았더니 여기 양 선생이 허기로 사경을 헤매고 있었습니다. 기력이라곤 없이 탈진한 상태였고요. 한두 달이나 면도도 하지 않아 그 추저분함이 사람 꼴이 아니었습니다. 저기 두 아들도 못 먹어 뼈만 남은 형용이었고요.

하도 조선에서 기아를 면하러 이곳 중국으로 넘어오는 이들이 많아 단박 탈북자로 여겼지요. 조선말로 인사를 건넸더니 저기 큰 아들이 내 앞에 엎드리는 겁니다. 아버지를 살려달라고 했습니다. 조선에서 굶어죽을 수 없어 이곳으로 넘어왔다며 내 바지를 잡으며 울부짖어 정말 불쌍해 못 볼 지경이었습니다. 다 떨어진 옷에 세 사람 모두 신발도 제대로 신지 않아 발이 부르터 피로 떡칠이 되어 있었습니다. 산으로만 헤매고 다녔는지 전신이 긁히고 찍혀 부스럼이 나 흡사 산짐승 같았고요. 같은 사람이고 동포인데 어떻게 이 지경인지 아침 일을 마다하고 이 분들을 데리고 저희 집으로 왔습니다.

양 선생을 이곳 방에 뉘고 미음을 끓여 주었더니 이틀 만에 기력을 되찾더군요. 두 아드님도 얼마 사이 건강을 회복했고요. 여기 양 선생이 정신이 들어 말문을 연 지는 오래 되었지만 남조선에 가족이 있고 친지들이 있는 줄은 몰랐습니다. 저와 더 만만해져 무슨 이야기든지 오가자 조선전쟁(육이오) 때 피난지에서 강제로 징집된 이야기를 해 주더군요. 그러면서 고향에 가고 싶다고 하며 예전의 아내가 그립다고 울어 저도 울었습니다.”

“고맙습니다. 저희 숙부를 살려준 은혜 잊지 않겠습니다.”

한기가 진정에서 말했다.

“정말 고마운 분인 기라. 여게 장 선생(조선족 노인)을 못 만났으마 나는 이 세상 사람이 아인지도 모른다. 열흘 가까이 음식이라고는 몬 먹고 쫄쫄 굶으면서 여게 중국 산천을 헤매고 다닌 기라. 내놓고 민가는 몬 들어가겠더라. 중국공안이 우리를 잡을라고 눈에 불을 켜고 있고, 발각되마 포승에 묶여 북으로 돌려진다 캐서 낮에는 사람들 눈에 안 띄는 산 속에서 자고 캄캄한 밤에마 길을 따라 댕겼는기라. 생 감자를 캐 묵고 강냉이를 꺾어 묵었다. 그러이께 이북에서도 그랬지마는 여게서도 사람이 아이라 산짐승이 되어서 산기라.

조카! 그라고 고암댁이! 나는 보다시피 사람이 아인기라. 숙부자격도 남편자격도 없는 짐승인기라. 식량난으로 이북에서 짐승같이 살다가 여게 두 아들이나마 살릴라고 넘어왔다. 참말이다. 이런 내를 여기 장 선생이 살리서 거두어주고 있는 기라. 내가 살날이 많이 남아 있어마 모르겠는데 나는 늙고 병이 든 기라. 내를 살려준 이 고마움을 장 선생한테 어떻게 표해야 될지 모르겠는 기라.”

“아부지는 짐승이 아임니더. 아부지 곁에는 지가 있고 여게 조카인 오빠가 있는 기라예. 아부지는 사람임니더. 지한테 아부지고예. 짐승이라카는 그런 말은 마이소.”

남희가 아버지인 점원의 손을 잡으며 흐느꼈다.

❹

그저 목이 멘 채 울먹이는 해후는 길어졌다. 사무친 향수와 혈육들에 대한 그리움의 한 때문인지 살가죽뿐인 노구로 가슴을 치며 오열하는 외관과는 달리 점원은 온전한 의식이었다. 예전을 기억하며 실룩거리는 아버지 점원의 이야기를 이래저래 듣자, 무어가 그렇게 슬픈지 남희는 숨이 넘어가는 것같이 훌쩍거리다 어느 사이 목이 쉬어 있었다. 한기도 내내 눈물을 훔치며 코맹맹이 소리를 내었다. 금실 또한 더럭더럭 울며 지난한 세파를 쏟았는데, 그러면 조선족 노인까지 서럽기만 한 금실의 인생사에 마냥 연민이 이는지 코가 막히기까지 했다. 점원은 내내 비통함을 금할 수 없어 고개를 숙여선 콧소리를 내다 그게 성에 차지 않으면 고개를 그저 저으며 꺼이꺼이 울곤 했다.

이런 슬픈 분위기가 한참이나 이어지는 가운데서 금실일행은 가져온 여행 가방을 열었다. 한국에서는 흔하기만 한 가을 옷이고 겨울

옷가지인데 바지와 셔츠, 잠바를 꺼내선 펴자 마치 원시의 세계에 문
명의 이기를 내보이는 것 같은 화려하기만 한 옷가지들이었다. 점원
이 괜한 걸 사왔다며 손을 저었으나 남희가 애교를 부리며 아버지에
게는 잠바를 입히고 배다른 동생에게는 세련되어 보이는 양복상의와
남방을 건넸다. 그러자 점원은 또 실룩거리며 울었다.

"북남이 시방까지 내왕이 안 될 줄은 몰랐다. 얼마나 고향에 가고
싶었는지 모른다. 한때 얼마나 당신이 보고 싶었던지 몸살이 나기도
했다. 이제 이래 만나이께 나는 죽어도 여한이 없는 기라."

"그런 말은 마소. 이래 만나서이께 오래 살아야 될 기 아이가."

금실이 점원의 말을 막았다.

남희와 금실이 들고 온 가방에는 옷가지뿐만 아니라 혁대와 구두,
그리고 양말이며 화장품도 있었다. 간장약을 비롯한 자질구레한 약도
있었다. 고급과자를 비롯한 제과점에서 만든 빵이 있고, 훈제한 통닭
이며 소시지도 들어 있었다. 그런 봉지를 따자 푸짐한 상이 되었다.

"아부지! 잡수이소. 이런 거 한국에는 흔한 기라예."

남희가 훈제한 통닭 다리를 들어 아버지인 점원에게 건넸다.

"내가 이런 거를 받아먹어도 되는 기가? 이런 거 북에서는 평양에
당원들이나 묵는 긴 기라."

점원이 남희가 주는 닭다리를 받아 쥐자 또 목이 메었다. 한기는
조선족 노인을 향해서도 가지고 온 한국산 청주를 꺼내 잔에다 부어
서는 권했다. 조선족 노인과 아들인 청년은 여간 흡족하지 않은 빛이
었다. 그들에게도 옷가지를 주고 구두를 주었기 때문이었다.

"한국이 잘산다 카는 이야기는 삼 년 전에 들었다. 여게 조선족들
이 이북에 보따리 장사를 하러 와서 이래저래 한국사정을 이야기해
주는 기라. 그렇지마는 겨우 세끼 밥을 먹는 줄 알았지 입는 거 먹는
거 만포장인 나란 줄은 내 몰랐다. 여게 와서 옌벤 티비로 이남 사람
들 사는 모습을 보이께 믿어지지가 않는 기라. 도깨비한테 홀린 기분

인기라. 좋은 집에 없는 거 없이 그래 잘 살 줄은 꿈에서도 몰랐다. 집마다 차가 다 있고 전국이 차로 넘쳐 나는 거를 보이께 뭐 그래 좋던지 나는 감격한 기라. 그러이께 나도 모르게 양 눈이 부여지며 울어지는 기라. 아, 그러이께 또 향수병이 도지는 기라. 미칠 것같이 고향이 그립더라. 고향도 마이 바꿨제?"

점원의 벅차기만 한 투에,

"말마이소. 옛날 모습은 하나도 없을 낌니더. 마을 앞에 늪은 경지 정리가 되어 옥토로 바뀌었습니더. 박정희 때부터 도시에 사람들이 몰리도록 공장을 지어 너도나도 도시로 다가고 시방 고향은 늙은 할매 할배들 뿐임니더. 농사는 아무도 안 지을라 캐서 묵카놓은 전답들이 어데든 천지고예. 앞뒤 산은 숲이 우거져서 몬 들어가고예."

한기가 바뀐 고향 산천을 이야기했다.

"선산에 조상님 묘는 잘 관리하고 있고?"

"예. 지가 관리하고 있습니더. 벌초 때가 되고 묘사 때가 되마 집안사람이 다 모입니더."

"살날도 올매 안 남았는데 죽어마 조상님을 우떻게 뵈올꼬?"

점원은 향수와 함께 짓누르는 죄의식을 못 이겨 또 고개를 숙여선 실룩실룩 울었다.

"이래 오십 년 만에 만났는데 그런 말하마 너무 무정합니더. 이래 만나서이께 고향 가야 될 끼 아임니꺼. 그간에 못 누린 사람 복을 인자는 누리야지예. 당신을 내가 한국으로 데리고 갈라고 여게 왔는기라. 딸하고 조카도 왔는기라예."

금실이 서운하다며 투정을 부리듯 말했다.

윗니가 빠져 어렵게 닭다리를 뜯어먹다 말고 점원은 그저 자신의 삶이 허망한 듯 고개를 숙이며 긴한 한숨을 쉬었다. 시종 금실을 비롯한 딸 남희와 조카인 한기를 만난 데서 오는 감격으로 기운이 서렸었는데, 무엇 때문인지 점원은 총기가 없는 겁먹은 눈빛이었다. 또 모를 일로 어깨가 처져서는 심하게 고개를 내흔들 따름이었다. 아니나 다를까 점원이 심중의 이야기를 무거운 듯이 꺼내었다.

"이북 사람이 이남으로 몬 가는 기 시방 현실이 아이가. 이남 사람이 이북으로도 몬가는 것도 냉정한 현실인 기고. 이래 당신과 조카를 고향에서 몬 만나고 이국땅에서 만나야 되이께 참말로 맘이 아푼 기라. 북에서 말하는 조선전쟁인 그때나 지금이나 내가 남과 북에 무슨 원수를 졌노? 뭐를 내가 잘몬했기에 그 전쟁이 끝난 오십 년이 되어도 가족에게 연락도 몬하노? 인간 세상에 이런 법은 없는 기라. 한민족이고 동포인데 우떻게 이럴 수가 있노. 이 노무 세월이 찬말로 무성한 기라. 고향에 가 보는 기 소원이지마는 무슨 방도가 없어이께 말이다."

점원은 냉정한 현실로 돌아와 있었다. 현실의 점원은 어떤 상상을 해 보아도 고향인 남으로 갈 수 없었다. 한국인 신분이 아니라 북의 조선인 신분인 것이고 더구나 월경해 이국땅에 있어 조선(이북)의 반역자인 셈이었다. 이런 사정들로 참담함을 못 이겨 또 고개를 내흔들었다.

"아부지! 지는 아부지하고 여게 동생들을 한국으로 데리고 갈 낌니더. 길이 와 없단 말임니꺼. 누가 아부지하고 지 사이인 부녀간의 길을 막는데예. 당당하게 지는 아부지를 모시고 한국으로 갈 낌니더. 우리 사이 길을 막는 놈이 있어마는 싸울 끼고 말임니더."

남희가 훌쩍거렸다. 이러는 남희는 여간 결연하지 않았다.

"숙부님! 한국으로 가입시더. 숙부님을 한국으로 데리고 갈라고 지가 이래 왔습니더. 숙부님께 어제, 그제 전화로 말씀드렸지예. 숙부님이 한국인이란 증명서마 있어마 한국으로 가는 여권이 바로 나온다고 말입니더. 그래서 제가 직접 면에 가서 원적 증명서를 떼었습니더. 그러이께 한국 가는 데는 아무 문제가 없습니더."

한기가 자신에 차 설득하듯이 말했다.

"바깥소문이 하도 무서봐서 지금도 마음이 안 놓인다. 누가 신고하마는 당장 공안이 와서 우리를 잡아다가 조선의 보위부로 넘가는 기라. 그러마 조선의 교화소나 수용소로 들어가야 되는 기 우리 처지다. 그래서 여게 있는 기 언제든지 바늘방석인 기라."

"염려마이소. 지가 아부지 옆에 있습니더. 지하고 엄마가 이래 아부지 옆에 있는데 누가 아부지를 잡아간단 말입니꺼. 그런 걱정은 마이소. 절대 그런 일은 없을 낍니더."

남희가 다잡듯이 말했다.

한기는 숙부께 매일 전화를 걸어 안부를 물으며 한국으로 올 수 있는 방안을 이야기한 걸 또 되뇌었다. 자신을 따라 옌지의 영사관을 찾아가면 한국으로 가는 모든 적법한 절차를 밟을 수 있다고 했다. 한기의 이러한 이야기에 점원은 마음이 놓이는지 고개를 주억거리며 찬물을 두어 모금 마셨다. 그러곤 한동안 뜸을 들이더니 이윽고 육이오 동란과 함께 북에서 살게 된 과정을 찬찬히 이야기했다.

그때 영남루에서 신체검사를 받은 이후 당신은 미군 트럭에 태워져 부산의 구포에 있는 군부대로 끌려가 이틀 간 몇 번 총을 쏴보는 사격실습을 받곤 곧바로 전선으로 투입되어졌다고. 낙동강 전선의 막바지 상황에서 왜관전투에 참전해 동료 부대원 절반이 전사하는 가운데서 구사일생으로 살아났다고 했다. 특히 전선에서의 군인은 명령에 살고 명령에 죽어 돌격 앞으로 하면 총알이 빗발치는 곳이라도 뚫고 나아가야 했다. 그렇지 않으면 명령 불복종이라며 소대장이 등 뒤에서 총을 쏘아 이래 죽으나 저래 죽으나 죽는 것이라서 야산 능선을 점령하는 공격에 가담하기도 했고, 낙동강을 건너는 도하작전에 참가하기도 했다.

유엔군의 인천상륙작전으로 패주하는 인민군을 쫓아 강원도 산간으로 해 삼팔선을 넘으면서까지 진격해 갔다. 이때까지도 크고 작은 전투는 매일이다시피 벌어졌다. 인민군 중대병력을 전멸시키는 전과를 올렸는가 하면, 전의를 잃은 것 같은 인민군이 기습해 당신의 부대원들은 반격다운 반격도 못하고 절반이나 처참하게 죽는 전투도 있었다. 맘이야 백 번 천 번 총을 내던지고 그립기만 한 아내, 금실의 품으로 달려가고 싶지만 탈영할 수가 없었다. 기회도 없을 뿐 아니라 복무를 하고 돌아가는 게 낫지 탈영자로 치러야 하는 감옥소행이며 빨간딱지가 붙는 사회에서의 매장은 상상만으로도 끔찍했다. 당신의 부대는 이래저래 재편되다 평양으로 입성했고, 이어 기세당당하게 백두산 쪽으로 진격을 했다.

인간세상은 어떤 경우에라도 힘 있는 자가 세상을 지배하는지 당신의 부대가 지나가는 길가엔 북녘의 어떤 도시며 농촌이든 환영인파들이 줄을 지어 나와 마냥 환대하며 태극기를 흔들었다. 제법 큰 산간의 몇 군데 마을에서는 자발적으로 주민들이 돼지를 잡아주는가 하면, 감자를 몇 소쿠리나 삶아주어 그걸 먹곤 주민들과 흥겹게 어깨춤을 추며 노래를 부른 적도 있었다.

이런 가운데서도 부대는 수시로 재편되곤 했는데 하나같이 돈 없고 연줄 없는 농투성이 청년들이 강제에 의해 징집되어 오곤 했다. 점원처럼 대한청년단, 서북청년단 같은 우익의 반공단체에 의해 끌려온 이들도 수두룩했다. 필사적으로 산중에 숨어 지내다 붙잡혀온 이도 있고, 부산이나 대구 같은 대도시의 가정집에 꿈쩍 않고 숨어 있다 누군가의 밀고에 의해, 또는 우익단체들이 샅샅이 뒤지는 수색에 붙잡혀 징집되어 온 이들도 있었다. 그러나 공산당과 빨갱이는 악의 화신이라는 세뇌를 받으며 몇 차례 전투에 임하면 그들마다 여간 아니게 반공정신이 투철한 군인으로 정예화 되곤 했다.

북녘에선 겨울이 일찍 왔다. 시월 중순이 되자 살얼음이 얼고 시월 말이 되자, 칼날 같은 바람이 부는 겨울이었다. 이 전쟁은 이차대전을 끝으로 미국을 중심으로 한 자본주의 권과 소련, 중공으로 대변되는 공산주의 권에서 패권을 다투는 대결이라서 중공군이 참전할 것이란 소문이 무성했다. 아니나 다를까 그해 십일월이 되자 중공군이 압록강을 건넜다는 것이었다. 몇 천 명, 몇 만 명이 아니라 백만이라고도 하고 이백만이 되는 대군이 참전했다는 것이었다.

이와 함께 전황도 하루가 다르게 불길한 소문들뿐이었다. 중공군의 인해전술을 감당하지 못해 미군의 정예사단이 압록강 일대에서 괴멸되었다는 것이었다. 요충지 곳곳에서 미군이 어떤 첨단의 화기를 동원해도 물밀 듯 밀려드는 중공군을 막을 수 없어 아예 전투다운 전투도 못해 보고 괴멸되어 어디서든 후퇴하고 있다는 것이었다.

전열을 가다듬을 틈을 주지 않고 속전속결로 중공군은 남하해 온다고도 했다. 그리고 중공군의 일부는 점원의 부대가 대열을 정비하고 있는 백두산 아래의 강계까지 들어왔다는 것이었다. 그런 첩보로 대처하기 바쁘게 부대는 결국 중공군에게 포위되고 말았다.

"나는 따뜻한 남쪽에 살아서 그래 추운 겨울날씨는 일찍이 경험하지를 몬했다. 내뿐마 아이고 우리 부대원 전부가 말이다. 살인적인 추위인기라. 아무리 옷을 껴입어도 뼛속까지 추워 전신이 옹그라붙는기라. 그런 추위에선 총 들고 싸울 엄두가 안 나는기라. 그 넘 추위가 중공군보다 더 강적인기라. 그런 판에 밤에 징소리를 내미 사방에서 중공군이 날뛰어 전투다운 전투를 해보지도 몬하고 반수 이상이 추위로 얼어 죽고 굶어죽고 또 그 기습에서 죽었는 기라. 사력을 다해 포위망을 간신히 뚫고 부전호 쪽으로 내려가다 또 중공군 복병에 걸린기라.

전의를 잃은 나는 죽는 줄 알았다. 참말로 참담하더라. 여서 죽는다고 카이께 만사가 교차되더라. 당신을 그렸다. 꼭 살아서 돌아가겠다고 칸 그 약속을 지킬라고 카마 우야마 좋노 카미 죽음을 목전에 두고 기도했다. 울면서 우떻게 하마 좋느냐고 내 자신한테 물었다. 그러이께 내가 냉정해지더라. 내 신분하고 처한 현실이 보이고 말이다. 살고 싶더라. 절대 죽을 수 없더라. 한국군 부대를 따라 댕기 가지고는 답이 없고 총을 버리고 멀리 달아나는 수밖에 없더라. 내 따블빽에는 미군한테 얻은 두툼한 겨울 사복이 있었다. 거거를 입고 나는 부대를 탈출했다.”

그 추위를 뚫고 이틀이나 눈 덮인 산야를 돌며 쓰러지고 또 쓰러지기까지 해 걸어 청진 부근에 닿아 기진맥진해 바라다 보이는 민가로 들어갔다. 그때 손발이 동상에 걸려 이후 겨울만 되면 손가락과 발등이 붓고 시려 무진 고생을 했다고 했다. 지옥문을 몇 번이나 드나들어 죽는 게 두렵지 않아 사복 차림으로 민가를 찾자 의외로 거기의 식구들은 점원을 따뜻이 맞았다.

그해 겨울을 청진 부근의 농촌 민가에서 한씨(韓氏) 가족들의 도움으로 나고 이듬해 삼월에 거기의 면당으로 가 한국군 탈영자라며 신고를 했다. 거기의 동네 사람들과 한씨 가족들의 이야기로도 치열한 전쟁 와중이니 이남으로 가긴 걸렀고, 우선 몸을 보전하려면 면당으로 가 자수를 하라는 권유가 한 몫을 했다. 당신이 판단한 정황으로도 자수해 이북에서 한동안 머무는 게 그 전쟁에서 살아날 수 있는 방편이며 길이었다. 그 길로 당신은 국군포로였다가 조선전쟁(육이오)이 끝날 때쯤에는 라진 부근의 집단농장으로 보내졌다.

“나는 당의 선전선동에 넘어간 기 아이다. 살기 위해 조선국적의 인민이 되겠다고 했다. 안 그러마는 사상이 불온하다 카미 반동으로 몰아 생지옥이라고 카는 탄광에 보내는데 그런 짓 자초할 수 없는 기 아이가. 결혼 전 좌익이다 우익이다 카미 사상 쌈이 있을 때도 나는 좌도 우도 아니었다. 그런 입장은 당신(금실)이 잘 알 끼다. 그때는 살아남기 위해 본능으로 처신할 수밖에 없었는 기라. 일단 살아남아야 이남의 고향으로 갈 수 있다고 생각한기라.

아, 그런데 통일이 안 되고 반쪽으로 분단되는 기라. 서로 갈라서도 몇 해마 보내마 당신이 손꼽아 기다리는 이남의 고향으로 살아 있다는 연락은 안 하겠나 캤는데 아이더라. 사 년이 가고 오 년이 지나가도 남과 북은 서로 때러직이야 되고 찢어죽여야 되는 원수로 둔갑해 가는 기라. 이런 판에 고향인 남녘을 이야기하다가는 북의 인민들한테 돌을 맞아 죽기 십상인 세상으로 변해 가는 기라. 사방이 막혀 있고 갇혀 있어 어디로 뛸 수도 없었고.

거기 농장에서 오 년을 성실하게 일하고 일정한 사상교육을 받고 하이께 당에서 나를 농업학교 교원으로 발령 내려주는 기라. 그래도 나는 고향을 잊지 못했다. 당신이 보고 싶었다. 그때 당신은 복중인데 복중인 아아가 아들일까 딸일까 카미 당신마 그린기라. 밤마다 내 술을 마셨다. 안 그러고는 고향생각, 당신 생각 땜에 잠을 몬 자겠는데 우짜노. 교원으로 오 년을 보냈나?

그러이께 62년도에 나와 같은 학교에 근무한 교원인 저 애들 엄마를 알게 된 기라. 성격이 무던한 여잔데 뭐든 나를 이해하고 덮어주고 했다. 고향에 갈 수 있는 가능성이라고는 없어 이 애들 엄마하고 살게 되었다. 아, 그 시절 이야기를 다 할라고 카마 끝이 없는 기라."

점원이 그간 살아온 이야기를 처연한 투로 길게 잇다 보니 어느 사이 자정을 넘긴 새벽이었다. 사위는 절간같이 고요했다. 한기는 도저히 노독을 이기지 못해 꾸벅거리며 졸았다. 그러자 주인인 장 씨가 한기를 향해 위채에 방을 비워두었으니 올라가라고 청했다. 못 다한 이야기들은 내일, 또 내일에 하면 되지 않느냐고 해 한기를 비롯한 배다른 두 아들도 위채로 가고 방 안엔 점원과 금실, 남희만 남게 되었다.

"아부지! 아부지가 잘몬한 거는 없습니더. 그 넘 좌다 우다 카는 세월을 나무라야 되는 기라예. 힘없는 나라에 백성인 기 죄라면 죄라예. 그러이께 엄마한테 지한테 죄의식은 가지지 마이소. 아부지! 하나님이 만든 부부인연이 엄마하고 아부지라예. 그렇습니더. 아부지가 이래 오래 사신 거마 해도 하나님께 감사할 따름입니더. 엄마와 지는 일찍부터 교회에 나갔습니더. 독실한 신앙생활을 하이께 하나님이 역사해 오늘 이래 만난 걸로 우리는 생각해예."

남희는 목이 쉬어 있었다. 쉰 목소리로 교회의 신자임을 고백했다.

"교회에 나간다고? 잘한 일이다. 절대 신한테 매달려야 그 전쟁의 상처를 아물 수가 있는 기라. 빛이 보이고 소망을 얻을 수가 있고 말이다. 그래서 그런지 너희들 얼굴에는 악의라고는 없는 자애한 빛이 가득하다. 내 없이 산 세월 지옥과 같은 형극의 길일 낀데 이 마당에 이래 건강하이께 나도 네가 믿는 하나님께 감사드리고 싶다."

점원이 남희를 품으로 끌어안으며 말했다.

새벽으로 가는 시각이지만 모녀와 점원은 지침 없이 이야기꽃을 피웠다.

북녘에서 산 세월을 금실이 이래저래 물었다. 어머니와 아버지의 대화를 여전히 콧소리를 내며 듣다 남희도 주저 없이 의구심이 드는 건 묻곤 했다. 그러면 점원은 함경도 일대에서 교원으로 지낸 세월들이며 주체사상의 나라에서 산 일상들을 스스럼없이 이야기했다. 남희의 사고로써는 생소하기만 한 김일성을 우상시하는 이야기들이 자연스럽게 나와 미묘한 마찰이 빚어지기도 했다. 그러니까 점원은 김일성을 욕하거나 싸잡아 비난하는 일은 없었다. 식량난으로 북녘 전역이 허우적거리고 있고 그리하여 탈출했는데도 이렇게 산 것 수령인 김일성의 보살핌이었다는 것이었다.

남희는 그 수령이라는 작자의 일당 독재 때문에 북한의 인민들이 기아로 다 죽어간 게 아니었냐며 반공의식으로 가득한 한국사회에서의 북한에 대한 인식을 내비쳤다. 점원은 김일성과 지금의 김정일을 이해해야 한다고 했다. 이 모두가 미국 때문이라며 미국과 북의 관계를 북의 노선에서 이야기하다 핵을 가지려는 김정일 권부의 의지까지 타이르듯 말하곤 했다. 금실이 나서 인민, 즉 백성을 굶겨 죽이는 나라는 나라가 아니며 그 수장도 옳게 볼 수 없다고 해 서로의 체제에 대한 이야기들은 사라졌다.

이때부터 금실이 이야기를 하는 쪽이었다. 그해 구월 말경 유엔군의 인천상륙작전으로 인민군이 후퇴해 그들 식구들은 고향으로 돌아갔다고 했다. 피난생활에 지쳐 고향으로 돌아오자 전쟁터가 된 마을은 절반의 가호가 불에 타 있었다. 들판 어디에나 미군과 인민군의 사체가 나뒹굴었으며 썩어 있기도 했다. 산골짜기는 물론 콩밭, 깨밭에도 널브러져 있고, 무논에도 인민군과 미군의 사체가 처박혀 있어 며칠이나 마을 사람들이 그런 시체를 흙에 묻고 기름을 부어 불에 태우는 일을 벌였다. 그러한 한편 몇 달간이나 들녘의 곡식들마다 그들의 손길이 닿지 않아 커지 못해 알곡이라곤 없었다. 그 절망적인 상황에서 시름시름 앓던 시아버지가 이듬해 봄에 돌아가셨다고 했다. 돌아가시기 전 몇 번이나 점원을 찾으며 힘을 내길 며느리인 자신의 손을 다잡아 쥐어주었다고 했다.

이런 금실의 이야기에 점원은 그때의 아버지가 훤히 그려지는 듯 훌쩍훌쩍 울었다. 한참이나 방바닥을 치며 흐느꼈다. 울먹이는 금실의 이야기는 계속되었다. 그런 판에 하늘은 그들 식구들을 버리지 않은 듯 마을 앞의 나락 논에 싸인 거멀샘에서 시숙이 미꾸라지를 한 동이나 잡았다고 했다. 그걸 시래기를 넣어 끓여 이듬해의 보릿고개를 보냈다고 말할 땐 금실도 심하게 실룩거렸다.

그러다 남희를 낳기 위해 친정으로 갔다고 했다. 애를 가진 산모가 핏기라고는 없이 비쩍 말라 쓰러지기 일보직전인 걸 친정의 어머니가 여간 걱정이 아닌 빛으로 이웃집의 닭을 잡아 곰을 해 주었다. 그렇게 어머니가 해준 곰을 먹어 얻은 기운으로 몸을 풀었다고 했다. 해산을 할 때 정말 점원을 울며 그렸다고 했다. 그때만 하더라도 점원은 꼭 수일 내로 돌아올 것이란 기대로 큰 진통 없이 남희를 낳았다고 했다. 이때의 서럽고도 슬픈 이야기들에도 점원의 눈시울은 또 붉어졌다. 콧소리를 내며 고개를 내저었다. 점원은 노구의 쭈그러진 손으로 금실의 손을 잡고 또 잡았다. 그러면 금실은 말을 잇지 못해 한

동안 우는 것으로 격정을 삭여나갔다.

전쟁이 끝나고 남희가 다섯 살이나 되도록 점원은 소식이라곤 없는 행방불명이라서 시가의 고향에선 더 이상 보낼 수가 없었다. 여자 홀로 농사를 지을 수도 없고 해 친정으로 가 이태를 지냈다고 했다. 점원이 없는 고향에서의 생활은 자의식 강한 금실로선 매양 친지들에게 부담이 되었던 게 주요 이유였다. 아주버님과 시동생이 진정에서 가엾게 여기며 깍듯이 형수로 대우해 주었지만 오히려 그런 측은하게 보는 눈길이 뭐 그래 싫든지 남희를 앞세워 친정으로 갔다고 했다. 시가나 친정이나 극한적인 궁핍의 시대에 직면해 거기서도 친정 올게와 이웃의 꼴사나운 시샘 때문에 오래 있을 수가 없었다. 새파란 새댁인 나이에 읍의 장터에 어렵게 전을 내어 생선장수를 했다고 했다.

"그때 나를 유혹한 사람이 있었습니더. 몇 사람이나 되었습니더. 한 사람은 군청에 댕기는 홀애비고 한 사람은 신발전을 하는 늙다리 총각이라예. 또 한 사람은 조합에 댕기는 사람이고예. 시방 생각해 보마 후회됩니더. 그때 살림 차리자고 카는 그런 사람을 따라갔어마는 나도 여자 복을 누렸을 낀데 그래하지를 몬했습니더. 오로지 당신은 살아있을 거란 생각, 언젠간 내 앞에 나타날 끼란 생각 때문에 그런 유혹을 다 뿌리쳤습니더. 으흐흑."

금실이 목이 쉬어선 흐느꼈다.

"내가 나쁜 놈인 기라. 내가 참말로 나쁜 놈인 기라."

울고 있는 금실의 눈물을 점원이 닦아주고 있었다.

"아부지! 엄마 눈물을 그래 닦아줄 끼 아이고 아부지가 엄마를 한분 안아주이소. 지 보는데서 꼭 안아주이소. 그런 생선장수를 하미 엄마는 나를 공부시킨 기라예. 엄마는 오로지 나 하나마 보고 산기라예."

남희의 이 말에 점원이 금실을 안았다. 그러곤 볼을 비볐다. 꺼칠꺼칠한 손으로 금실의 주름이 파인 얼굴을 몇 번이나 쓸었다. 금실은 딸인 남희가 보든 말든 점원의 품에 안겼다. 그런 모습이 남희에게도 여간 흐뭇하지가 않았다.

"불쌍한 엄마! 불쌍한 아부지! 내 이즉지 살미 돈으로 바꿀 수 없는 거를 나는 보고 있는 기라예. 이 지구를 다 주어도 몬 바꾸는 모습을 나는 보고 있는 기라예. 엄마하고 아부지, 오십 년 만에 만나서 이께 끌어안고 자이소. 지금 시각이 세 시가 다되어 가이께 눈을 좀 부치야 되는 기라예. 지는 위채에 가서 잘랍니더."

남희가 이 말을 하곤 일어나 전구 불을 껐다.

금실과 점원은 짠 내가 역한 움막 같은 방에 쓰러져 누웠다. 병중임과 노쇠에서 온 피로를 점원은 더 이상 감당할 수 없어 이젠 말이 소리가 되어 입으로 나와 주질 않았다. 잠이 온다는 이야기를 했고, 이어 못 다한 이야기들은 내일하자며 쓰러진 채 금실을 껴안았다. 금실 또한 여독을 이길 수 없어 점원의 품을 끌어안고는 자신 모르게 잠이 들었다.

해가 높이 뜬 녘에 일어난 한기는 마당을 쓸고 있는 주인인 조선족 장 씨에게 다시 그간 숙부를 거두어준 데 대해 고마움을 표했다. 장 씨는 당연한 일이라며 순박함이 몸에 배인 자세로 겸손해 했다. 문화혁명 기간에는 이곳 중국도 어디든 기아로 죽는 이들이 많았다고 했다. 이곳의 조선족들 대개가 원래 태생이 북한이고 친지들이 북한에 있어 그때 장 씨는 알게 모르게 북한의 먼 친지로부터 밀가루며 옥수수를 지원받았다고도 했다. 그러니까 그때의 은혜에 갈음한다는 것이었다. 저 불쌍한 사람들을 자신과 같은 동포들이 돌보지 않으면 누가 돕느냐며 자부를 보이기까지 했다.

희뿌연 물안개가 피어오르며 편평한 마을을 솜털덩어리의 운무들이 감싸고 있었다. 마을 앞으로는 경사가 완만한 야트막한 산들이 펼쳐져 있고, 뒤로는 구릉 같은 야산에 수풀인지 밭인지 구분할 수 없게 콩이며 옥수수의 잎이 아늑한 자태로 들어앉아 있는 한가한 농촌 마을이었다. 이때까지도 아래채의 금실과 점원은 자고 있는지 기척이 없어 일부러 잠을 깨우지 않으려 말소리를 죽이고 있었다.

이윽고 아침상이 차려져 그들은 위채의 안방으로 죄다 모여들었다. 큰 눈에 넓적한 이마로 순박하기만 한 여인상인 장 씨의 아내가 배려를 했는지 점원과 금실만이 겸상이었다. 한데 모를 일로 간밤의 점원은 기력이 넘치는 것같이 그간의 지난한 삶을 이야기했던 건 물론 금실과 남희의 어떤 이야기든 인자한 어른의 모습으로 들어주었는데 반해, 지금은 딴판의 모습으로 병색이 짙은 채 앓는 소리까지 내었다. 연로로 인한 병까지 겹쳐서인지 몇 숟가락 밥을 뜨다 말고 숟가락을 놓았다.

"밥을 요래 작게 묵어마 병한테 몬 이깁니더. 좀 더 잡수이소."

이 말과 함께 쇠고기 국에 밥을 만 걸 금슬이 넘치는 부부인 것같이 애교를 띠며 점원의 입에 떠 넣었다.

"몬 묵겠다. 북에 있을 때부터 나는 뭐든 작게 묵었다. 거기 버릇인강 속에서 안 받아준다."

점원은 손을 저으며 어깨를 늘어뜨렸다.

"아부지! 한국에 가야지예. 기력이 있어야 고향에 갈 수 있습니더."

남희가 나서 밥을 더 먹길 청했으나 점원은 눈빛까지 총기를 잃은 채 손을 저었다. 그리고는 눕고 싶다고 했다.

"아부지, 어디가 아푸십니꺼? 지는 한국에서 간호사 생활을 했습니더. 아부지가 아푸다고 캐서 약도 가지고 왔습니더."

밥을 먹다 말고 아버지인 점원에게 다가온 남희의 목소리는 다급했다.

"괘얀타. 나는 살만큼 산기라. 전신에 기운이 없고 이래 식은땀이 나는 기 내 병인기라."

점원은 숨이 차 간신히 말했다.

그러나 금실이 밥을 떠먹이고 남희가 젓가락으로 찬을 집어 입으로 떠주기까지 해 겨우 점원은 밥그릇을 비웠다. 그렇게 해 밥상에서 물러나자마자 점원은 다시 기운이 없다며 풀썩 누울 따름이었다.

점원은 한기에 의해 들려져 옆방의 이부자리에 눕혀졌다. 금실과 남희가 실룩거리기도 하고 흑흑거리는 소리를 내고 있었다. 졸지에 새파래진 남희는 그냥 아버지라며 울먹였고, 놀라 양 눈이 둥그레진 금실은 고개를 둘레둘레 내흔들며 훌쩍거렸다. 이 무슨 날벼락이냐고. 오십 년 만에 부부가 이래 만났는데 하루도 못 지내고 이렇게 허물어질 수 있느냐고. 힘을 내라고. 이렇게 외치다 꿇어앉아 손을 모았다. 하나님을 찾으며 이 불쌍한 사람에게 기운을 달라며 금실은 기도했다.

실룩거리며 남희가 풀썩 쓰러진 아버지의 손목을 들어 맥을 짚었다. 여전히 핏기라고는 없는 아버지의 비쩍 마른 손을 잡고선 다시 맥박을 확인했다. 실망한 빛으로 남희는 고개를 내저었다. 그러다 점원의 눈꺼풀을 벌였다. 아버지라고 다급하게 외치며 섧게 울었다.

맥박이 뛰지 않는다고 했다. 노쇠가 원인으로 혈관이 죄다 막힌 것 같다고 했다. 그러더니 급히 일어나선 아래채로 뛰어가 한국에서 사온 청심환이 든 가방을 풀었다. 그러곤 물과 함께 먹이자, 청심환은 단박 효험이 있는지 쓰러진 점원의 안면에 핏기가 돌아왔다. 이내 점원의 두 눈이 서서히 떠졌다.

"숙부! 기운을 내이소. 한국에 가야지예. 저희들이 왔는데 고향에 가야될 기 아임니꺼."

청심환 덕분에 기력이 돌아온 숙부의 손을 한기가 잡았다. 간밤과는 달리 점원은 말이 없었다. 고개를 내흔드는 점원의 양 눈은 축축했다.

"아부지! 얼마마 요양하마 건강을 회복할 수 있습니더. 심장도 안 좋고 간 기능도 안 좋습니더마는 한국에 가서 좋은 약 얼마마 써마 낫는 병입니더. 힘을 내이소."

남희가 염려하자 점원은 누운 채 남희 손을 꼭 잡고 고개를 끄덕였다.

누워 있어야 한다며 금실과 한기가 만류했으나 점원은 우기기까지 하며 일어나 앉았다. 그러곤 한동안 힘들게 숨을 들이쉬었다. 그러다 근근이 입을 열었다.

"이 아아들 엄마가 칠 년 전에 죽었다. 이북에서는 열성 당원이 아이마 웬만하게 아파가지고는 병원에 갈 수 없는 기라. 뭐를 묵어마 배가 아푸고 소화가 안 된다고 배를 잡고 우는 기 이 아아 엄마 병인기라. 거기 지병이 되어 이 아아 엄마는 그마 죽은 기라. 고향을 몬 잊어하는 내한테 참말로 좋은 동무였는기라. 그러이께 외부정보를 모르는 닫친 세상이 북이라서 이남이 우떻게 사는지 도통 알 수 없었다. 잘 살아봐야 근근이 밥은 묵을 끼다 카는 생각빼이 몬 했다. 와 그런노 카이 그 전쟁 무렵에 거게 이남도 참말로 몬 살았다. 보릿고개가 오마 다 초근목피인 생활인기라.

갈 수 없는 고향이라서 잊고 지냈다. 생각을 하마 속이 터지다가 나도 모르게 울어야 되는 기 고향인데 우짜노. 당신은 그때마 해도 이쁘고 총기 있고 해서 다른 데로 개가한 줄로 알았다. 간간이 당신이 떠오르마 날 잊고 잘 살길 기원했고 말이다. 참말이다. 함께 살 수 있는 부부가 아인데 무슨 방법이 있어야지. 통탄을 하미 가슴을 쳐본들 내가 남으로 갈 수 있는 길도 없고 당신이 북으로 올 수 있는 길도 없어이께 당신은 당신 나름으로 인생을 만들 끼라고 생각했다. 그런데 이래 독신으로 살았다 카이께 무슨 이런 법이 있노. 이노무 북이나 남의 위정자들도 나쁘지마는 나도, 나도 당신한테 죽을죄를 지은기라. 용서해도라. 용서해도라는 말밖에 몬하겠다.

그래 당신뿐마 아이고 고향하고 혈육들을 잊고 지내미 환갑을 넘기고 하이께 내 인생이 정리가 되더라. 그 놈의 전쟁에 그래 숨어 댕기고 쫓기 댕기고 했지마는 그 놈들 반공단한테 붙잡혀 전선으로 끌려간 내가 아이가. 구사일생으로 살아났지마는 고향에 못 돌아간 낙오자가 되어 북에서 살아서이께 여게 북에서 뼈를 묻자고 말이다. 아무리 가고 싶어도 내 자력으로는 갈 수 없는 고향인데 우짜노?

솔직히 그때까지마 해도 배급이 좀 돌아갔다. 식량난으로 주민들마다 눈깔이 뒤집어지고 양식 구하로 간다고 카미 들판을 헤매고 다니지는 않았다. 교원으로 퇴직해선 이후 농장관리를 담당해 북의 체제가 그렇게 환멸스럽지는 않았다.

김일성이 죽은 해부터 여게 옌볜에 있는 조선족들이 보따리 장사를 하러 북으로 마이 들어왔다. 한국이 잘산다는 기라. 도시고 농촌이고 없는 기 없을 정도로 뭐든 넘쳐나고 다 삐까뻔쩍하다 카는 기라. 한 사람한테 들은 기 아이고 몇 사람한테서 남쪽에 대한 소문을 들었다. 또 여게 조선족들 한국에 가서 돈 벌어 부자 된 사람도 많고 너도나도 한국에 가고 싶어 환장한다는 이야기도 하는 기라. 남쪽은 그래 잘 사는데 북은 식량난으로 공장이 문을 닫고 학교가 문을 닫는 일이 벌어지는 기라. 몇 달을 굶고 하이께 지옥도 그런 지옥이 없는 기라.

고향이 그려지더라. 밤마다 잠을 못 들 정도로 고향이 그려지더라. 종다리가 울고 살구꽃이 화사하게 핀 봄날의 동네풍경들이 그려지고, 여름에 마을 앞 늪가로 나가 붕어낚시를 하고 그물로 천렵을 한 그런 향수 때문에 내 울기도 했다. 거거 뿌이가. 미칠 것같이 당신이 그려지더라. 형님하고 형수도 떠오르고 동생들이 그려지더라. 그렇지마는 행동으로 옮겨 여게 옌볜으로 월경하는 데 꼬박 삼 년이 걸렸다. 나이 탓인지 참말로 안 쉽더라.

내 나이 칠십하고 네 살인 기라. 이 나이가 되마 한 세상 살고 죽을 나이인데 여태까지 연락이 없다가 살아 있다 카는 거를 연락할라고 카이께 참말로 주저되더라. 그래서 고향에 가고 싶은 거보다 그때는 근 한 달이나 밥 구경을 몬해서 밥을 묵자고 카미 탈북을 결심했다. 청진에서 여게 중국하고 국경인 회령까지 걸어오는 데 꼬박 열흘이 걸렸다. 걸어가는 거 말고 교통수단이 없는 기라. 회령 주위에서 또 보름 간 맴돌다가 두만강을 건넜는 기라. 그랬지마는 여게 민가로는 또 선뜻 갈 수가 없더라.

이제 나는 죽어도 여한이 없는 기라. 당신을 봤고 그때 전쟁에 끌려갈 때 당신 복중에 있는 남희를 이래 봤는 기라. 또 조카를 이래 봤고 말이다. 이래 대면했어마 됐지 시방 한국에 간다카는 거는 내게 너무 과분한기라."

간밤에 못 다한 이야기라며 점원이 이야기를 잇다 북에서 얻은 두 아들을 불렀다.

"나는 살만큼 살았고 이 두 아들 좀 돌봐주라. 내 핏줄이고 너거 핏줄이기도 한 기라. 시방 여게 중국에서는 호적 없는 조선거지라서 언제 조직폭력배들 손에 들어가 팔아넘겨질지 모르고 또 언제 공안한테 붙잡혀 북으로 압송될 지도 모르는 기라. 조카! 이 아아들을 좀 거두어 주거라."

"알겠습니더. 말을 해 무엇하겠습니꺼. 숙부님! 힘을 내이소. 우리와 같이 이번에 한국으로 가야 됩니더. 지는 작은 아부지하고 여게 사촌을 한국으로 데리고 갈라고 왔습니더. 그러이께 전화에서 말한 대로 여게 조선족 집은 위험하이께 지하고 연길에 영사관으로 가입시더. 그게 영사관으로 가마 누구도 숙부를 몬 잡아갑니더. 거기서 숙부님이 한국인이란 사실이 증명이 되고 육이오 때 징집되어 한국군이란 게 또 증명이 되면 바로 비자가 나옵니더. 그래가지고 한국으로 가마 신문마다 대서특필될 끼고 방송도 탈 낌니더. 특히 한국은 반공국가라서 숙부님을 국군포로로 규정하고 정부 차원에서 엄청난 연금도 줄 낌니더. 그러마는 한국에서 편안하이 살 수 있는 기라예. 그러이께 지하고 영사관으로 가마 되는 김니더.”

한기가 진정에서 영사관으로 가야 한다며 다잡듯이 말했다. 그러나 한기며 금실 남희의 뜻과는 달리 점원은 어두운 빛인 채 고개를 내흔들었다.

“여게 장 선생한테 그런 이야기 들었다. 조선전쟁 당시에 내가 국방군이란 기 증명이 되마 한국에서는 국군포로로 인정받는다고 말이다. 그러마 지원금과 연금이 다른 탈북자들보다 몇 배나 더 나온다고 카는 것도 들었다. 그런데 내키지가 않는 기라. 내 양심이 용서를 안 하는 기라. 무슨 말이고 카이께 내가 한국군으로 충성을 했고 역할을 했느냐 카는 기라. 진짜 인민군은 뿔 달린 놈들이라서 때려죽이고 싶은 분노가 그 당시 전선에서 한 치라도 있었냐 카는 기라. 없었다. 구포에서 이틀 총 쏘는 연습을 하고 낙동강 전선으로 배치된 기라. 총을 뻥뻥 쏘는 반공단 놈들 위협으로 그때 붙잡혀서 이 전선 저 전선으로 나간 내가 아이가. 나라를 위하는 애국심? 그런 거는 없었다. 그때 나같이 각처에서 끌려온 젊은이들 모두가 조국을 위해서, 민족을 위해서 카는 거는 없었다. 다만 내가 살기 위해 총을 들은 기고 적을 죽인 기라. 지휘관들은 공산당, 빨갱이라 쌌지마는 우리는 공격 카마 나가 싸워야 하는 총알받이인 기라. 그 전쟁에 나는 총알받이 그 이상도 이하도 아니었다. 그런 내가 국군포로? 아인기라. 나는 살라고 중공군 포위망을 뚫고 그 추위 속에 부대를 탈영했는 기라. 그래 안 했어마 나는 죽은 기라. 그런 내가 국군포로라고 우떻게 말하노?”

점원의 회의적인 이런 이야기에,

“그래도 숙부님은 한국군인인 기라예. 붙들리서 전선으로 가기마 하마 다 죽는다고 카는 총알받이였지마는 숙부님은 그때 한국군인 기라예. 그런 증명마 되마 무사하게 한국으로 가게 됩니더.”

한기가 일축하듯이 말했고,

“아부지! 아부지가 한국으로 가는 거 오빠하고 지가 알아서 하께예.

지를 따러마 됩니더. 아부지가 한국인이란 거 증명할 수 있는 서류는 다 가지고 왔습니더. 그러이께 아무 걱정 마이소. 아부지! 한국으로 가입시더. 지가 아부지를 모시께예."

이번에는 남희가 울먹이면서까지 아버지의 심기를 다잡으려고 했다. 그러자 점원은 어리둥절함에서 마저 못해 동조하는 듯 고개를 주억거렸다. 고향으로 갈 수 있다면 무슨 짓이든 하겠다고 했다. 영사관으로만 가면 당시 상황과 한국군 포로임을 말하겠다고 했다.

그러는 남희는 그사이 진한 혈육의 정이 들었는지 아버지 점원의 건강을 두고 여간 아니게 안절부절못했다. 쇠약할 대로 쇠약해 장과 호흡기 기능이 좋지 않다고 했다. 청심환 덕분으로 기력을 회복했지만 약효가 떨어지면 다시 숨이 가빠질 것이고 그러면 워낙 노쇠해 다시 정신을 잃을지 모른다고 했다. 하여 기력이 돋는 영양제를 우선 맞아야 한다며 가까이 병원으로 모셔야 한다고 했다.

"아니됩니다. 여기 선생들은 한국에서 와 여권이 있어 중국 어디든 당당하게 나다닐 수 있지만 양 선생은 호적이 없습니다. 공안에서 알면 곧바로 체포됩니다."

주인인 장 씨는 병원으로 점원을 옮기는 걸 한사코 반대했다.

"제 아버집니다. 아버지가 응급치료를 받으려는데 누가 막는단 말입니까? 병원으로 가야 해요."

남희는 병원으로 가야 한다고 우기다시피 주장했다.

한기도 남희의 뜻을 따라 말이 아니게 쇠약하다며 무슨 수를 쓰든 병원으로 가 기력을 회복하는 치료를 받자고 거들었다. 배다른 두 아들은 원래 성품이 그러한지 아니면 탈북한 이후 야코죽어서인지 내내 말이 없었다. 겁먹은 두 눈만 끔벅거리며 굴렸다.

"그러면 전화를 해 의사를 이곳으로 부릅시다."

장 씨가 말했다.

이러는 장 씨는 떼거지로 병원으로 가면 위험부담이 있으니 이 방법이 최선이라며 결연했다.

❻

점심나절까지 남희는 배다른 두 동생과 도란거리는 이야기를 나누었다. 혈육이라서 끌리는 게 한 몫을 해 나이가 많은 남희가 시종 묻기도 하고 온정을 다해 동생을 챙기기도 하는 대화였다. 그런 배려에 문기와 명기도 변화를 일으켜 누나라며 남희에게 환한 미소를 내내 띠었다. 한국 사정에 대해서도 이야기를 들은 듯 이것저것 묻기도 하고 한국에 가고 싶다며 거리낌 없이 가슴을 열었다. 아버지의 고향이 남쪽인 것이 북에서 살 때는 말할 수 없이 열등해 창피했는데, 지금은 그들 가족에게 희망이며 구원이라고 했다. 이곳 옌볜에서 살림을 꾸려 사는 것만 해도 북녘 사람들에겐 최고의 소망인데, 여기 옌볜보다도 삼사십 년이나 발전된 한국에서 산다는 건 생각만 해도 꿈같다고도 했다.

남희는 한국여인의 너그러움과 따뜻함이 묻은 진정성으로 둘을 동생으로 받아들였다. 함께 한국으로 가자고 했다. 가면 식구들도 없는 넓은 아파트에 자신과 함께 살자고 했다. 둘의 일자리를 구해 주겠다고 했고, 자신의 올케가 되는 동생의 신부들도 책임을 지고 구해 주겠다고 했다. 너희들 두 동생이 곁에 있으면 이 세상 바랄 소망이 더 없을 정도라며 끝내 훌쩍거리기까지 했다. 그런 남희의 진정에 문기는 나날이 절망인 이곳의 탈북자 신분을 접는 한국으로 갈 수 있기에 그저 벅차기만 한지 눈시울이 뜨겁기만 했다. 막내인 명기는 남희의 손을 놓지 않으며 누나가 있고 사촌 형님이 있는 한국으로 가고 싶다고 귀여움을 떨었다.

“누나! 이제 우리는 북으로 돌아갈 수 없어요. 돌아가면 조국을 버렸으니까 반역자 취급을 당해 교화소로 들어가야 해요. 그러면 반역자란 죄로 조선 땅 어디서든 살 수가 없어요. 누나! 공안의 단속만 없다면 이곳 옌볜에서라도 살고 싶어요. 이곳에선 매일 밥을 먹을 수 있으니까요. 한국으로 가는 길이 어렵고 우리가 짐이 된다면 이곳의 중국인이 될 수 있도록 호적을 만들어 주세요. 정말입니다. 얼마 돈만 있으면 이곳 중국의 호적은 살 수 있다고 해요. 그렇게만 해 줘도 한국의 누나와 형님의 은혜를 잊을 수 없을 겁니다.”

문기는 그들 가족들을 한국으로 데리고 가지 않아도 좋으니 중국 국적만 취득해 달라고 했다. 남희는 무슨 소리를 하느냐며 일축하듯 자신과 함께 한국으로 가자고 했다.

“나는 조선에서 짐차 운전을 했습네다. 군대에서 차를 몰았고, 제대를 했어도 내내 운전대를 잡았어요. 무슨 차든 운전을 하라면 하겠는데 농사를 지어 살려고 하니 앞날이 막막했습네다. 이곳 옌볜에서도 운전을 하고 싶지만 호적이 없어 그런 직장은 근처에도 가볼 수 없어 답답한 생활입네다. 한국엔 차가 넘쳐 난다고 하던데 한국에 가고 싶어요. 가면 운전수로 살 겁니다.”

명기는 한국에서 차를 운전하고 싶다고 했다.

“그래, 한국에 가자! 우리 회사에 차가 몇 대 있으니 네 직장은 내가 책임지께.”

한기가 명기더러 볼수록 명랑하다고 칭찬을 하다가 이 말에 자신의 회사 차를 주겠다고 나왔다. 명기는 그저 고마운지 형님이라며 한기의 손을 잡았다.

한국의 현 상황이며 각계 분야에서 활동하는 사람들의 이야기를 남희나 한기가 하면 부러운 듯이 문기와 명기는 듣다가도 이내 숙연해지며 고개를 숙이곤 했다. 그러다 안쓰러울 정도로 문기는 한숨을 쉬기도 하고 괴로운 듯이 고개를 내흔들기도 했다. 이야기들이 더 이어져 점차로 마음을 주는 대화가 깊어지자 그 속내를 털어놓았다.

"형님! 저와 형님은 혈육이며 사촌입네다. 저는 조선 거지로 괄시당하는 것 싫습네다. 누구든 저에게 조선거지라고 놀리면 저는 가만 못 있습네다. 제가 인간일 수 있는 최소한의 자존심과 양심이 사정없이 짓밟히는 거니까요. 그러니까 조선의 분단은 우리 민족 내부의 이념을 선점하려는 대립과 갈등도 있었지만 열강에 의해 이차대전의 대일전에서 전리품으로 삼팔선이 그어진 것 아닙네까. 미, 소에 의해 북과 남이 점령되어 분할통치가 되었습네다. 조선전쟁으로 북남은 밀고 밀리기도 했지만 처음의 삼팔선과 비슷한 경계에 휴전선이 그어진 것도 열강의 선택이었습네다. 이후부터 냉전체제로 우리 북은 소련과 중국 편에 선 공산주의 노선을 취했고, 남은 미국의 자본주의를 택했습네다. 한마디로 북은 소련에 줄을 섰고, 남은 미국에 줄을 서 이때부터 서로 경제체제와 세상구조가 다른 가운데 경쟁을 했습네다.

소련이나 중국과 손을 잡은 이북보다 뒤 배경이 든든한 미국과 손을 잡은 이남이 체제경쟁에서 엄청난 경제격차로 북을 이긴 것입네다. 모두가 아는 사실이라서 제가 시인하겠습네다. 사정이 이러한대 북조선의 체제를 비롯한 모든 걸 업신여기면 그 본질을 보지 못하는 것이며 우리 민족은 통일되지 않습니다. 굶주린 북조선 주민들을 만판 부자나라인 남조선이 끌어주고 다독거려주어야 진정한 통일의 길로 가는 겁네다. 그렇듯이 형님! 저는 국적도 없는 북조선 유랑자입니다. 이곳 중국에서의 생활도 바늘방석에 앉아 사는 것과 같습네다. 언제 중국 공안에 잡혀갈지 모르는 두려운 하루하루입니다. 저희를 동포로 받아주십시오. 진실로 피로 맺어진 동생으로 저와 동생을 여겨주십시오. 비참해 개돼지 같이 지내는 생활이지만 저의 인간으로서의 자존심입니다."

자신의 심경고백을 하는 문기의 이 말에,

"동생! 그런 말하면 이 형님이 섭섭한기라. 주의니 이념이니 하는 것보다 피가 우선이라서 숙부가 살아계신다는 소식을 듣고 곧장 이곳으로 달려온 우리인기라. 숙부와 동생을 도우려고 말이야."

한기가 섭섭하다며 나무라듯이 진심을 쏟자, 문기는 한기의 팔소매를 잡았다. 고맙다고 했고 한국에 가서 포부를 펴보겠다며 두 주먹을 쥐기까지 했다.

이런 대화를 나누는 사이 점심녘이 지난 시각에 자동차의 경적이 들렸다. 마당에서 장 씨가 의사가 왔다고 해 그들은 방문을 열고 나갔다.

흰 가운을 입은 의사가 진료가방을 든 간호원을 대동해 마당으로 들어왔다. 의사와 간호원은 한족인 모양이었고, 키가 꾸부정한 장 씨의 아들과 한참이나 뭐라고 중국어로 소곤거리며 대화를 나누었다. 정황으로 보아 장 씨의 아들은 긴하게 환자의 사정과 보호자들을 의사에게 이야기하는 것 같았다. 그러자 중년의 의사는 금실과 남희에게 환한 채 굽실거리며 인사를 했다. 간호원도 한기를 향해 미소를 그리며 고개를 꾸벅거렸다.

장 씨 아들의 안내로 방 안으로 들어간 사십 중반인 뿔테안경을 쓴 의사는 요동이라곤 없이 늘어져 누운 점원을 향해 곧바로 진맥을 했다. 청진기를 귀에 꽂더니 심각한 빛으로 가슴과 배, 등골을 훑었고, 그러다 가져온 온도계로 열을 재고 맥박을 짚었다. 고개를 내흔들었다. 한숨을 쉬며 또 도리질하다 곁에 있는 간호원에게 뭐라고 지시를 했다. 지켜보던 간호원이 들고 온 영양제를 점원의 팔에다 꽂았다. 그리고는 엉덩이에 진통제를 놓았다.

의사의 일거수일투족을 미간을 모아 바라보는 방 안의 금실을 비롯한 가족들에게 의사는 고개를 갸웃거리며 뭐라고 주절거렸다. 통역을 하는 장 씨의 아들이 노쇠가 원인으로 장이며 호흡기의 기능들이 최악으로 떨어졌다고 했다. 맥박이 겨우 뛰고 있어 일어나도 가망이 없으며 며칠을 버티기 어려울 정도의 중병이라고 했다.

특별한 약도 없다며 환자에겐 편안한 휴식이 최고라는 말을 남기고 의사가 간호원과 함께 떠나자, 그들 모두도 물러났다. 방 안엔 금실과 점원만이 남아 있었다. 금실이 말하는 쪽이었고 점원은 이부자리에 누운 자세에서 고개를 주억거리기도 하고 양 눈을 부릅떠 이야기를 듣는 쪽이었다. 금실의 이야기가 눈에 그려지듯 선하면 손을 내밀어 잡았고, 가련하기 짝이 없는 이야기이면 실룩거렸다.

금실은 초막골에서 피난생활을 하던 중 점원이 반공단원들에게 붙잡혀 미군보국대로 간 걸 이야기했다. 혹 점원에게 무슨 불상사가 생기지 않을까 하는 불안으로 밥맛을 잃었고, 잠도 제대로 못 잤다고 했다. 어서 점원이 돌아오길 노심초사하며 기다리고 있는데, 그날 새벽 미군으로부터 그들 피난민들이 포격과 총격을 당해 시동생인 점구가 죽은 그 으스스한 이야기를 했다. 혼겁해 정신을 잃은 상태에서 맨몸으로 송진의 둑길까지 식구들과 피난을 갔다가 점원을 기다리겠다며 다시 폐허가 된 초막골로 들어간 이야기를 처연한 투로 쏟았다. 그 기억들이 점원에게도 엊그저께 같이 선연한지 한기로 전신을 떨면서도 점원의 양 눈엔 굵직한 눈물이 줄기를 이루었다.

"아, 나는 당신한테 만고 죄인인기라. 그 생각마 하마 내 가슴은 무너지는 기라. 그런 당신을 두고 북에 산다고 카는 기 뭐 그래 섧던지. 그 놈의 세월. 그 놈의 전쟁. 그런 당신을 거게 초막골에서 만나 우리 떨어지지 말자고 얼매나 손을 잡으미 약속했노? 아, 그 나쁜 놈들. 그 놈들이 장정들이다고 카마 총을 겨누미 끌고 가는 판인데 우짤 수 있어야지. 산으로 들로 숨어댕겼지마는 도저히 피할 수 없었던 것, 당신도 안다 아이가. 그러이게 그런 전쟁이 나마 백성들 전부가 그 광풍에 휘말리게 되는 기라. 전쟁이란 속성은 어떤 백성이든 얽혀들게 만드는 기라. 아, 두 번 다시 그런 전쟁은 일어나선 안 되는 기라. 또 그런 전쟁이 나마 시방은 무기가 그때보다 더 발달되어 북이나 남이나 다 죽는 기라. 어이, 그 넘의 전쟁."

점원은 그저 고개를 내저었다.

팔십 년도 중반에 티브이의 보급으로 이산가족 찾기 프로그램이 한국에서는 있었다고 금실이 이야기를 이었다. 당시 전선으로 징집되어 간 점원이기에 가망 없는 노릇임을 알았지만 남희가 끈덕지게 아버지를 찾아보자고 해 서울로 올라가 근 일주일 간이나 방송국에서 살았다고 했다. 혹 점원이 남한에 살아 있다면 상봉할 수 있으리라는 기대에서 팻말을 썼으며 티브이 화면에 자신과 남희가 나왔다고 했다. 그러자 점원은 기운이라고는 없이 누운 자세에서 서글픈 빛으로 고개를 내저었다.

"분단의 벽이 강고하고 높아 이남의 어떤 사정도 나는 몰랐다. 지금도 그렇고. 그런 이산가족을 찾는 프로가 있어서이게 이남에서는 모든 게 자유롭구나. 자유가 있는 나라 한국. 아, 내가 젊다면 그런 나라에서 청운의 뜻을 펼쳐보겠건만 죽음을 기다리는 나이가 되었으니 만시지탄이다. 북에서도 북남회담이 있고 하마 북남 이산가족들이 상봉하는 거를 티브이로 내보낸 기라. 그런 거를 보이게 뭐 그래 고향에 가고 싶던지……. 그렇지마는 나는 계급이 없는 성분이라서 그런 신청을 할 수가 없었다. 그런 이야기를 꺼내마 사상에 혐의를 걸어 명대로 살 수 없는 곳이 그곳 북쪽이고. 분단된 조국이 참말로 원망스럽다."

금실은 점원의 어떤 이야기든 따지거나 캐물으려고 하지 않았다. 오십 년간이나 떨어져 있다 해후하는 판에 사상, 또는 의식이 같을 수 없었다. 환경이 다른 데서 오는 이질감들이 있었지만 하늘이 맺어준 부부라는 인식이 앞서 무엇이든 금실은 덮으려 했으며 이해하려고 했다. 점원 또한 어떻게 보면 고지식하다고 할 수 있고, 주체사상의 나라에서 살아남으려 야무진 사상학습을 받아서 그런지 자존심이 강했다. 탈북을 한 마당이고 깊은 병중인 마당인데도 무슨 사안이든 북의 입장에서 보려고 했으며 사유하려 했다. 그러나 대화가 깊어질수록 북의 체제에 대한 혐오가 묻어나 김일성, 김정일을 매도하는 이야기가 가끔씩 비쳤다. 그것은 그간 그에게 덮씌워진 사상의 옷을 벗어야만 조강지처인 금실과 가까워질 수 있다는 걸 느끼는 듯해 사상성을 드러내는 논리가 심하다 싶으면 이내 민망한 빛을 띠기까지 했다. 자신이 나쁜 놈이라고. 금실을 청상과부로 늙게 한 놈이라며 괴롭게 탄식하는 게 그러했다.

서로 손을 맞잡은 채 이런 정을 주고받는 이야기들이 길게 이어지다 해거름 녘이자, 점원은 자신 모르게 고른 숨소리를 내며 잤다. 이런 잠자는 점원의 모습을 금실은 흐뭇한 눈길로 바라보고 있었다. 내일 날만 새면 옌지의 영사관으로 가길 약속이 되어 있었다.

거기 영사관으로만 가면 단박 한국인이란 게 증명이 될 것이었다. 그러면 한국으로 갈 수 있다는 데 점원은 울기까지 했다. 살아선 절대 갈 수 없는 고향이라고 여겼는데 내일 모레면 그 그리운 고향으로 향하기에 몇 번이나 믿어지지 않는다고도 했다. 금실을 비롯한 딸인 남희와 이렇게 만난 것만 해도 하늘이 내린 복이며 꿈만 같다고도 했다.

주위의 주시가 따르는 탈북자 신분인 판에 병든 노구를 이끌고선 어떤 방법으로도 관계기관을 찾아갈 수 없었는데, 남희와 한기가 와 그냥 힘이 솟는다고도 했다. 장조카인 한기가 그지없이 듬직하게 한국으로 가는 절차를 밟아놓았다고 해 고향으로 가는 감격을 못 이겨 그 무슨 이야기를 쏟다가도 점원은 실룩거리며 울었다.

이제 금실은 더 이상 점원과 헤어질 수 없었다. 한국으로 가다가 점원이 숨이 멎는다고 해도 그를 한국으로 데리고 가고 싶었다. 다행히 한국에서 건강이 회복되면 당신과 한국의 어디든 여행을 떠나고 싶었다. 점원의 손을 잡고 고향이며 친정나들이를 하는 건 물론 금실 자신이 다니는 교회에도 데리고 가고 싶었다. 목사님께 오십 년 만에 만난 남편이라며 소개하고 싶고, 아는 교인들마다 남편임을 주지시키고 싶었다. 기도하고 또 기도한 보람으로 하나님이 영광을 주시어 육이오 때 헤어진 남편을 이렇게 오십 년 만에 만났다고 큰 소리로 떠들고도 싶었다.

이러한 그가 곁에 있음에 대한 소망들에 한동안 빠지자 어떤 상상이든 금실에겐 가슴 뭉클한 것뿐이었다. 점원과 함께 한국으로 돌아간다는 게 기정사실로 굳어지자 금실은 또 자신 모르게 눈시울이 붉어지며 축축해졌다. 생각할수록 꿈만 같은 감격들뿐이었다. 그러해 눈물을 훔치면서도 금실은 당신의 자는 모습을 바라보고 있었다.

해가 지고 저녁상이 차려졌다. 한기가 그간 숙부를 거두어준 은혜에 보답한다며 한국의 공항에서 환전한 중국 위안을 주인인 장 씨에게 두둑이 준 데서 온 것 같은 호의로 내일이면 그들 조선족의 집에서 떠나기에 차려진 저녁상은 여간 풍성하지 않았다. 한국에서는 볼 수 없는 북한산 명탯국과 산천어회며 순대가 상에는 올랐고, 닭조림과 민물고기의 찜이 올랐다.

그런 진수성찬에 진통제를 맞고 약을 먹어서 그런지 가까스로 점원도 일어나 상에 앉았다. 병색이 짙은 모습이었지만 숟가락을 들었다. 그러는 점원은 오히려 금실과 남희를 향해 애틋하고 그윽한 빛인 채 밥을 많이 먹길 몇 번이나 성원을 보냈다. 그러다가는 한때 청진에 살았기에 거기엔 명태가 많이 잡혀 명탯국을 질릴 대로 먹었다며 북한산 명태에 대해 자랑까지 늘어놓았다. 그들 모두 화기가 도는 빛인 채 상에 둘러앉아 저녁을 먹었던 것이다. 내일이면 한국에서 온 든든한 혈육들과 영사관으로 가 한국으로 가는 수속을 밟는다기에 문기와 명기도 여간 싱글벙글하지 않은 표정이었다.

자동차 소리가 나는 것 같더니 갑자기 무장을 한 공안원 댓 명이 그들이 머무는 농가로 잽싸게 뛰어들었다. 저녁 이내가 희뿌옇게 낀 녘에 불현듯이 당하는 사건이었다. 곤봉으로 그들 모두를 때려죽일 것 같은 기세로 들이닥친 공안원들 가운데서 눈길이 여간 매섭지 않은 조선족인 공안원이 쩌렁쩌렁한 조선어로 꼼짝 말고 허튼짓 말라고 위협을 가했다. 졸지에 겪는 으스스한 공포에 그들 모두는 질려 말이 나오지 않을 지경이었다.

남희는 마냥 큰 눈을 끔벅거리며 부들부들 떨었고, 금실은 넋이라곤 없이 입을 벌리고 있었다. 문기는 금실의 품으로 파고들어선 어머니라며 머리를 박았다. 한기에게 기댄 명기도 질려 핏기라곤 없었다. 처음은 전신에 소름이 끼치는 것같이 질렸지만 생존경쟁이 치열한 한국사회에 산 게 한 몫을 해 한기가 이내 호전적인 태도로 돌변했다. 한기가 숙부인 점원의 곁으로 가 공안원들이 덮치지 못하게 몸으로 막았다.

"우리는 보는 바와 같이 중국의 공안원이오. 조선의 탈북자가 여기에 있다는 첩보를 받고 왔습니다. 중국과 조선의 협약으로 탈북자들은 누구든 우리 공안이 체포해 이래저래 조사를 해 북으로 송환하고 있소. 이봐! 여기 조선인들 모두 포승에 묶어!"

조선족인 사십대쯤으로 보이는 우두머리 공안원이 점원과 문기, 명기를 단번에 지목하며 포승으로 묶으라고 명령했다. 젊은 공안원들이 후다닥 마루로 뛰어올라와 일순간 셋을 포승으로 묶으려 달려들었다.

"이보시오. 이 무슨 짓이오? 우리는 중국법도 조선법도 모르는 한국 사람이오? 이 분은 제 숙부요. 그리고 이 둘은 제 동생이오."

한기가 게거품을 내며 공안원들을 밀쳤다.

"이곳은 중국이오. 이곳 법을 따르지 않으면 당신들도 법에 의해 감옥으로 가야 하오."

이 말과 함께 잘 훈련된 공안원들은 인정사정없는 완력으로 한기를 점원으로부터 떼어내어선 겨드랑이를 들어 끌고 나갔다. 이내 다른 공안원은 포박한 문기와 명기를 함께 끌고 나갔다. 여타한 사유도 없었다. 마치 코뚜레가 꿰인 소를 몰고 가듯 완력을 가해 묶인 포승을 끌었다. 끌려가지 않으려 발버둥치는 문기를 향해 사정없이 젊은 공안원이 군화로 걷어찼다. 누나, 형님을 부르며 완강히 저항하는 명기에게 옆구리에 꽂은 곤봉으로 가슴팍을 내리쳐 명기는 그만 꼬꾸라졌다.

"안 됩니다. 우리는 부부라예. 오십 년 만에 만난 부부라예. 이럴 수는 없습니더. 나도, 나도 끌고 가이소."

질려 사색이 된 금실이 맨발인 채 달려와 동물을 다루듯 병중인 점원을 질질 끌고 가는 공안원의 소매를 잡았다.

"그런 사정 우리는 듣고 싶지 않소. 이 사람들은 탈북한 조선인들이오. 이 사람들을 잡아들이라는 상부의 지시를 받고 우리는 달려왔소. 그 명령을 집행하는 것뿐이오."

조선어를 쓰는 우락부락한 공안원은 차디차기만 했다. 그러더니 금실을 밀치곤 점원의 일행을 마당 앞에 대기한 십인 승의 공안 차에 끌어넣었다. 불시의 이 광경에 경악으로 질린 금실이 마냥 부들부들 떨며 '이 놈들'이라고 외마디 비명을 질렀다. 그러곤 풀썩 쓰러져 의식을 잃고 말았다.

"이보시오! 이럴 수 있소? 제 숙부입니다. 숙부가 살아 있다는 연락을 받고 한국에서 바로 이곳으로 달려왔소?"

제지하는 공안원을 밀치며 한기가 필사적으로 달려가 조선족 공안원을 향해 항의했다.

"그건 내가 알 바 아니오. 탈북자는 체포하는 게 우리 공안당국의 의무이오."

스무남은 살이 될까 말까 한 또 다른 조선족 공안원은 그들을 잡아들이라는 명령을 받았다는 것으로 끝이었다. 한족으로 보이는 다른 공안원들도 명령을 받았기에 어떤 식으로든 잡아들이는 게 그들 공안원들의 목적인 듯했다.

"안 됩니더. 이 분은 제 아부집니더. 병이 들어 오늘 내내 주사를 맞았습니더. 이런 제 아부지를 어디로 데리고 간단 말입니꺼. 안 됩니더. 지도 데리고 가이소.”

남희가 넋이 나간 것같이 뛰어들어 조선족 공안원의 팔을 잡았다. 그러나 날카로워 보이는 조선족 공안원은 냉정하게 뿌리치며 남희를 밀쳤다.

“당신들 한국인이란 것 신고를 받아 압니다. 여기 조선 사람을 한국으로 데리고 가려고 온 것도 알고요. 우리는 공안으로서 중국의 국익을 위해 그 의무를 다하는 것이오. 조선은 우리와 체제가 같은 우방이오. 조선이 극심한 식량난으로 어려움에 처한 상황 잘 알아요. 그러나 조선인이 절차 없이 이곳으로 들어온 건 불법인거요. 곧 우리 법에 따라 이 분들을 처리할 것이오.”

냉랭하기 짝이 없는 투인 이 말을 끝으로 견장이 빛을 띠는 조선족 공안원도 트럭으로 올라탔다.

“조카! 나는 시방 죽어도 여한이 없는 기라. 힘없는 나라에 나서 이념 전쟁에 제물이 된 내 인생, 누구를 탓할 것도 없다. 나는 살 만큼 산기라. 조카! 내 딸 남희야! 잘 살아라. 너거들은 참말로 잘 살아야 되는 기라. 부강한 나라를 만들어야 되는 기라. 그래야 열강의 대리전을 안 치르는 기라. 그래야 열강들로부터 간섭을 안 받는 기라. 일당독재로 주민들을 굶주림의 지옥으로 내몬 조선은 가망 없는 나라이고 한국이야말로 희망인기라. 분단된 나라를 통일로 이끌 나라인기라. 너거들이 얼마나 줏대가 있느냐에 따라 통일이 되고 안 되는 기라. 내 딸 남희야! 엄마를 잘 모시거라. 네하고 네 엄마한테 만고 죄인인 나는 이 말 말고는 할 말이 없다.”

트럭에 태워진 점원이 울먹이며 소리쳤다.

“안 됩니더, 아부지! 이럴 수는 없습니더. 어디로 가는 김니꺼 아부지? 지가 나고 처음 아부지를 만났는데 이런 경우는 없는 기라예. 아, 이거는 아임니더.”

트럭으로 다가가며 사색이 된 남희가 풀쩍풀쩍 뛰며 울었다.

“형님! 나 한국으로 가고 싶습네다. 누나! 나 누나와 어머니와 살고 싶어요.”

“형님! 형님이 있는 한국으로 가고 싶습니다. 아버지 고향으로 가 살고 싶습네다.”

문기와 명기가 포박당해 트럭에 탄 채 울부짖었다. 저녁시간이고 다들 밥을 먹는 판이라서 그런지 이웃 농가의 사람들이 우르르 몰려들었다. 하나같이 겁에 질려서는 이 광경을 바라보고 있었다.

“남희야. 나는 죽어도 여한이 없다. 엄마 잘 모셔! 조카! 한국에 가면 아버지께 말씀드려! 죽어야만이 고향에 갈 수 있는 동생이라고 말이다.”

포승에 묶인 채 트럭에서 점원이 울부짖었다.

“안 됩니더. 이 무슨 짓이고. 나를 직이라! 나를 직이고 아부지를 데리고 가라 이 놈들아.”

떠나는 트럭을 뒤따르며 남희가 울부짖었다.

-대미-

작가약력

양 병 태

* 1958년 경남 창녕에서 출생
* 젊은 날부터 문학에 뜻을 두어 독학으로 소설수업.
* 80년대 초 부산 정착. 공무원. 학원경영. 신문지국장. 등등
* 오로지 장편만 쓰겠다는 각오로 수없는 습작을 하다 1999년도 봄, 종군위안
  부의 전 삶을 형상화한 [분이 전2권]을 우리문학사에서 간행
* 영도문인회 회원
* 신도시채널 영도, 사직동 지사장

그해 여름 ❷

• 초판 인쇄	2007년 6월 5일
• 초판 발행	2007년 6월 5일
• 지 은 이	양병태
• 펴 낸 이	채종준
• 펴 낸 곳	한국학술정보㈜
	경기도 파주시 교하읍 문발리 526-2
	파주출판문화정보산업단지
	전화 031) 908-3181(대표) · 팩스 031) 908-3189
	홈페이지 http://www.kstudy.com
	e-mail(출판사업팀사업부) publish@kstudy.com
• 등 록	제일산-115호(2000. 6. 19)
• 가 격	13,000원

ISBN   978-89-534-6841-2 94810 (Paper Book)
         978-89-534-6842-9 98810 (e-Book)
         978-89-534-6837-5 94810 (Paper Book Set)
         978-89-534-6838-2 98810 (e-Book Set)